三島由紀夫 金閣寺

三島由紀夫研究 ⑥

〔責任編集〕
松本　徹
佐藤秀明
井上隆史

鼎書房

目次

三島由紀夫研究 ⑥

特集 金閣寺

座談会
文学座と三島由紀夫――戊井市郎氏を囲んで―― 4
■出席者
戊井市郎
松本 徹
井上隆史
山中剛史

『金閣寺』の位相――大久保典夫・27
『金閣寺』論――想像力の課題――井上隆史・40
模型という比喩――三島由紀夫『金閣寺』――久保田裕子・63
光彩陸離たる言葉――青木 健・76
三島由紀夫『金閣寺』――鳳凰を夢みた男――花﨑育代・81
『金閣寺』における男性性構築とその揺らぎ――黒岩裕市・91

『金閣寺』の中の女――大西　望・104
『金閣寺』再読――母なる、父なる、金閣――有元伸子・112
『金閣寺』から『美しい星』へ――山﨑義光・125
受容と浸透――小説『金閣寺』の劇化をめぐって――山中剛史・137
未発表「豊饒の海」創作ノート③――翻刻　井上隆史・工藤正義・佐藤秀明・156
●資　料
三島由紀夫の名刺――犬塚　潔・166
●書　評
木谷真紀子著『三島由紀夫と歌舞伎』――近藤端男・172
高橋和幸著『三島由紀夫の詩と劇』――梶尾文武・174
杉山欣也著『「三島由紀夫」の誕生』――池野美穂・175
岩下尚史著『見出された恋――「金閣寺」への船出』――松本　徹・177
ミシマ万華鏡――杉本　徹・179
編集後記――180

戌井市郎氏

座談会

文学座と三島由紀夫
——戌井市郎氏を囲んで——

■出席者
戌井市郎
松本　徹
井上隆史
山中剛史

■平成20年3月20日
■於・新宿信濃町
文学座応接室

■舞台を創る現場で

松本　小説とは違い、演劇となりますと、舞台を創る現場というものがありますが、その現場で、戌井さんは長年にわたって三島由紀夫と深い係わりを持って来られました。時には鋭く対立するかたちで、文学座の代表者として向き合うこともおありでした。しかし、三島由紀夫が劇作家として大きく成長していく上で、文学座が果たした役割は、幾ら強調しても強調しすぎることはないと思います。また、戌井さんは文学座に限らず、演出家として幅広くやって来られ、三島の作品を手がけ、この六月にも新派の『鹿鳴館』を演出なさるとのことで、稽古が始まっていると伺いました。それだけに三島由紀夫の劇なり芝居について、お考えになっていることがおありだろうと思います。そのようなところも含めて、お話を伺いたいと、今日、お邪魔いたしました。

戌井　作品論とか難しいことは出来ませんけど。この部屋（文学座二階の応接室）へも彼は何度も来ていますよ。この向かいの更地（窓の外を指さし）には、この二月一日まで文学座の第二稽古場がありました。もとは森やという旅館で、戦後の早い時期、近くの千駄ヶ谷あたりには温泉マークのラブホテルが蔓延《はびこ》っていましたが、森やは良風旅館と称えて、佐藤春夫さんなんか文士が、缶詰になって書いたりしていました。その旅館を文学座が買い取って、稽古場にしたんですが、その前、文学座が建ったのは、朝鮮戦争が始まる数ヶ月前で、土地が安く手に入ったからでした。今だと一億や二億になるでしょうが、坪二千円ぐらいで、百九十一坪。（笑）

松本　三島が八歳から中等科に進むまでの間、そこの慶応病院の近くの家に住んでいましたね。

戌井　そうらしいですね。この近くですね。両親から引き離され、お婆さんに育てられたのは。

松本　幼い頃のご近所だったんですね、文学座は。

■北村和夫の台本

戌井　今日のために、ちょっと勉強しなければと思ったんですが、三月は年度変わりで研究生の卒業公演や入試があったりして、何もできなかった。せめて『喜びの琴』だけでも読んでおこうと、台本を探したんですよ。そしたら、これがフッと出てきた。北村和夫のね。

山中　表紙に北村って書いてありますね。これは貴重な資料です。書き込みがありますか。

戌井　それを期待したんですが、何にもないんです。書き込む前に彼は……。これだけ（冒頭頁の配役一覧）書いてある。

松本　幻に終わった配役ですね。

山中　これは今まで知られていなかったんじゃありませんか。ここに江守徹の名がありますね。

井上　「中共」という言葉が、「大陸」に直されていたりしますか？

戌井　いや。この台本では「大陸」になってないと思います。

山中　「日本共産党」というのを「革新党」に直したのではありませんでしたか……。

井上　最初の台本では「日共」なんだよね。

山中　日生劇場で公演した時ですね。

戌井　そうそう、日生劇場で劇団四季がやる時に手を入れて、これよりも大分長いですよ。

松本　最初にこの原稿を御覧になった時は如何でした？

戌井　どういうふうに読んだかって……。僕はこういう話しかできないんですけど、その前に伏線があるんです。文学座は創立者との関係で、文壇との繋がりが深いんですが、昭和

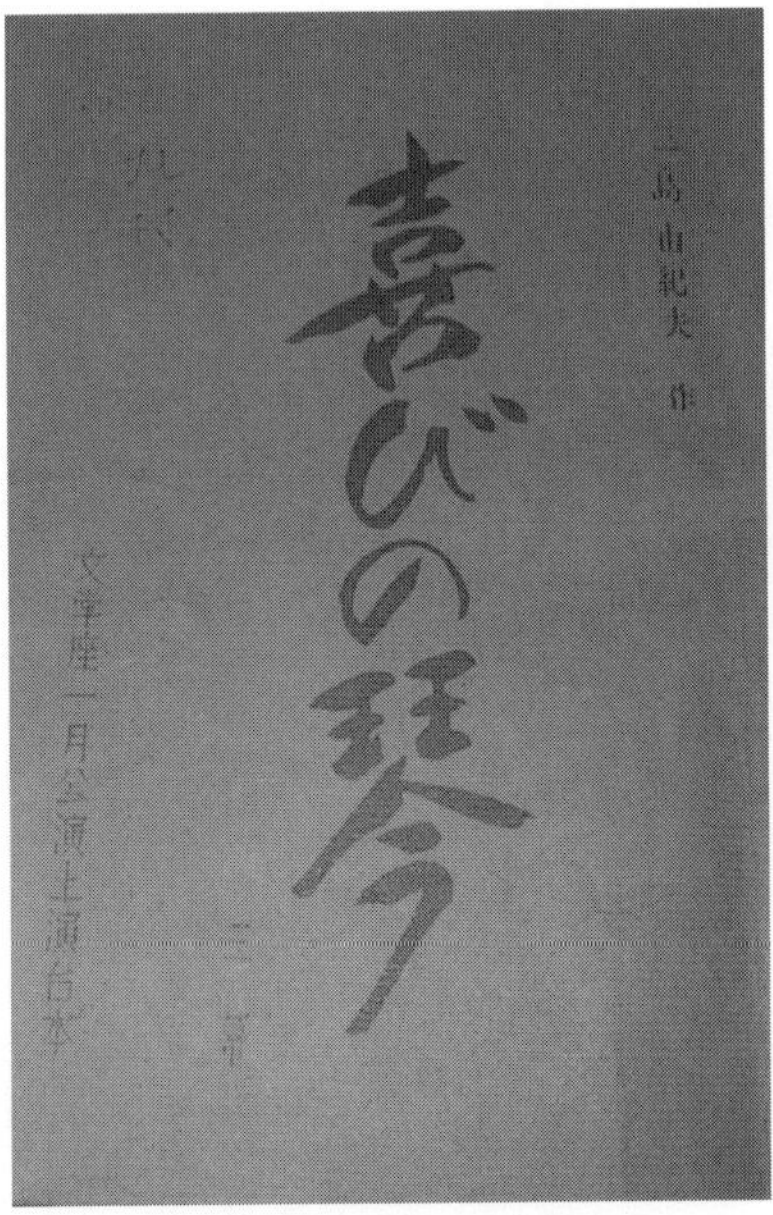

『喜びの琴』台本・表紙

三十一年、創立二十周年の公演で四本の新作をやろうとして、ちょっと冒険だったけれど、四人の方に書き下ろしをお願いした。トップが福田恆存さんの『明暗』で、最後が三島さんの『鹿鳴館』です。三島さんは、福田さんが劇団員をやめて、入れ替わりみたいにして入って来た（昭和31年3月）んですけどね。それより前、岸田（国士）先生が亡くなる前に、文学立体化運動なんとかいう……。

山中　雲の会ですね。

戌井　そう、雲の会だ。そういう関係で三島さんは入座したのかと思っていたら、久保田万太郎先生の口利きで入って来たんですよ。その頃の文学座の文芸演出部には、福田さんや仏文の鈴木力衛、詩人でロシア文学の神西清、英文の鳴海四

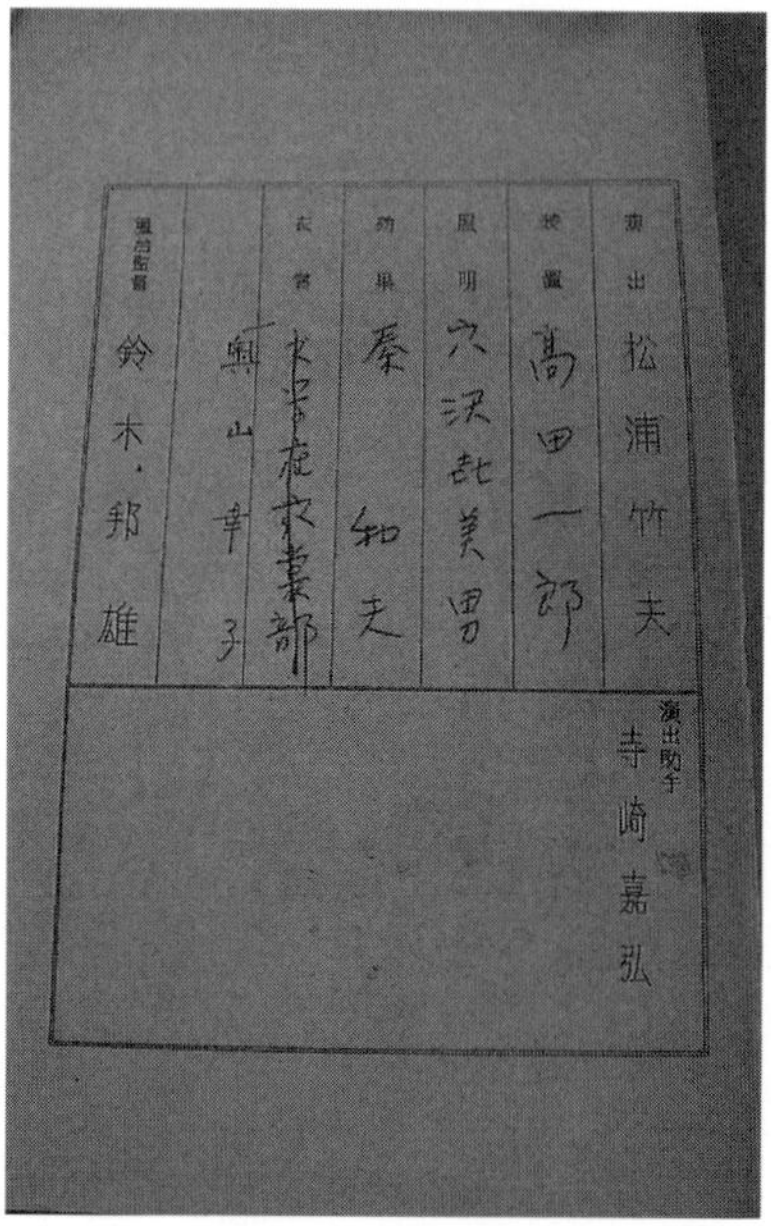

スタッフ一覧

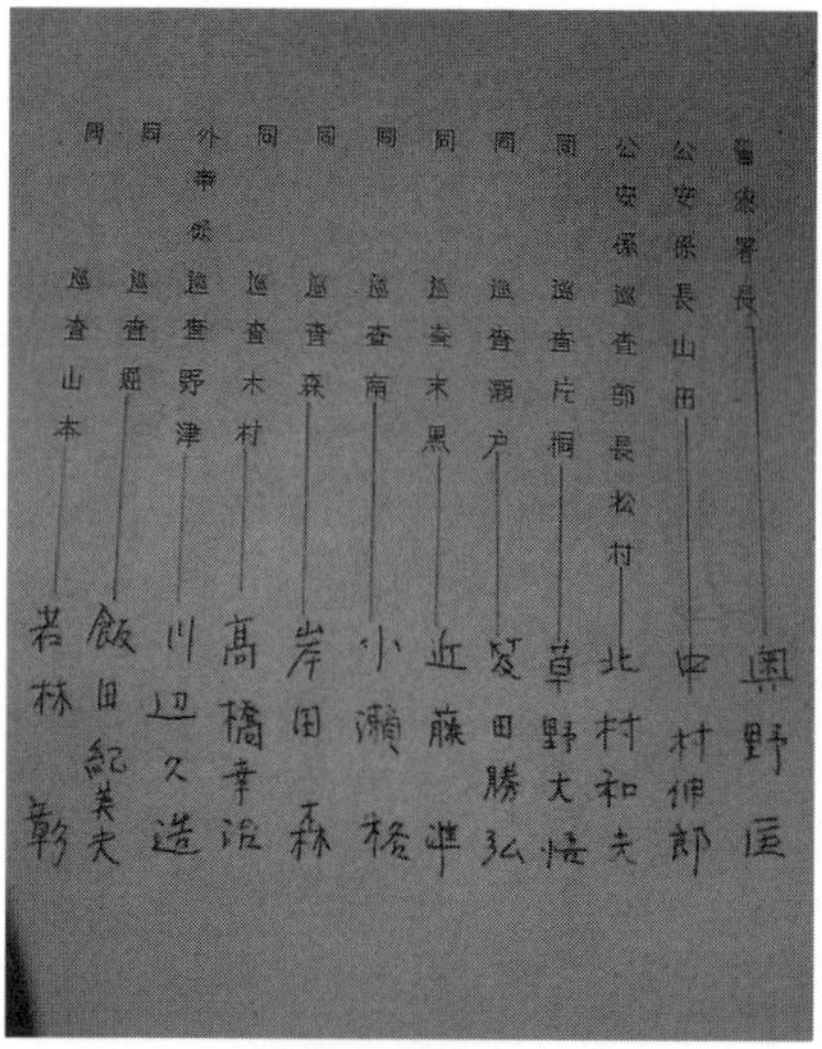

配役一覧①

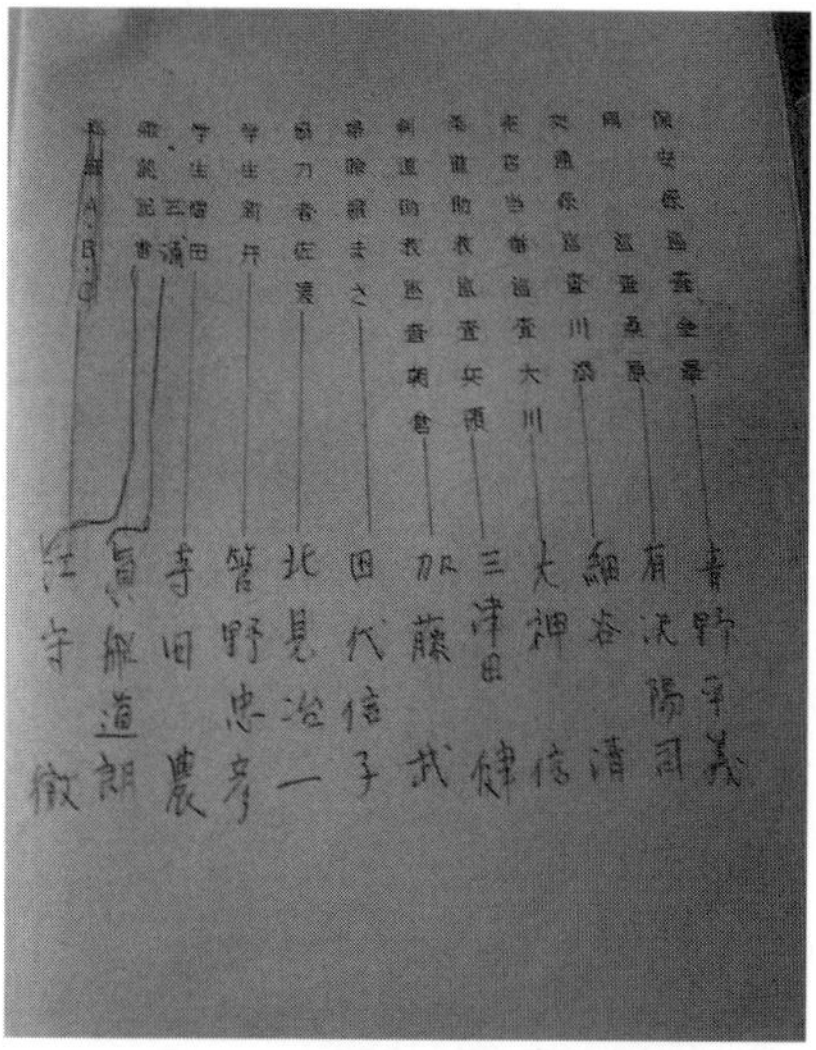

配役一覧②

郎とかいう人たちが座員でした。三島さんはこないだ亡くなった北村和夫らと年が近いもんですから、その若い役者仲間と、ワアワアやっていましたよ。ボディビルやったり、ここで剣道着に着替えて、四谷署へ剣道やりにいったり。僕は九つ年が上なもんですから、そういう付き合いはしなかったけど。

井上　でも、そういう三島さんの文学座員としての様子を御覧になっておられた。

■大量の脱退事件

戊井　そうするうちに、昭和三十八年の一月に、突如、福田恆存中心の脱退事件（芥川比呂志、岸田今日子ら二十九人が脱退、劇団雲を結成）がありました。すると、三島さんは大層憤慨して、早速、率先して陣頭指揮をとり、文学座の再建に乗り出した。僕はそのとき、東京にいなかった。

井上　御本（『芝居の道』）によると宝塚にいらしたんですね。

戊井　ええ、取材もあったんですが、宝塚を見に行ってたんです。それで急いで帰って来ると、事務所にいた三島さんが「戊井さん！　すぐこれから小山祐士のとこへ行って、作品の取り下げをしないよう頼んで来てよ！　彼はいま、四月上演の脚本を引き上げると言ってるんだ」。いきなり三島さんにそう命令された。

山中　出演予定の中堅俳優がドッと抜けて、大混乱だったそうですね。

戊井　僕は荷物を置くなり、八時過ぎだったけど小山家に行った。しかし、小山祐士には居留守使われちゃった……。悔しかったな。

井上　不愉快だったと、御本にお書きになってますね。

戊井　その時は、幹事の先生方が第一線を引いて、理事制が敷かれていて、理事は中村伸郎でした。岩田豊雄先生の発案で、理事一人に権限を集中するかたちになっていました。

山中　しかし、脱退事件後の春の本公演、小山祐士作『日本の孤島』は無事上演されましたね。

戊井　ええ。これは僕の手柄みたいに思っているんですけど、いま文学座には俳優養成の付属研究所ってありますよね。ちょうどその事件のときは、第二期生の卒業間近かだったのです。一期生の小川真由美とか樹木希林、それから菅野（菅野忠彦。現・菜保之）が新座員になっていました。そして、二期生の江守徹の卒業で、とにかく十数人新人がいたんで、結局、小山さんは『日本の孤島』をやらせてくれたんですがね。

井上　この事件を戊井先生は予知してらしたんではないかと……。

戊井　そんなこと全然ないですよ。ただ研究所の講師が不足で、俳優座の演出家の二人に声をかけて、岩村久雄君に入ってもらったんです。岩村君は北村とか加藤武なんかと早稲田の同期で、千田是也さんにも了解を得たうえでのことです。

そこに脱退事件で、役者だけでなく、演出部も三人ばかり抜けた。そんな矢先に岩村君が入ったから、僕が予知していて、演出部を補強したんだと敵は思ったのでしょう。四月の後、三島さんは秋に自分の作品をやることになっていたので、取り敢えず六月は、杉村さんを中心に、いわゆる芝居らしい芝居を文学座はやるべきだと……。

井上 それで『トスカ』をやった。

戍井 彼はシアトリカルっていうことを盛んに言ってました。

井上 三島の提唱でしたね。

戍井 自分はレトリック、修辞を担当、安堂君の翻訳を直すから、演出は僕に、ということになったんですよ。そしたらね、或る日、彼がこの部屋にあがって来て、入ってくるなり「戍井さん、文学座には共産党何人いるんだ?」って言うんですよ。

山中 『トスカ』の時なんですね?

戍井 そう。終わった後か、稽古の時だったかな。いきなり共産党って言われてもね、何人いるって聞かれても、僕はまったく無関心だったから答えようもない。

井上 唐突な感じで?

戍井 唐突なんですよ。事務所の経理のおばさんのご主人が共産党員だっていうことはぼんやり知っていたんですよ。三島さんはさらに言うんですよ。「演出部に俳優座から入ってきた人がいるけれど、彼は?」って。岩村久雄のことなんです。俳優座、民芸は昔の築地小劇場系の人たちが中心でしたから、三島さんは岩村君を左寄りと見たんでしょうね。僕は岩村君が共産党員かどうか、全然知らないし、僕は知らん、としか答えようがなかったんです。その後、今日まで、僕は岩村君に君は党員か、と聞いたこともなければ、座員の中で彼は党員だと言う者はいませんよ。

■秋のはずが正月公演に

戍井 それはさておき、四月公演が終わり、『トスカ』の稽古が近くなったとき、文学座にまたショッキングな出来事が起きました。創立者の久保田万太郎先生の急逝です。食餌誤嚥といって、宴席で寿司の赤貝を喉に詰めて、窒息したんです。事故死ですね。一月の脱退事件では、岩田幹事は冷静で、「去る者は追わず」と言って、三島さんの再建策を支持、自分も座の要請にはいつでも応じると言って、残された座員を励まして下さった。が、これには衝撃を受けられた。そんなわけで、『トスカ』の後の秋の公演は、三島作品の予定でしたが、久保田万太郎追悼公演になった。三島さんの担当は、明くる年の正月に延びた。その正月公演のために書き下ろされたのが『喜びの琴』だったのです。

井上 万太郎が亡くなったのは三十八年の五月ですね。すると久保田万太郎がご健在でしたら、三島公演は九月だったわけですね。

戌井 正月公演というのはね、いつもは朝日新聞の厚生事業団と提携したチャリティー公演でしてね。
山中 『熱帯樹』や『鹿鳴館』の再演なんかもそうでしたね。
戌井 森本薫の『女の一生』とか『華々しき一族』、飯沢『二号』など、以前評判になったものの再演、または明るい喜劇とか、お客さんの入る芝居をやって、そのあがりを厚生事業団に寄付しました。『喜びの琴』はチャリティー公演ではなかったけれど、NHKが中継すると言っていたし、演劇鑑賞会(労演)も決まってたんですよ。杉村さんは、秋にはヨーロッパを回る長い旅に出ることになっていて、次の年の僕の演出の『三人姉妹』まで休みだったんです。
井上 ソビエトにも行かれたんですか?
戌井 ええそうですね。
山中 長岡輝子さんたちと一緒でしたね?
戌井 長岡さんと、東山千栄子さんとか十四、五人で行ったんじゃないですか。東山さんは途中船で帰ってこられたが、杉村さん達はソ連から最終は中国へと旅程を組んでいました。
松本 そうか、もともと杉村春子が出ない芝居だったんですね。これが大きい。
山中 杉村が出ないので、男だけの芝居を書こう、そう考えた側面があったんですね。
戌井 記録で見ると十月の半ばに台本が出来た。読んでくれっていうんで読んだら、なんだこれ、男ばかりでつまんない芝居だなあと思ってね。(笑)
井上 華やかさがないですね。
戌井 僕が演出者じゃないから、サーッと読んだだけだった。僕はね、ヨーロッパ旅行の帰りに長岡さんと杉村さんが中国に寄るのにあわせて、北京へ行くことになっていたんですよ。しかし、四、五年前から不整脈がありましてね、それがちょっと頻繁に出るようになったんで、杉村さんに手紙を書いて、僕は中国行かないから、僕を待たないで帰って来てくれと。その時、この台本が出来ていたので、台本も一緒に送ったんです。
井上 『喜びの琴』の稽古は始まったのですか。
戌井 ええ、始まったのですが、内容が問題になって、毎日議論ばかりで、はかどらないようでした。三島さんも来てるらしいのですが、台本の訂正には応じてくれないというんです。
井上 揉めていたんですね。
戌井 ええ。杉村さんが帰ってきた時も、まだ稽古が始まって一週間経つか経たないかで、稽古休みみたいになっていました。そこで改めて僕も読んだんですが、上演中止だなんて全然考えなかったですよ。『女の一生』の訪中公演の時の改訂は例外として、依嘱作品に対して作者ヌキで本を直したり、まして上演中止の例などこれまでまったくなかった。でもね、題材があまりにも生々しい事件で、裁判が終わったばかりで、文壇の人々も――。

山中　松川事件の裁判がようやく終結（昭和38年9月）したばかりでしたね。

井上　当時いろんな人が問題にしていました。文学者では広津和郎、宇野浩二らがいろいろ書いていました。

戌井　そういったことを考えていたところ、テレビ中継を予定していたNHKがこの台本を読んで、放送出来ませんんって言って来た。

井上　まずNHKからそういう話があったんですね。

■上演中止でなく延期のはず

戌井　それに演劇鑑賞会の方も、ちょっと会員に薦めにくいと。その時ですね、雲の分裂直後に入った製作部員が党と関係のあるような……。三島さんは警戒心を持ちはじめた。それが文学座に共産党が何人いるの、と僕に尋ねたことにつながるんです。それとは別に、この台本に対する文学的な評価は、面白くないなあというのがあったんですよ。それでねえ、杉村さんも長岡さんも帰って来て、総会やって、どうしようかと。「自分はこの役はやれません、この台詞は言えません」なんて泣いたのがいたなんて話があるけれども、それは北村和夫ですけどね。杉村さんも、これは三島さんらしくないわね、ということを言い出した。でも、上演するかしないか賛否をとったら、やるという意見の方が多かったと思うんですよ。僕だってこれをやらないとは考えないですよ。けれども……ちょっとまずいなとも思ってたね。出来たものは当然演らなきゃなって思っていた。それでこの『喜びの琴』の一月公演は中止して、次の時期までにもう少しなんとか直してもらおうと。三島さんには、上演中止ではなく上演延期を申し入れに行こうとなったんです。みんな一応賛成してくれて、翌日、物々しいんですけれど、鈴木力衛さんとか鳴海四郎君とか、矢代静一とか、文芸部の連中と理事の僕が三島邸へ行ったんです。そしたら三島さんはもうこれを用意していたんですよ。

山中　墨筆の証書ですね。

戌井　これには「思想的理由により上演中止」とありますがね、思想的な問題、イデオロギーの問題ではないんだと僕は思ってる。「思想上の理由」というのはまずいと言ったら、「思想といっても戌井さん、物の考え方の違いってこともあるじゃないか。そういう風に受け取ればいいじゃないか」って言うんです。僕は論理にかけては全然太刀打ち出来ないし……。それに、中止ではなく、とにかく延期というつもりだったんですが。

井上　どの部屋でしたか、三島家の？

戌井　入ったばかりのところの、応接室です。

山中　もうそこに用意して、これが拡げてあったんですか？

戌井　彼がすぐ持ってきて、署名したんですよ。

ものがたり――時は近い未来のある年。舞台は都内の警察署。公安係の片桐巡査は、青年らしい純粋さで上司の松村巡査部長を信じ、松村の命ずるま、にある危険思想を憎んでいる。ある日、某思想団体の暗号と思われる「一二一二四五」という奇妙な数字がキャッチされた。これは、首相が上越方面遊説に出かける列車の時間に何か関係がありそうだ。それは「一月二十一日午後二時四十五分」と解かれ、同時に高崎方面で、ある思想団体に不穏な動きがあるという情報ももたらされた。片桐は単身現地への出張を命じられる。生命の危険を伴う仕事だが、男子の一生に一度有るか無いかの機会だと感激した彼は勇躍出発する。胸には、松村が「お守り」にくれたネクタイピンをつけて――。列車は転覆した。犯人の唯一の手がかりは、現場付近に落ちていた無線受信機。しかし、指令を発していたと思われる送信機が、現場から数キロ離れた地点での秘密の集会とともに、片桐により発見された。一同は、片桐がその時に捕えたのが犯人に違いないと確信する。職務と信念をまっとうした片桐。――だが容疑者は釈放された。そして、片桐の前に思いもかけない男が真犯人として姿を現わす……

かいせつ――〈思想か？芸術か？〉戯曲「喜びの琴」は、このようなむずかしい問題意識で論議され、ジャーナリズムの話題をさらった格好ですが、そのような論議以前に、この作品のもつ〝芝居としての面白さ〟がもっと認識されるべきではないでしょうか。都内の警察署を舞台に、二十一名の警官のほかは男四人、女一人しか登場せず、時はわずか六日間に限定されているという異色の設定ですが、その演劇的要素の豊かさ、面白さ、迫力は観る人をアッといわせるに違いありません。
上司〈山形勲〉を心から尊敬し、上司の命ずるままにある危険思想を憎み、治安の信念に燃える若い一人の公安巡査〈園井啓介〉が、怖るべき事実の前に挫折してしまいます。列車転覆というショッキングな事件を背景にしたこのドラマは、思想の谷間に陥ち込んだ一青年の姿を通して、私たち現代人の心にさまざまな問題を投げ、強烈な衝撃を与えずにはおかないでしょう。題名の「喜びの琴」は、劇中、交通課の名物巡査川添の耳に「車の洪水にポカリと穴があいたとき、どこからともなくコロリンシャンと琴の音が……」聞えてくるところから付けられていますが、この琴の音のもつ意味は極めて暗示的です。
メロドラマで売った園井啓介が主役の片桐巡査を演ずるのも大きな話題。共演陣もいずれ劣らぬ芸達者です。
浅利慶太がいよいよプロデュース・演出を手がけ、三島―浅利という期待のコンビで世に送る「喜びの琴」は、本年きっての問題作といえるでしょう。

証
昭和卅八年十一月廿一日
三島由紀夫作「喜びの琴」
を文学座は作者
思想上の理由により
上演中止を申し入れ
作者はこれを応諾した
文学座代表
戌井市郎
三島由紀夫

思想か？芸術か？
この論争に　あなた自身で
終止符を！

日生劇場公演「喜びの琴」チラシ裏面

井上　戌井さんは納得がゆかないので、「戌」の字をわざと「戍」と書き記した。

山中　しかし、「戍」と署名した方が、日生劇場での『喜びの琴』チラシにも、プログラムにも大々的に使われています。

戌井　これを使ったのは誰の指示かな。僕はその時、ええっと思った……。

井上　この証書は二枚作ったんですね。

戌井　こういうものは二枚作るんじゃないんですか。

井上　ああなるほど。それで、戌井さんの署名が、「一」が入っている「戌」と入ってない「戍」と、二つあるんですね。

戌井　書きたくなかったからね。二枚とも「戌」のつもりだったんだけれど、一枚目は正確に書いていますね。二枚目が三島さんに渡ってればよかった。僕の失敗です。

井上　それがチラシに出ちゃったんですね。

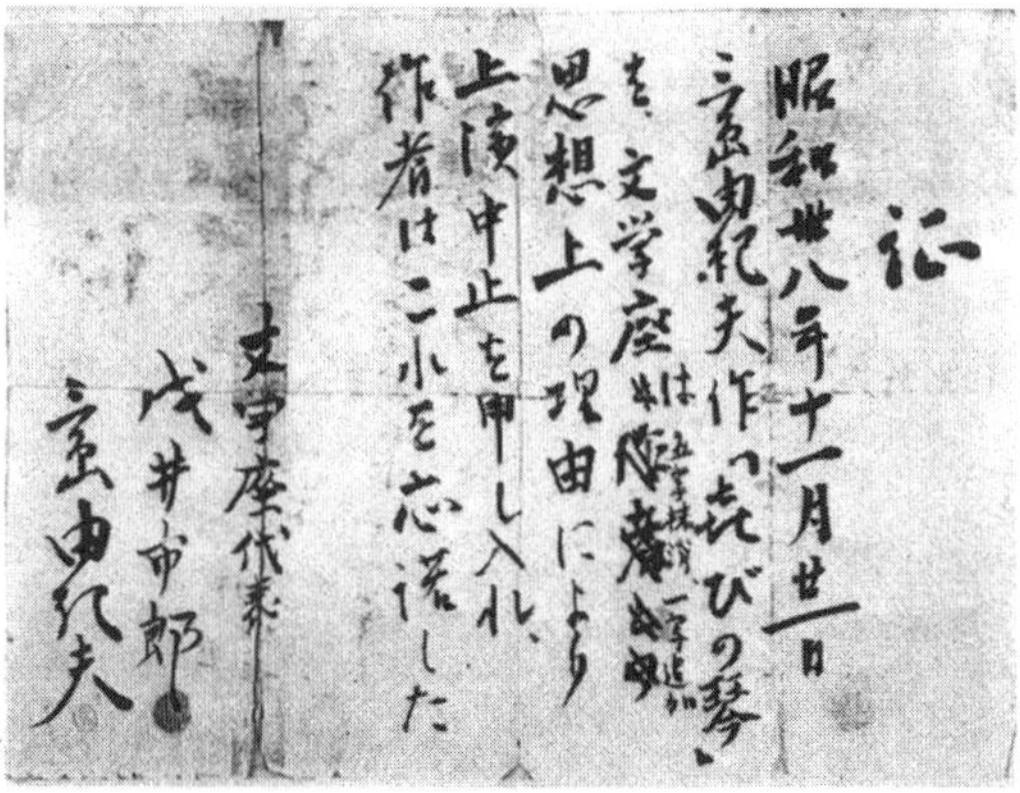

証

昭和廿八年十一月廿一日

三島由紀夫作「喜びの琴」を、文学座は思想上の理由により上演中止を申し入れ、作者はこれを応諾した

五字抹消 一字追加

文学座代表 戊井市郎

三島由紀夫

証書①　戊井氏の署名が「戊」になっている。

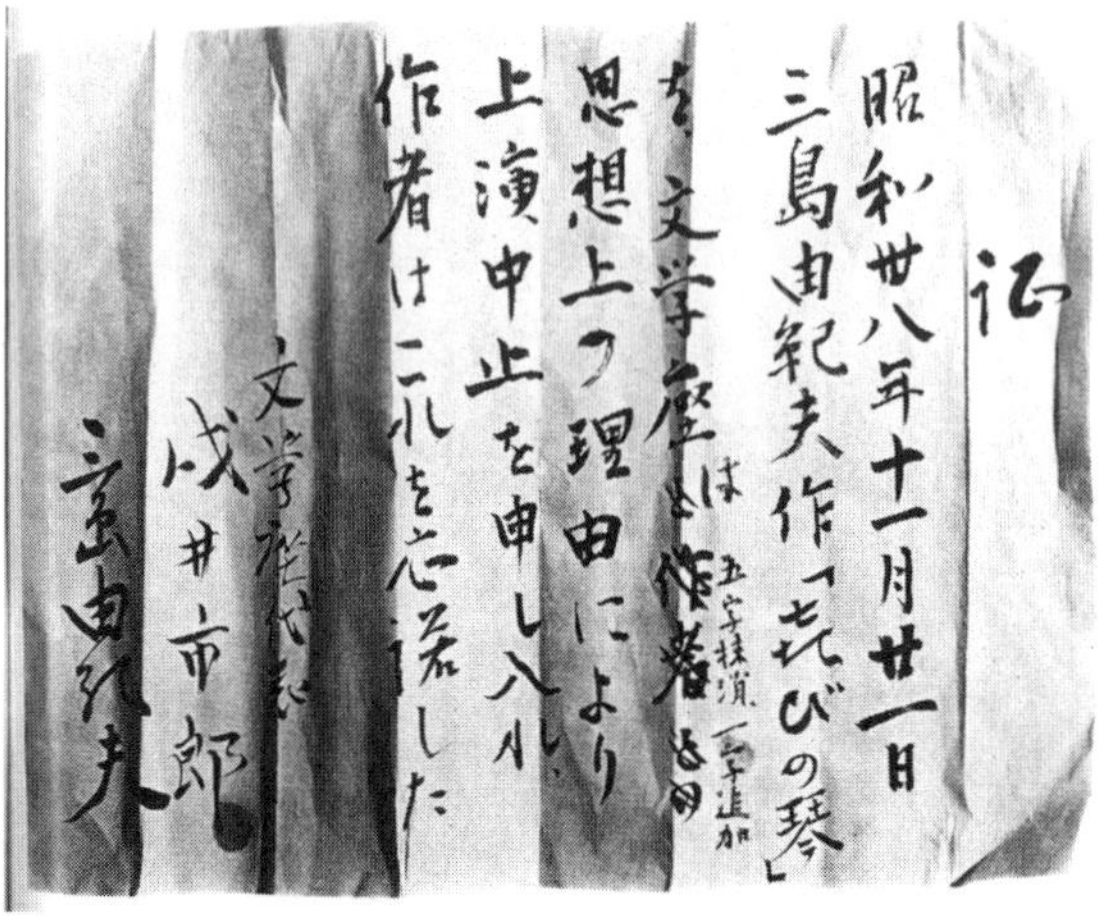

証

昭和廿八年十一月廿一日

三島由紀夫作「喜びの琴」を、文学座は思想上の理由により上演中止を申し入れ、作者はこれを応諾した

五字抹消 一字追加

文学座代表 戌井市郎

三島由紀夫

証書②　三島側のもの、戌井氏の署名も正しく、後に「喜びの琴」宣伝に使われた。

戌井　彼からは、後で詫びの手紙が来てね。その手紙は……。

井上　『決定版三島由紀夫全集』の書簡の巻に収めさせていただきました。「お詫びしなければならぬことが一つあります」。「さぞかしお気持がわるかつたと思ひますが、日生が印象の強烈を狙つたので、あんなことになりました」って。

戌井　手紙で彼は僕のこと大変気を遣ってくれてね。対立はしてるんだけども、立場上、仕方ないからそうなったけども……。その日、座に帰ってきてから、上演を延期すると言ってもね、三島さんはやめる、彼はもう文学座をやめるだろうってことは頭の中にはあった。

井上　そうですか。

戌井　もしやるとなったら、杉村さんと北村の立場はどうなるだろうと、そこまで僕は考えました。北村はこの役やれるわけないし、杉村さんももう感情が激してきて、こういうものをやってゆく劇団なら私はここにいられないわ、というくらいになって……。僕は劇団を守らなければならないから、何人出て行くだろうって考えた。それから二日経ってからかな、電話か掛かってきたんですよ、三島さんから。丁度、僕はいなかったので、後で掛けさせますと、事務所の誰かが言ったんです。僕はその伝言を聞いて、僕の電話を盗聴している奴がいるらしいと言うんで、僕はここを出て、公衆電話で三島さんにかけたんです。今もありますよ、その公衆電話は。

松本　今もありますか。どのあたりです？

戌井　四谷三丁目まで行って、掛けた。良い天気でね。「戌井さん、もうわかってると思うけど僕やめるよ」って。「うーん、わかった」。「ケネディも暗殺されたことだし」ってね。ケネディが前の日に暗殺されたんですよ。電話ボックスから外見ると、秋の青空がスーッと澄んでいてね、「ケネディも暗殺されたことだし、ワッハッハ」と大声で笑っているのがね、空に吸い込まれていくようなね、そんなような印象があって。

井上　どんな心境でしたか、その時？

戌井　もうやめると思っていたからね。三日ほどしてから、三島邸に挨拶に、脚本料を持って行った。お詫びの気持ちも含めてね。前もって電話したら、「とにかく、来てくれ」と言ってね。その時はね、お母さんの住んでる家の和室の方で会ったんですよ。三島さんは、「脚本料はいらないよ」って。いやこれは依嘱料なんだからと言っても、「上演されてないんだからこれはいいよ」って。いろいろ話をしたが、「戌井さん、二階に上げられちゃって、梯子外されないようにしなさいよ」なんて言ってくれたんだよ。そういう別れ方をしたんです。

山中　残念でしたね。

戌井　これで当然、三島さんとは……と思っていたら、翌年の春、新派が『鹿鳴館』を再演することになった。僕は、演出を辞退しましたよ。松竹も経緯は知ってるしね。そしたら松竹の方に電話があって、三島さんは僕さえよければ演出やって欲しいと言って来ましたよって。僕は嬉しかったが、杉村さんはいい気持しなかったでしょうね。

松本　それにしても三島さんは何故こういう『喜びの琴』のような台本を正月公演にぶつけてきたんですかねえ？

戌井　そこがねえ。そういうことは直接には聞けません。彼は、要するに文学座は杉村春子の劇団で、男連中は席がないみたいだ。じゃあその男連中に、もっと元気のでる芝居を書くんだ、ということを言ってます。

松本　この台本は、間違いなくお正月の芝居にふさわしくないですね。芝居をやる以上はお客の受けを考えなくちゃならないし、季節も考えなくては。三島さんはそういうことを考える必要は心得ていたはずなんですがね……。

戌井　だから僕は、三島さんのほうが思想的だったと、思っています。長岡輝子さんから聞いたんですが、長岡さんが三島さんに『喜びの琴』のことを、あれは踏み絵じゃないかと言ったんですよ。すると、「バレたか」と言ったんだって。

井上　やっぱり確信犯なんですかね。

戌井　バレたか、と言ったとしたら、やっぱりそうした意図があったんでしょうねえ。でも、彼は、劇団が混乱して中止にまでなるとは考えていなかったと思う。

山中　結局は上演するだろうけれど、これでいろいろとハッキリするだろうと考えていたんでしょうか。

■劇作家三島の登場

松本　話を戻したいんですけども、三島由紀夫が劇作家として登場して来る上で、文学座が果たした役割は決定的だと思うんですが。最初が芥川比呂志演出の『邯鄲』ですね。それから長岡さんがやられた多幕物……。

山中　『夜の向日葵』『只ほど高いものはない』ですね。ああいう多幕物も三島入座前から既に上演していますね。

松本　それから戌井さんがやられた『葵上』とかになるわけですけどね、劇団のなかでどなたが注目して……。

戌井　文学座の若い企画委員、あの時だと芥川比呂志とか、文芸関係の矢代静一とか、僕も勿論入っていましたが、とにかく三島さんの作品に対して非常に積極的でした。

松本　ある意味では文学座が、三島由紀夫を劇作家として大きく育てたという側面があるように思うんですけど。

戌井　文学座の創立者の岸田先生一門の劇作派の人たちが、終戦後低迷している時期でしたからね。それに戦前戦中の作家は、上演されるよりも活字になって文学として認められることを第一義としていたから、ドンドン発表する三島さんに注目した。僕は多幕物に関しては自分が好んでやりたいものはなかったけど、『近代能楽集』は面白いと思った。多幕物は長岡さんと、新人の松浦竹夫がやるので、僕は『葵上』やらせてくれと言った。そうして『葵上』と『綾の鼓』の演出をやったんです。それからアトリエでのモノドラマの企画をたてたんですよ。

山中　モノローグ特集での『船の挨拶』ですね。

戌井　一人芝居です。文学座に関わりのある作家に書いてもらおうと新田瑛子のご主人の中村真一郎氏。福田さんと神西さんは座員でしたから。それから内村直也氏。岸田今日子と仲のいい大久保（知子）君と一緒になった谷川俊太郎氏。それに三島さん。この六人に書いてもらって、それを三本ずつやったんです。この企画は僕なんですよ。六人とも即座に引き受けてくれたんだけど、原稿料が出せない。本公演なら出せるけども。この時はちょっと参ったなあと思ってね、神西さんに相談したら、本屋に売り込もうと。雑誌に載れば原稿料出るでしょ。河出書房が引き受けてくれたのかな。三島さんは『船の挨拶』を書いてくれたんですよ。六本とも作・演出でしたが、われわれ演出部がサポートしたんです。『船の挨拶』はその後、僕も時々小さい公演なんかでやっています。好きなんです、六本の中で一番いいですよ。

松本　『葵上』もいい芝居ですね。

戌井　『葵上』は文学座初演でしたよ。

松本　私、初演を見ています。大阪の毎日会館で。昭和三十年六月ですから、まだ学生でしたね。

戌井　そうでしたか。僕も自信を持ってやったんです。

松本　装置は芥川比呂志がやりましたね。

戌井　芥川はね、その時分病気で入院していたのですが、何か奇抜なアイディアがないかと、装置を頼んだら、やろうと言ってくれて。まあ今から見ればどうってことはないんですけど。

松本　ですけどあの時代、驚きましたよ。

戌井　窓から船が出てくる。ヨットがね、ドーンと出てくる、あれは面白かったですよ。

山中　そのアイデアというのは？

松本　台本に書かれていますけどね、でもああいう出し方には驚かされましたよ。多分、これが後の『恋の帆影』に繋がる。

井上　三島由紀夫も喜んだんじゃないですか。

戌井　『綾の鼓』も自信あるんですよ。あれはね、俳優座の舞台は僕は見てなかったけども、お客から見ると、上手に洋裁店、下手に法律事務所と分けてやりますね。僕は、正面にこう、相手があるつもりで、全部正面向けてやったんです。思い文を投げる時は正面で受け取って。これは能を想像してね。リアルな芝居じゃないですから。そうして顔の表情が見えるようにした。

山中　『大障碍』と一緒にアトリエ公演した時ですね。

戌井　あの時分、彼は文学座に気を入れてくれて。なんというか、自分がこれから文学座をしょって立つくらいの気合いを……。ライバル意識もあったようですね、福田さんに対して。

松本　あったでしょうね。この二人の競い合いが、ここで表面に出た、といったところでしょう。文学座二十周年記念公演では、トップが福田作、戌井さん演出の『明暗』で、中村伸郎、芥川比呂志、宮口精二の舞台姿がいまも印象に残っていますが。

戌井　そうですか。一応、詩劇と副題があったんですが、そういう意図が出ていましたか。

松本　それはどうでしょうか……。詩劇的な側面は、しんがりだった『鹿鳴館』の方によく出ていたんじゃないでしょうか。

戌井　そうですね。あっちの方がね。

松本　そうした点でも、二人はライバルですね。そして、福田さんの方が先行していた。

戌井　最近ね、あの脱退事件について、三島さんも前もって知っていたと、岸田今日子が誰かに言ったってことを聞いた。

山中　岸田今日子が書いてます。

戌井　あ、そうですか。

山中　知ってはいたけど、声をかけられたのは前日で、これではとても動けないと……。

戌井　その前日ですが、僕は京都にいまして、東映撮影所へ他のことで取材に行き、岸田今日子に会った。すると今日子が僕に「ちょっと話があるんだけども」って。じゃあ今晩メシでもどうかって言ったら、「今晩はちょっと」って、じゃあ後で電話して決めようと言って、それっきり別れてしまったんですよ。そしたら、翌朝、あの記事が新聞に出た……。

山中 その時何か相談しておきたいことがあったんでしょうね。

戌井 僕を呼び止めて、そう言ったことは確かなんだから……。

松本 毎日新聞でしたかね。スクープされ予定よりも早く出ちゃったんでしょうね。スクープされずに、もうちょっと遅れてたら、戌井さんも巻き込まれていたかもしれない。（笑）

戌井 ハハハ。こんな記事出てるよって、ホテルのフロントのところで一緒に泊まっていた森雅之に教えられたんですよ。信じられなかった、そんな記事。

■『鹿鳴館』に驚く

松本 話が戻りますが、長岡さんが多幕物をやっておられますね。

戌井 長岡さんは割に気に入ってた。長岡さんは演出家として多幕物を主に扱い、自分の演出助手をしていた松浦に『鹿鳴館』をやらせたんだと、どこかに書いてます。

松本 そうして長岡さんが三島を押し出したというふうにも見えるのですが。

戌井 そうですね。

松本 僕はその『夜の向日葵』の初演も見ています。

戌井 大阪で？

松本 ええ。（当時のプログラムを手にして）いやあ懐かしいなあ。

山中 昭和三十年、アトリエ公演ではなく、いわゆる本公演として三島作品がとり上げられた最初のものですね。

井上 この時、『夜の向日葵』を選ぶか『只ほど高いものはない』を選ぶかという議論にもなったんですか？

戌井 それは知らない……。

松本 戌井さんが『只ほど高いものはない』がいいんじゃないかと言ったら、長岡さんは『夜の向日葵』を先にって、主張したということですが。

山中 『只ほど高いものはない』と『葵上』をやった時のプログラムに掲載された「演出雑記」に、戌井さんがそうお書きになられています。

松本 その辺はどういうふうにお考えかなと。

戌井 作品の評価ってのはよくわかりませんけど。当時は『鹿鳴館』と『近代能楽集』以外はそれほど関心はなかったんです。

井上 『近代能楽集』の一連の作品には、いわゆる新劇とは随分違う可能性を感じておられた？

戌井　ある意味で新しさですね、僕にとっては。『鹿鳴館』はね、読んだだけでも、文学座でやった時も、こんな芝居書く人は今の日本の現代作家でいないし、すごいなあと。僕は演出やれるとは思ってなかったけど、一九六二年の新派の時は松浦がアメリカへ行ったので、三島さんから「あんた、演出してくれよ」って言われた。それで大いに喜んで新橋演舞場でやった。彼はね、文学座はこれを小劇場でやると承知していながら、大きい舞台を想定して書いていますよ。

山中　文学座の初演は第一生命ホールでしたしね。

戌井　それで僕は、新橋演舞場では茶室の前の庭を広くとって、芝生の上に三島好みの緋毛氈を敷いて、野立ての風情を見せたのです。実際には茶を立てなかったけれど……。

井上　そういう楽しみがありますね。花道があって、そこからこう八重子が出てくる。

戌井　彼は書いているでしょ、八重子さんが出る時……。

井上　素晴らしいと。

戌井　それを劇場の監事室で、これくらいの部屋なんですけど、一緒に見ていると、三島さんは「はあっ」と言って、バーンと僕の肩叩いて（笑）。「すごいねえ」って。

松本　いやあ、大成功でしたね。

井上　そうすると、文学座の杉村春子にあてて書いた芝居でありながら、『鹿鳴館』には、それまでの新劇とは随分違う魅力が……。

戌井　銅版画と錦絵と彼は言ってますでしょ。当然、書く時は文学座にはめて書いているんだけれども、頭の中では錦絵的なものも想像していたんだろうと思うんですよ。それから二、三日おいてからだったか、三島さんは「やっぱり台詞は杉村かなあ、戌井さん」なんて言っていた。彼は書く段階から、大きい舞台では風俗・衣裳を錦絵風にと、両方のイメージを抱いていたと僕は思うんですよ。

松本　水谷八重子もすごいが、しかし、杉村春子という役者がいたから書けた、というところがあるでしょうね。

戌井　でも杉村春子が最初に音をあげたんです、稽古の時に。その時の稽古をね、僕は見ていたんですけども、「これは言えないわ、こんな難しい台詞」って、台詞で悩んでいました。まあマイペースなのは中村伸郎なんですけど。

井上　三島は影山を中村伸郎って想定していましたでしょうか？

戌井　文学座で書くんだから、はめて書いているわけで、中村伸郎で書いたんでしょうね。

井上　ピッタリですね。

戌井　ハハハ。でもわれわれから言わせるとね、ちっとも変わらないと。いつもの中村伸郎と同じなんですよ。だけど杉村春子はいつものようにやれないわけ。他の連中もそうですよ。宮口精二にしたって誰にしたって……。

松本　そこが面白いところですね。杉村春子の才能かもしれない。しかし、あの時、北村和夫はよかったですねえ。

戌井　北村和夫、とことんダメだったんですよ。散々しぼられたらしいですよ。それが舞台稽古になって俄然よくなった。

松本　「あなたの髪、……この黒い髪、……会はないでゐた二十年の間といふもの、夜の闇が夜毎に染めて、ますます黒く、ますます長く、ますますつやゝかになつたこの髪……」というところ、あの台詞は今も忘れられませんよ。

戌井　名台詞ですね。ところで、新派の時の後日譚はご存じでしょ。

山中　新派初演の『鹿鳴館』の時の伊志井寛脱退騒動ですね。北村和夫が杉村春子にガツンと釘を刺されちゃったという。

戌井　そう。伊志井寛が突然役を下りると言ったんで、北村が代わりに出るという。三島由紀夫も北村で行くかと。

井上　三島由紀夫が北村で、と言ったんですか。

戌井　そう、三島由紀夫が北村でって。難しいんじゃないかと、僕は思いながら、でもやっぱり、北村しかいないんですよ。あれだけの台詞を急には覚えられないし。三島由紀夫が久保田先生へ電話したのかな。それで久保田先生が、北村に「伊志井の代わりやってくれ」って電話したんです。そこで北村が杉村さんに了承をとろうと電話したら「もうあんたとは芝居しないからね」って言われた。いちばん困ったのは北村でした。杉村さんはね、森本薫のものは全部自分のものと思っているでしょ。三島さんが『鹿鳴館』を書いてくれ、自分の役がよくって、評判もよくって、何回も演りましたから、杉村さんは、これも自分のものだと思い込んでいる。ところが作家はね、自由ですからね。杉村さんにしてみると、『鹿鳴館』を新派がやること自体不満だったのです。演出は僕だと言ったら、「あゝそう」って冷たい反応でしたね。

井上　自分の相手役の北村和夫までは貸せない、という感覚ですね。杉村さんとしては、演じつづけたいお芝居だったでしょう。

戌井　そりゃそうです。その後、文学座四十五周年の時かな。もう大分経ったから、僕も文学座でやりたいし、杉村さんもやりたいだろうし、頼んでみようかって、杉村さんに言ったら、「頼んでくれ」って。

山中　杉村春子が希望したんですか。

戌井　はい、四十五周年の時にね。それで打診したんですよ、三島さんの奥さんに。そうしたら奥さん、その時は外国旅行していてね。すぐに返事もらえなかったんですけど、電話がかかってきて、「折角だけどもね、事件があってから何年も経ったけど、あの時、三島と一緒に文学座をやめた人がいる。そういう人に対してちょと言い訳がつかない」と。

山中　そういうわけでしたか。

戌井　そうそう。賀原夏子やNLTの連中です。そういう人たちがいるので、「まだやってもらう段階ではありません」って、断られたんですよ。それからまたしばらく経ってから、こないだ亡くなった寺川というのが松竹にいましてね。
山中　プロデューサーの方ですね。東横劇場の『黒蜥蜴』なんかも寺川さんだったと思います。
戌井　寺川知男がこの新派の時もプロデュースでやってたんですが、「もう戌井さん、文学座でやろうと思えば、こちらからも言うし、永山武臣会長もいるから、サンシャイン劇場あたりで、文学座の公演としてやっても良いんじゃないか」というようなこともあったんです。これは奥さんが亡くなった後ですけどね。今の段階では、僕はね、文学座でね、杉村さんはもう亡くなりましたけども、江守徹でやりたいと思っています。
山中　それはいいですね。江守の影山での文学座公演……実現するとしたらとても楽しみです。
戌井　江守もこないだ病気したし、いま直ぐというわけじゃないですけどね、僕はやりたいと思っている。
井上　文学座でやっぱり見たいですね。
戌井　文学座は台詞に関しては伝統がありますから。

■初演の舞台を踏襲して

松本　今度の新派の『鹿鳴館』は如何ですか。
戌井　新派はね、何回もやりましたからね、今の水谷八重子で。最近にやったのは十二年前でしたか。今回と同じ団十郎さんとです。台詞はね、キチッと、まあデクラメーションの素養がある人たちですから。団十郎は歌舞伎の人だけに、台詞のメリハリが決まっているし、役の突っ込みも深くて、影山の人柄がよく出ますよ。水谷八重子も回を重ねるごとに、美意識は初代に程遠いけれど、台詞はおっ母さんを上回っています。実は三島由紀夫の本読みを録音したテープがあるんですよ。新派初演の時のもので、それを彼女は熱心に聞きながらやっています。
松本　稽古のために三島自身が読んだんですね。
戌井　ええ。全部ではなく、三幕までですが。
井上　そんなテープがあったんですか。昭和三十七年の秋ですね。
松本　三島直伝の台詞ということになるのかな。
戌井　舞台美術は、僕が日生劇場でやった時（昭和63）とか梅田コマでやった時（昭和62）と、スタッフも全部違うんです。やっぱり文学座でやった時代の、三島由紀夫も一緒にいて、彼が舞台美術にあれこれ注文出したことを基調にしてね、ダンスも非常に古風な感じにしてもらって、まったくオーソドックスにやっています。
井上　古めかしいようでも、重厚な華やかさということですか。
戌井　こないだの四季の舞台、テレビで見ただけですが、非常に新しい装置でしたね。平幹二朗と佐久間良子でやったのも随分変わった舞台装置でしたが、とに角、僕は新派でも、文学座初演のスタイルを踏襲しています。それを三島由紀夫は喜んでくれたのですから、あれをもう一度と思っています。

井上　そういう舞台をぜひ見たい。

戌井　それに新派本来の特色も生かしてと、新派の連中も張り切ってますから。

松本　今度もまた戌井さんは役者として出演なさいますか？

戌井　いや（笑）。

松本　陳大使役で出たのは、いつでした？

戌井　初演の時じゃなくて旅公演じゃないかな。

山中　新派でも三島は出ていましたね。

戌井　出ました出ました。

井上　久雄役は今度どなたですか？

戌井　新人です。この前の時はまだ十七くらいだった、今の海老蔵君です。歌舞伎の人たちは少々難解な台詞でも、持ち前のデクラメーションで堂々と言いこなしてますよ。

井上　影山役は、今度は団十郎ですが、新派の初演は森雅之でしたね。

戌井　初演の時、彼はもう台詞に困って、覚えなくてね。水谷さんは格別として、芝居全体としては稽古不足が目立って……。しかし、二回目の時はね、彼も心を入れ替えて、台詞をしっかり覚えてね。服装をね、燕尾服をフロックコートにしたんですよ。髭を付けてね。非常に陰気な、陰性な影山になって、よかったと思う。

井上　影山って単純な役ではないですからね。ただの権力欲とかいうのではなくて。

戌井　終わりの方はね、冷静だったのが逆転しちゃって、感情的なものを出して来るしね。

松本　新派では『朝の躑躅』だとか『恋の帆影』をやっておられますね。

井上　『恋の帆影』はどうして選ばれたんですか。僕は戌井さん演出の舞台を拝見しました。

戌井　僕が演出したのは初演ではないんですよ。

山中　日生で初演してから二十数年ぶりの再演で、玉三郎が主演した時ですね。

井上　これはでも、難しい芝居……。

松本　難しい芝居ですね。新派には合いそうで合わないんじゃないですか。

井上　観客としてどこに焦点を絞って観ればよいのか、ちょっとちぐはぐな感じが否めない気がします。

戌井　そうなんですよ。新劇のようにキチッと稽古すればまだいいんですけどね、新派は一週間もないんですから。四、五日でやっちゃうんですから。

井上　『恋の帆影』をやろうっていう企画はどこから？

戌井　松竹ですが、玉三郎さんがやってみようと思ったのじゃないですか。

松本　戯曲そのものはよいものだと思いますので、別な形でやればと思いますね。
戌井　もうあまり勉強する時間もないけれども、僕、少し勉強し直します。舞台装置としては面白いですね。
井上　あの『葵上』の帆のイメージと重なりますね。しかし、『喜びの琴』は、三島の作品の流れからいうと、やはり異質ですね。あえていえば低調というか。それから『恋の帆影』になる。しかし、その後の『サド侯爵夫人』で、やはり三島は凄いなという感じになります。
山中　『トスカ』なんかで折角シアトリカルなものを、三つのテーゼなんかも出してやっていたのに、『恋の帆影』になると、シアトリカル云々という感じではないですよね。ちょっと観念的すぎるような……、劇団の違いもあるのかもしれませんけども。
戌井　読むだけで言えば『サド侯爵夫人』は最高のものでしょう。『鹿鳴館』と比べてもそうですけど、『鹿鳴館』はちょっと矛盾があったり、朝子の性格とか、息子が父を殺そうとする動機なんかも、もうちょっとわかりよくしてもらえればいいなと思うんだけれども。『サド侯爵夫人』はちゃんと理にかなっています。
井上　奥行きがありますよね。『恋の帆影』のみゆきなどは、奥行きを出そうとしているんだろうけども、ちょっと伝わりにくいですね。
松本　話が変わりますが、『地獄変』（昭和53）で歌右衛門さんと一緒に演出をされていますね。どうだったんですか？
戌井　みんな役者が怖がりましてね、歌右衛門を。玉三郎、吉右衛門、仁左衛門でしょ。僕がダメを出しに行くと、「それは成駒屋さんが言うんでしょ？」って聞くから、勿論そうだって言うと、聞いてくれる。みんなね、怖がってましたよ（笑）。
山中　じゃあ、歌右衛門が演出の方でも……。
戌井　いや、実質は私が演出で、歌右衛門さんはやりませんでしたが、舞台稽古と初日は来ました。

■新劇から歌舞伎・新派まで

松本　戌井さんのお仕事を見ますと、歌舞伎から新派からいろいろな方面に及んでいますね。どうなんでしょうね、戌井さんの血の中には喜多村緑郎の血が入ってるということがあって……。
戌井　芝居らしい芝居って言えば歌舞伎で、新派の様式らしい様式も捨てたもんじゃない。今は若い連中が小劇場でどんどん芝居をやってますけども、昔は我々新劇の者が、新派やる時はちょっと抵抗あったんですよ。みんな黙っていたのは、久保田万太郎がいるから。僕はそれを幸いに、歌舞伎や新派へ行って、僕の名で演出やって、役者たちにこうしろああしろという注文は出します。けれども、彼らは自分たちで役を作ってゆく。これは随分勉強になりますよ。杉村さんも、晩年、いろんな人たちと芝居をしている。そんなに頻繁じゃないけど、新劇ふうの芝居を尾上松緑とサンシャイン劇場でやったり、玉三郎さんと共演したり。しかもそれが自分のやった『華岡正洲の妻』だったりする。ああいう大きい舞台で、大きい役者、歌舞伎の方とやったりする中で、杉村さんは新劇女優としてね、大女優になったと思う。あの人の芝居自体は、台詞なんかがせせこましくて、結構ゆとりがなかったんだけど、そういうところを克服した。そうして、晩年の杉村春子は大女優になったなと……。

井上　他ジャンルということになりますと、福田恆存の『明智光秀』がありましたでしょ。戌井先生の演出ですね。文学座の当時の受け止め方はどうでした？

戌井　あれはね、福田恆存の企画で、演出も福田さん自身だったのです。福田恆存と松本幸四郎（白鸚・八代目松本幸四郎）との間で話がまとまってやった。僕は初めに声かけられ、両方の連絡を取り合ったりしたんですよ。

井上　座内でも、積極的な受け止め方でした？

戌井　ええ。思いがけなかった歌舞伎とのコラボレーションですからね、双方に活気がありましたよ。昨年がね、その先代幸四郎が『明智光秀』をやってから五十年目なんですよ。それで花をあげて来ました。もう一度やりたいなと思いますよ、今度は歌舞伎で。

井上　面白いですね。

戌井　あの当時、幸四郎と杉村との歌舞伎風な「マクベス」ということで評判になったんですけども。

井上　杉村春子は、その時にはそういう芸域の広さみたいなのが……。

戌井　杉村さんは新劇で、写実の芝居に馴らされて来ていたけれど、『鹿鳴館』の台詞で苦労しましたからね。三島由紀夫が杉村さんに、「心理的にどうのとか、この感情でどうのなんて神経を使わずに、堂々とやりなさいよ。もうあなたは一番偉い大役者なんだから、その気持でどんどんやってよ」って言っていってたのを僕は横で聞いていたけれども。

山中　三島はそういうふうに言ってましたか。

松本　『トスカ』の時のこととして、書いてますね。

戌井　新劇の人間はどうしてもその裏付けをね、心理の裏付けをしないと、リアリティが掴めないのですね。

松本　三島のああいう台詞はどこから出てくるんでしょうねえ。

戌井　どこからでしょうね。

松本　とくに『鹿鳴館』のような台詞はね、聞いていると、歌舞伎ですとね、黙阿弥に非常に近いような気がするんです。黙阿弥ってのはどの芝居見ても、朗々たる台詞が出てきますね。三島さんのお芝居ってのは何かああいう台詞と通じるものがあるんじゃないかなって、そんな感じを持っています。

戌井　三島さんは、もう学習院時代から戯曲を書いているでしょ。教養として、どういうものに接していたのか……。
松本　三島さんの基本的な演劇教養は、歌舞伎ですね。中学生になった早々から、歌舞伎にこころを奪われ、熱心に見続けた。
戌井　やっぱり歌舞伎でしょうねえ。日本人ですからねえ。
松本　新劇の他の劇作家と、その点が決定的に違う。
戌井　だからあれだけの歌舞伎の台本を書いた……。
松本　それとともに、新劇の世界であれだけの大きな花を開かせることができた、ということがあったわけで。

■最後の芝居

戌井　あの人の最後の芝居は何になるんだろうな。晩年、戯曲書くのが嫌になった、これでおしまいだとか、言っていたとか。
山中　『椿説弓張月』や『癩王のテラス』なんかありますが、新劇だと『わが友ヒットラー』でしょうかね。
戌井　僕はね、三島さんの最後の戯曲はね、自分で書いて自分で主演して自分で演出したんだと思う。
山中　というとそれは、市ヶ谷でという……?
戌井　つまりナマで主演した、自作自演演出ですよ。もうあいうようところへ行かざるを得なかったんじゃないかなと思う。『わが友ヒットラー』で終わるんだったらね。
井上　芝居魂がある人は、ある状況になった時、何事も劇的になってしまうところがあるのでしょうね。文学座の分裂の時もそうですが、ドラマになってしまう。
戌井　そうですね。
松本　最後になりますが、今度の『鹿鳴館』の演出について、特に新しい工夫を挙げれば、どういうことでしょうか。
戌井　役者はともかくとして、日本の舞台は奥行きがないですから、割と縦の動きがないんですよ。でも、僕は縦の動きを使うんです。例えば、三幕で影山が女中の草乃と話をしている時に、久雄のことなどを考えながら足を運んでいて、フッと思い当たって正面向くところがあるんです。そこを意識して芝居してもらいたいと、正面を向いた時に表情が変わるようにって。六代目菊五郎の『忠臣蔵』の判官は、師直にさんざんいたぶられて、ふっと顔あげた時に青ざめて見えるんですよ、実際に。そのように影山が正面を向いた時に、カーッと紅潮した顔を見せて欲しいんです。横の動きだけでは、はっきりしないんです。舞台センターで後ろ向きに立ち止まって、フッと振り向いて「清原か」と言う。そこに一番力入れているんですけどね。まあ今度も、平面的にならないように、なるべく動かしたいと思っています。
井上　そういう感じで演出なさると、団十郎の存在感が強く出るでしょうね。
戌井　みんな新劇やろうとすると難しく考えるんです。台詞の意味とか気持だとか。それも必要ですけども、むしろ自分の台詞のエロキューションですよ。

井上 三島演劇の心理ってのは、日常から類推される心理のもう一つ先を行くようなところがあるんで、表面的な心理学で感情を整理するだけじゃ駄目ですね。

山中 写実的な心理模写だけでは届かないかもしれませんね。

松本 心理、感情は観客の方にまかせればいいんですよ。

戌井 前に団十郎さんがやった『春の雪』。こないだから海老蔵君にやれやれって言ってるんですけどね。これ好きですし。初演の脚本は川口松太郎さんでしたが、今度やる時は新しい脚色で。

松本 それじゃ、戌井さんがやるべき三島のお芝居はまだまだありますね。

戌井 ええ（笑）。

松本 新劇では大芝居ってのはなかったですものね。それを三島ひとりが作ったようなとこがあるでしょう。

戌井 でも、どうして『喜びの琴』の時、『鹿鳴館』みたいのを書いてくれなかったのかなあ。正月公演だというのに。

山中 三島由紀夫が亡くなった時は？

戌井 隣の第二稽古場の二階で会議やってたんですよ。杉村さんもいまして。テレビがついていて……。その時、そのショックはね……。やっぱり三島さんの思想というものがハッキリしたなあというか、その瞬間に。

井上 じゃあ、『喜びの琴』から一直線上に……。

戌井 あるんですよ。

山中 『喜びの琴』は三島にとっては踏み絵以上の意味があったんでしょうか。しかし、この戯曲、この事件以来すっかりある種のイメージが出来ちゃったようで、上演史なんかを調べてみると、その後全く再演されてないようですね。日生でやった時も、変に固いイメージがつかないようにと考えたのか、宣伝ではスリラーのような要素を謳ったみたいですが、やっぱり難しいのかなあ。

戌井 これ、もうちょっと短くして、テーマの信頼と裏切りがはっきり分かるような面白い台本にしてね、僕やってみようかなと思うこともあるんですよ。若い連中を使ったら面白いかもなあと、勉強会でね。

松本 三島と戌井さんの係わりは、深くて、恐ろしく微妙で、じつにさまざまな問題が詰まっている、ということを強く感じました。きょうはその輪郭に触れただけかもしれませんが、われわれにとっては、じつに刺激的でした。大正五年のお生まれで、三島より九歳も年上で、なお現場で精力的に活躍されておられ、『喜びの琴』の再演までお考えとは、驚くよりほかありません。どんな舞台になるか、想像するだけでも、ワクワクします。まだまだ伺いたいことかありますが、きょうはこのあたりで。長時間、まことにありがとうございました。

左から、井上隆史・山中剛史・戌井市郎・松本徹 各氏（文学座前で）

■略歴

戌井市郎（いぬいいちろう）氏は、大正五（一九一六）年京都生まれ。本名は戌井市郎右衛門。喜多村緑郎は祖父にあたる。昭和十年に創作座研究生となり、十二年の文学座創立に演出部員として参加。昭和二十年の森本薫作、杉村春子主演「女の一生」初演の演出助手を務め、以後「女の一生」補訂・演出を務める。戦後は文学座の代表的作品を多数演出し、三十八年には文学座理事、四十五年には代表幹事、（株）文学座取締役に就任。その後社長職を経て現・文学座会長。日本劇団協議会会長、日本演劇協会理事。また文学座での活動の傍ら、演出家として歌舞伎や新派、商業演劇など数多くの舞台演出を手がけ、紫綬褒章、勲三等瑞宝章、朝日舞台芸術賞特別賞、読売演劇大賞芸術栄誉賞他数々の賞を受賞。近年では自主企画にて舞台俳優としても活躍。著書に、『芝居の道―文学座とともに六十年』（芸団協出版部、平11）がある。

■戌井演出＝三島作品一覧

昭和30年6～7月　文学座「葵上」毎日会館、弥栄会館、第一生命ホール　出演／北城真記子、神山繁、岸田今日子他

昭和32年4月　文学座アトリエ「綾の鼓」文学座アトリエ　出演／福田妙子、小瀬格、北見治一他

昭和34年4月　文学座大阪アトリエの集い「船の挨拶」日立

ミュージックホール　出演／稲垣昭三
昭和37年6月　文学座大阪アトリエの集い「綾の鼓」日立ミュージックホール　出演／小川真由美、笈田勝弘、若林彰他
昭和37年11～12月　新派「鹿鳴館」新橋演舞場、新歌舞伎座　出演／水谷八重子、森雅之、伊志井寛他
昭和38年6月～7月　文学座「トスカ」東京厚生年金会館、愛知文化講堂、神戸国際会館、毎日ホール、吉原市民会館　出演／杉村春子、加藤武、三津田健他
昭和38年9月　新派「燈台」新橋演舞場　出演／森雅之、阿部洋子、小柳修次他
昭和38年10月　新派「鹿鳴館」明治座　出演／水谷八重子、森雅之、伊志井寛他
昭和39年6月　新派「鹿鳴館」御園座　出演／水谷八重子、森雅之、金田龍之介他
昭和48年1月　松竹・三島由紀夫作品連続公演「春の雪」日生劇場　出演／佐久間良子、市川海老蔵、丹阿弥谷津子他［川口松太郎と共同演出］
昭和53年6月　歌舞伎「地獄変」新橋演舞場　出演／坂東玉三郎、中村吉右衛門、片岡孝夫他［中村歌右衛門との共同演出］
昭和54年3月　松竹「春の雪」南座　出演／市川海老蔵、酒井和歌子、辻萬長他［川口松太郎と共同演出］

昭和55年2月　新派「鹿鳴館」明治座　出演／水谷良重、坂東玉三郎、菅原謙次他
昭和55年4月　新派「鹿鳴館」中日劇場　出演／水谷良重、坂東玉三郎、菅原謙次他
昭和56年4月　新派「鹿鳴館」南座　出演／水谷良重、坂東玉三郎、菅原謙次他
昭和56年8月　新派「鹿鳴館」歌舞伎座　出演／水谷良重、坂東玉三郎、菅原謙次他
昭和62年9月　コマ劇場「鹿鳴館」梅田コマ劇場　出演／有馬稲子、芦田伸介、上月晃他
昭和63年10月　松竹現代劇「鹿鳴館」日生劇場　出演／若尾文子、平幹二朗、東恵美子他
平成2年4月　新派「恋の帆影」新橋演舞場　出演／坂東玉三郎、藤堂新二、安井昌二他
平成7年11月　新派「鹿鳴館」新橋演舞場　出演／水谷八重子、市川団十郎、中山仁他
平成20年6月　新派「鹿鳴館」新橋演舞場　出演／水谷八重子、西郷輝彦、市川団十郎他

特集 金閣寺

『金閣寺』の位相

大久保典夫

たまたま書庫のいちばん奥の古雑誌の置棚を調べていたら、三島由紀夫「わが友ヒットラー」一三〇枚が巻頭に載った「文学界」昭和四三年一二月号を見つけた。懐かしさから取り出して読んでみると、強力な磁力に引き込まれたように最後の幕切れのヒットラーの台詞《せりふ》――「さうです、政治は中道を行かなければなりません」まで一気呵成に読まされてしまった。ああ、これだな、とわたしは思った。思った、というより再確認したといったほうが適切かも知れない。『金閣寺』は何度読んだか分からないが、この小説の成功は、ひとえに主人公「私」(溝口)のモノローグ形式の文体にあって、「金閣を焼かなければならぬ」――「私」が〈美〉の呪縛を断ち切って「認識」から「行為」に賭け、最後の「生きようと私は思つた」まで、周到に計算された文体で力強く押し切っている点、見事というしかない。

「わが友ヒットラー」に触れた関連で想い出すのは、「総特集 三島由紀夫の猛挙」と銘打たれた「季刊ピエロタ」(一九七五終刊号)に収録されているシンポジウムで、冒頭に「発言」として、大久保典夫「三島由紀夫における悲劇」、石堂淑郎「三島由紀夫的《フォルム》」、小川徹「三島由紀夫と花田清輝」、丸山邦男「〈三島〉と内なる〈天皇〉」が載っている。まず、わたしの「発言」を受けたかたちの脚本家・石堂氏のそれを引いておく。

先程大久保さんは三島は戯曲の方が優れている、と言われましたけど、例えば『わが友ヒットラー』で、最後にヒットラーが―政治は中道でなければいけない―という台詞を最初に発見して、その台詞を最も効果的にカタストロフへと持っていくように総てを叩き込んでいくと言われましたけれども、大体そうで、三島さんの小説を読んでいると、要するに変えようがない訳です。非常に古典的に相拮抗する力というのがあって、それで進んでいってるもんですから、その間に脚色する余地がないという風な具合です。

そして、学生時代に読んだという石川淳の『文学大概』を挙げ、小説を短編と長編に分けて彼は、短編というものは最後の一行が分かってからそこへ全部持っていくように書く技法でいいが、長編の場合は、後は何も分からない。一行が次の一行を生んでいくようなものである。それが石川淳の長編小説論で、大きく言えば散文というのは、茫洋として捉え難いものだという。ところが三島の小説は、一行書いて次の一行を呼ぶという風な事はなくて、戯曲的な発想からとにかく一つの山場に全部盛り上げていく。すると脚色という操作は、それをいかに効果的にするかということしか残されていない。もう一つ中へ踏み込めないし余分なところがない訳だ、と脚本家からの実感を述べている。

周知のように、三島由紀夫の『金閣寺』（新潮社、昭和三一）は、一九五〇年（昭和二五）七月二日早暁の徒弟林養賢《はやしようけん》による国宝金閣放火事件に取材して成ったもの。三島の『金閣寺』と対蹠的な作品としては、この事件を二十年かけて現地取材し、また、事件当日、西陣署から犯人逮捕に向かい、林を署に連行し、拘置所まで送った若木松一（のち西陣署長）の保存していた「金閣寺一件」なる分厚い回顧録と資料を中核にすえた水上勉の労作『金閣炎上』（新潮社、昭和五四）がある。水上氏は「あとがき」で、「……いろいろと周囲のことを調べ、事件にかかわった人から話をきいてゆくうちに、私なりの考えがまとまっていったことも事実である。その間に二十年かかったというのである。作品はつまり、その歳月の報告である」というが、初版オビにもあるとおり、「……六年後、身も心もぼろぼろになって滅んだ男の生と死を見つめ、足と心で探りあてた痛切な魂の叫びを克明に刻む問題長編小説」（傍点大久保）といっていい。

小説は、敗戦間際の四四年八月はじめ頃、すでに還俗《げんぞく》して高野分教場と呼ばれた学校に勤めていた「私」（作者）が、青葉山の杉山峠から北へ少し行った茅《かや》っ原《ぱら》で、ふたり連れの男たちと出会うところから始まる。男たちというのは、「私」が京都の相国寺塔頭《たっちゅう》の小僧だった頃、般若林《はんにゃりん》中学へ通っていたときの上級生だった滝谷節宗（父が死んで近在の海泉寺の住職）と、その時しか見ていない中学生。中学生は「私」たちの懐旧談を興味ぶかげに聴いていたが、ときどき眼は海の方へ向けていた。

知っとるか。あんたにも縁がある子や。金閣寺にいよる。成生の西徳寺のぼんで、いま花園の四年や。昨日《きんの》、和尚《おしょう》の法事をつとめにもどって、西徳寺で会うた。わしも今日は関屋の村葬にゆくんで一しょにほんなら青郷《あおのごう》に出よかいうて……。

金閣寺の話になったとき、滝谷のうしろから中学生が、

き、き、き、金閣は先住さんが死なはって、もうし、し、新命さんが長老はんどす。

どもりながら言ったので、「私」は二度ビックリする。極

端な吃音《きつおん》で、き、き、きと首の血管がふくれるほど息張る。それで、この中学生が、寡黙にこっちをにらむように見ている理由が分かった。あんたはすると、新しい和尚の弟子か、と「私」が訊くと、「は、は、はい、そうです」と中学生は答えた。帽子の阿弥陀からのぞいた額ぎわはへんにせまく、くちびるのあついところと、眼尻のつりあがった感じがかすかな圧迫感を突きつけたという。

この中学生が、六年後、金閣へ放火して世間を騒がせた林養賢で、金閣が焼けたとき、浦和市白幡《しらはた》町の農家の土蔵を借りて住んでいた「私」は、働きに出ている妻の留守を、四歳だった子を連れて浦和駅に新聞を買いに通う。そして三日目、もう一つの衝撃的な記事に息をつめる。林養賢の母の死だった。

母の林志満子《しまこ》は、当時仮寓《かぐう》していた京都府大江山麓の尾藤部落から、実弟の勝之助に伴われ、西陣署に面会に行き、養賢が会見を拒否したので、失望のあげく帰村する途次、山陰線保津峡駅をすぎた汽車が断崖に差しかかったところ、車《しゃ》輛《りょう》の連結点から、川へ投身した。子の罪を身をもって償《つぐな》いたい、と彼女は洩《も》らしていた、と新聞記者は付け加えていた。

翌日の新聞には、死体は南桑田郡篠村役場に収容された、とあった。勝之助が次の馬堀駅から引き返して受けとった時はすでに暗くなっていた。姉の遺体を弟はそこから大江山麓の尾籐部落へ運んで、荼毘《だび》に付す。

「私」は、志満子の遺体が嫁ぎ先の成生部落へ帰らず、出生地の尾籐へ帰ったことに、複雑な思いを持つ。子の養賢は成生が在所なのに、母も嫁ぎ先で眠るのが若狭の習慣であるのに、なぜ成生に帰らなかったのか。

この長編小説は全43章から成り、今までわたしの述べてきたのが4章までで、5章以下で、五六年夏以後五度訪ねた成生部落のこと、そして養賢の生い立ち、肺結核で死んだ父道源と孤独で気丈だった志満子の貧窮生活から描き出される。五六年といえば、三島由紀夫の「金閣寺」がその一月から「新潮」へ連載（一〇月完結）された年だが、別にそれに刺激されたとかいう浅はかな動機ではなくて、同年三月七日、父と同じ肺結核で二十七年の生涯を終えた孤独な青年への追慕の想いのふかさのもたらしたものだろう。

現地調査や聞き書きや裁判資料その他、さまざまな実証的手続きを通して、吃音のため充分に人に思いを語れなかった林養賢の孤独のふかさを炙《あぶ》り出した『金閣炎上』は、永いあいだ探して分からなかった林養賢と志満子の墓を、青葉山麓の安岡部落の共同墓地に発見する記述で終わっている。ともに林家の建立によるものであった。「母子が俗家へ帰ったのだから、養賢としては、身近な在家である林家にもどって不思議はない、と思えるものの、大江山麓から嫁にきた志満子が、里の墓地に眠らず、夫の実家の墓地で、成生の夫とはなされて眠るけしきは『三界に家なし』と仏門でいう女のありようを思わせた」。村人に訊いてみると、母子の墓には、僧形の墓参者はひとりとてない、という。

水上勉には、『文壇放浪』（毎日新聞社、昭和七二）その他、回顧録がいろいろあるが、中村光夫が「観念的私小説」と評した三島由紀夫の『金閣寺』についてはまったく触れていない。小林秀雄との対談「美のかたち」（「文芸」昭和三二・一）によると、三島は「当人の経歴をズッと調べた」といい、たしかに大枠では、犯行に至るまでの林養賢の半生を模しているが、上記対談で「現実には詰ンない動機らしい」と切って捨てている。水上氏は、林養賢に金閣放火を決意させたものは、金閣寺内の事情をおいて考えられない、と再々述べ、「彼の供述には、収入の多い金閣を支配しながらも、禅僧としてのたてまえを言い、夜ごと隠寮へ酒をつぎにこさせて、ついでにその場で説教する和尚への反感にあふれている。師匠の生き方に絶望した小僧はどこへゆくのだろう。金閣さえ焼いてしまえば、という発想を持つにいたる経緯を彼は率直に告白している」（傍点大久保）と要約している。水上氏の林養賢への感情移入が生かされるのは、むしろ直木賞を受賞した『雁の寺』（文芸春秋新社、昭和三六）で、ユルスナール（『三島あるいは空虚のヴィジョン』）のいうように、唯美主義者・三島は犯罪動機のなかから「ただ一つだけを拾いあげた」だけなのかも知れない。

さきにわたしは「金閣寺」の成功を、主人公「私」のモノローグ形式にあるといった。「私」は林養賢でなく「溝口」という「吃音」の青年で、吃音者ということで外部社会から距てられている。小説は「幼時から父は、私によく金閣のことを語つた」という象徴的な書き出しで始まる。彼は辺鄙な岬（成生《なりう》）の寺の住職である父の許を離れて、父の故郷の叔父の家に預けられ、そこから東舞鶴中学校へ徒歩で通うが、たまたま学校へ遊びに来た明るさの象徴のごとき海軍機関学校生徒の短剣の黒い鞘の裏側に、周囲の目を盗んで二三条のみにくい切り傷を彫り込む。外部世界から遮断され暗鬱で孤独な「私」は、近所に住む美しい娘有為子《ういこ》の身体《からだ》を想って耐えがたくなり、舞鶴海軍病院の特志看護婦になって自転車で夜明けがた出勤する彼女を待ち伏せるが、言葉に気を取られて石化してしまう。「何よ。へんな真似をして。吃りのくせに」。有為子の告口で、日ごろ温和な叔父から叱責された「私」は、恥の立会人である有為子の死を願うようになり、数カ月後にこの呪いは偶然なかたちで成就する。

「私」が外部から圧迫されて孤独に追い込まれるのと逆に、「私」のなかの金閣はますます輝きを増し、金閣への偏執が自分の醜さのせいであるのを自覚するようになる。「私」は美しい人（女）の顔を見ると、心のうちで「金閣のように美しい」と形容するまでになるが、実は「有為子」とは「美」の代理形成であり原初形態であって、物語の当初に描かれた

「有為子」と「私」の関係式は、そのまま「金閣」と「私」のそれ、そしてその必然の流れが金閣焼亡にまでつながるのである。

この物語はあくまでも主人公の「私」の想念の劇なのであって、金閣焼亡にいたる過程に夾雑物の介在はいっさいない。終局の、「私」が自殺せずに生きようと決意するのも、現実ではまったく無意味なことであるが、溝口（「私」）の認識者から行為者への転身は、そのまま作家三島由紀夫の道ゆきと対応しているのだ。

たしか「英霊の聲」（「文芸」昭和四一・六）が話題になっていた頃、大岡昇平が戦時中いち早く天皇を担ぎ出した林房雄について触れ、「英霊の聲」のような小説を書いたのも、「金閣寺」以後作品がないからですよ、とどこかで言っていた。これは単純な左翼史観からの批評で、八三年春、中上健次が東京学芸大学に講演に来たとき、彼と旧知のわたしは、終了後、研究室で歓談の機会を持ったが、彼は「英霊の聲」の多声性の文体を評価していた。浅野晃《あきら》の「英霊に捧げる七十二章」という序詞のある『天と海』（翼書院、昭和四〇）は、戦中の英雄《ヒーロー》たちへの鎮魂の一大詩篇で、「母国はかぐはしい一片の／朴《ほほ》の花びら」の詩句は近代まれな絶唱といってよく、わたしは〈楯《たて》の会〉の学生の下宿に招かれて、朗唱する三島の肉声のレコードを聴かされたことがある。

村松剛（『三島由紀夫の世界』）は、『金閣寺』は三島にとって青春の歌だった、というが、三島は、溝口という「私」を通してそれをどのように劇化したか、要点だけを見ていこう。

「私」は父の遺言どおり金閣寺の徒弟となり、かつて父と禅堂の友であった田山道詮和尚について得度する。東舞鶴中学校を中退し、和尚の口ききで臨済学院中学に転校した「私」は、東京近郊の裕福な寺の息子で、同じ学校に通う徒弟の鶴川を知る。鶴川は「私」の吃《ども》りを一度もからかったことのない「透明で単純な心」の持主で、外界から拒まれて在《あ》る「私」にとって「善意の通訳者、私の言葉を現世の言葉に翻訳してくれる、かけがへのない友」となる。

戦争が激化し空襲への不安が高まるにつれ、「私」には、それが逆に期待となり、この美しいものが遠からず灰になるのだと思うことで「私」は金閣との共生感に生きる。金閣が灰になるのはもはや確実で、金閣はふたたび悲劇的な美しさを増し、現実の金閣は、心象の金閣に劣らず美しいものとなる。戦争のおかげで、人生は「私」から遠のき、〈美〉との一体感に生きることで、至福の時を過ごす。そこへ思いがけなく「私」の内面生活と関係のない母が、父の一周忌に、位牌を持って現われる。和尚の読経を、旧友の命日にほんの数分間でも上げてもらおうとして、連絡のうえ訪ねてきたのだ。

そして、寺の権利はすでに人に譲り、わずかな田畑《でんばた》も処分して、父の療養費の借金を清算し、身一つで、京都近郊の加佐郡の伯父の家へ身を寄せていることを打ち明ける。

……もうおまへの寺はないのやぜ。先はもう、ここの金閣寺の住職様になるほかないのやぜ。和尚様に可愛がつてもろうて、後継ぎにならなあかん。……お母さんはそれだけをたのしみに生きてるのやさかい。

「私」は動顚して母の顔を見返す。しかし怖ろしくて正視できない。

「私」は背筋を硬ばらせて母を憎み、吃りながら言う。

空襲で金閣が焼けるかもしれへんで。

もうこの分で行《い》たら京都に空襲は金輪際あらへん。アメリカさんが遠慮するさかい。

このときの母との対面が、「私」の心に少なからぬ影響を及ぼしている、と追懐している。一つは「私」の知らない現実感覚をもった母の言葉によるもので、金閣が空襲をうける危険がないとすれば、「私」の生甲斐は失せ、「私」の住んでいた世界は瓦解するということ。そして、いま一つは思いがけない母の野心――あるいは父も同じ野心でこの寺に送り込んだのか、「私」も心がけ次第で師の後継者に擬せられるかも知れないということだ。もしそうなれば、金閣は「私」のものになる。「私」は惑乱し、あれこれ思いあぐねた結果、首の付根に赤い大きな腫物ができ、住職の世話で外科医の許に送られる。

三島は、「私」の母への憎しみの根源に、母の縁者の倉井という男が事業に失敗して成生に帰り、結核の父と「私」と母と、それに倉井も加わった一つ蚊帳の中での夏の深夜の母の不貞と父の大きな掌で目を塞がれた情景を写《うつ》し出しているが、水上勉の調査からは、志満子は気位が高く勝気な性格で男を寄せ付けず、成生では、肺結核の夫と吃りの息子を抱えて、どん底の貧窮生活に耐えて生きていただけだった、と思われる。

そして、戦争が終わる。「私」にとって、敗戦とは何であったか。溝口の〈八・一五体験〉は『仮面の告白』の「私」とまったく同じで、断じて解放でなく、不幸なもの、永遠なもの、日常のなかに融け込んでいる仏教的な時間の復活に他ならなかった。

しかし、何よりも重要なのは、「私」と金閣との共棲関係――蜜月が断たれたことへの絶望だろう。それに住職との関係。

通例、一つの寺では、住職に対する尊敬の念が寺の秩序を保たせる。過去一年世話になっていながら、「私」には老師に対する深い敬愛の心が湧いて来なかった。いや、むしろ母によって野心に火を点ぜられて以来、十七歳の「私」の目は、時折、老師を批判して見るようになっていた。世間の人たちが、生活と行動で悪を味わうなら、「私」は内界の悪に、できるだけ深く沈んでやろう、と決意する。

自瀆の折には、「私」は地獄的な幻想を持った。有為子の乳房が現われ、有為子の腿が現われた。そして「私」は、比類なく小さい、醜い虫のようになっていた。

戦後最初の冬の雪晴れの日曜の朝、老案内人が「私」を呼びに来て、ジープでやってきた泥酔の外人兵と娼婦らしい女を「私」が案内する。開館前だが、寺中総出での参観路の雪掻きは済んでいた。「私」は有為子とまったく似ていないその商売女を美しいと感ずる。しかし、ただ一点だけが有為子と共通していた。女が「私」へ目もくれなかったことだ。

やがて、ふたりは口論をはじめ、米兵によって雪の上に仰向けに倒された女の腹を踏めと命じられる。「私」は抵抗しがたく春泥のような柔らかいものを踏む。「もつと踏むんだ。もつとだ」。最初に踏んだときの異和感は、二度目には迸《ほとばし》る喜びへと変る。ジープのところまで来て、彼は座席から米国煙草を二カートン取り出し、「私」の胸に押しつける。この二カートンのチェスタフィールドを、大書院で副司《ふくす》さんに頭を剃ってもらっていた煙草好きの老師に口上を言って差し出すのだが、「私」の悪の行為に気づかぬ老師は、卒業次第「私」を大谷大学へ行かせることを約束する。

しかし、一週間後、学校から帰ると、大学進学の沙汰がなく、「私」と口を利かなくなっていた徒弟が嬉しそうな表情で「私」を見、寺男や副司さんの態度にも何かしら常と異なるものがあって、その晩、「私」は鶴川の寝室へゆき、寺の人たちの態度がおかしい、と訴える。鶴川は秘密を守る誓いを「私」にさせて、「私」の留守中、女が訪ねてきて、寺の小僧が外人兵に阿諛《あゆ》して腹を踏み、流産した、金を貰えなければ表沙汰にする、といわれ、老師は金を渡し、女を帰した。そして、このことを決して「私」に知らせてはならぬ、といったという。鶴川はほとんど涙ぐんで、「私」の手を取った。「本当に君はそんなことをやつたのか？」

この言葉は「私」にとって鶴川の裏切りを意味した。彼が「私」の〈陽画〉である役割に忠実であったら、問いつめたりせずに、何も訊かずに、私の暗い感情をそっくりそのまま、明るい感情に翻訳すべきであったのだ。そのとき、嘘は真実になり、真実は嘘になったはずだ。もし鶴川がそうしてくれたら、「私」も吃りながら、すべてを懺悔したかも知れない。が、このときに限って、彼はそれをしなかった。この鶴川の裏切りが、「私」の暗黒の感情を呼び起こす。「何もせえへんで」。「私」は鶴川に嘘を言う。「悪」は可能か？　目撃者はいないのだ。証人もいない。もし「私」が最後まで懺悔をしなければ、ほんの小さな悪でも、悪はすでに可能であったのだ。

三島の『金閣寺』で、ユニークでもっとも存在感のあるのは「可也強度の両足の内翻足《ないほんそく》」の柏木で、〈内翻足〉を自己の存在の条件としているような男である。臨済宗禅家の息子で大谷大学の学生。「私」が鶴川と感情の齟齬《そご》を来たし彼が後景に退くのと入れ替るように、「私」を人生へ促《うなが》すものとして柏木が登場してくる。

この厭人的で人を寄せつけない男が、同じ「肉体上の不具者」ということで、「私」を打明け話の相手に選び、どうして童貞を脱却したか告白する。

絶対に女から愛されないことを信じていた彼は、檀家の子で、裕福な美貌の娘から求愛されたが、「愛していない」と答えると、並外れた自尊心の持主のその娘は嘘だといい、ある晩、身体を投げ出してきた。まばゆいばかりの美しさ。それが彼を不能にする。彼女は柏木が愛していないことを知り、離れたという。俺の内翻足が彼女の美しい足に触れるのを思って、不能になったのだ、と柏木は説明する。

以後、彼は内翻足だけが自己の生の条件であることを悟り、たった一人で住んでいる村の老いた寡婦に目をつける。亡父の命日に父の代理で経を上げに行き、親戚ひとりいず、すべてすんで茶を馳走になったとき、夏だったので、水を浴びさせて貰いたいと頼む。老婆がいたわしそうに「私」の足に見入っていた。そのとき、ある企《たくら》みが浮かぶ。

部屋に戻り、身体を拭きながら、鹿爪らしく、自分が生まれたとき、母の夢に仏《ほとけ》が現《げん》じて、この子が成人した暁、この子の足を心から拝んだ女は極楽往生するというお告げがあった、と語った。信心深い寡婦は、数珠を爪ぐり、じっと俺の目を見つめていた。俺は好加減な経を称えて、数珠をかけた手で胸のところで合掌して、屍のように、裸《はだ》かのまま仰向けに横たわった。俺は目をとじ、口はなおも経を誦《ず》していた。

この醜悪な礼拝の最中に、自分が昂奮しているのに気付く。俺は起き上がり、老婆を突き倒した。老いた寡婦は突き倒されたまま、じっと目をつぶって、経を読みつづけている。

俺の目の前には、目をつぶって俺を迎えている六十幾歳の女の、化粧もしない、日に灼けた顔があった。俺の昂奮はすこしも途絶えない。そしてこれが茶番の最たるものだが、俺はいつか誘導されていた。

俺は凡てを見ていた。地獄の特色は、すみずみまで明晰に見えることだ。要するに、実相を見ることが俺の肉体の昂奮を支えていた。俺はそれ以来、安心して「愛はありえない」と信ずるようになった。俺は決して「愛されない」という俺の確信が、人間存在の根本的な様態だと知るようになった、と童貞を破った顛末を「私」に語った。「私」は烈しい感銘に見舞われる。

柏木は内翻足を武器にして、女を手玉に取るさまを実演して見せる。柏木によれば、内翻足を好く女は、飛切りの美人で、鼻の冷たく尖った、しかも口もとのいくらかだらしない女だ、という。ある日、柏木はそうした女の歩いてくる突先に、ごく低い石塀をまたいで崩折れ、女は立ちすくむ。柏木を扶け起そうとして「私」がひざまづいたとき、彼女の冷たい高い鼻、いくらかだらしない口もと、うるんだ目、そういうすべてから、瞬時、「私」は月下の有為子の面影を見る。

まだ廿歳を越えていない女は、「私」を蔑む眼差で見てゆきすぎようとした。

その気配を敏感に察していた柏木は、突然、叫びだす。その怖ろしい叫びは、人気《ひとけ》のない屋敷町に谺《こだま》した。

　薄情者！　俺を置いてゆくのか。君のためにこんなざまになつたんだぞ！　……君の家に薬ぐらいないというのか。

柏木を、女の後から彼女の洋館の家まで肩を貸して連れて行った「私」は、恐怖のあまり柏木を放置してあとをも見ずに逃げて帰る。

ここらでわたしは叙述の方法を変えて、青春の劇としての三島の『金閣寺』を、鶴川と柏木と「私」の三者関係を軸に考察しようと思う。

全九章のこの物語で、「私」が突然出奔し、厳寒の荒々しい裏日本の由良の海を眺めて「金閣を焼かねばならぬ」と決意するのは第七章の終末で、四九年十一月のこと。三年（予科）になってから、暇つぶしの金もないのに学校を怠け出し、大学から注意があり、老師にも叱責される。一学期にわずか三日間の接心を怠っていたことが、老師をいたく怒らせた。

　お前をゆくゆくは後継にしようと心づもりしてゐたこともあつたが、今ははつきりさういふ気持がないことを言うて置く。

老師から後継にするつもりはない、と引導を渡されたのが直接の動機だが、自分のまわりにあるすべてのものから、しばらくでも遠ざかりたいという痛切な欲求があった。

〈出発〉のみを考えて学校へ行く。柏木に三千円の借金を申し込み、仏教辞典と彼にもらった尺八を何かの足しに引き取ってくれと頼む。しかし、情け容赦のない柏木は、貸金三千円、返却まで利子は毎月一割、という条件を出す。未来のことを考えるのが嫌だったので、直ちに拇印を印肉に染めて捺した。

海水浴御旅館由良館という客のまったくない小さな宿に泊る。そこで、金閣を焼こうという考えより先に、なぜ、老師を殺そうという考えに達しなかったのか、自問する。よし老師を殺しても、あの坊主頭とあの無力な悪とは、次々と数かぎりなく、闇の地平から現われて来る。生あるものは、金閣のように厳密な一回性を持たぬ。人間のようなモータルなものは根絶することができない。しかし、金閣のように不滅なものは消滅させることができるのだ、と考えてその独創性に酔う。

三日にわたる由良館の逗留が打切られたのは、その間、一歩も宿から出ない「私」の素振を怪しんで、内儀が連れてきた警官のおかげだった。午後八時十分前に京都に着いた「私」は、私服に送られて鹿苑寺の総門の前まで来た。肌寒い夜、そこに立っている母を見る。小さな狡そうな落ち窪んだ目。今更ながら、母に対する「私」の嫌悪の正当さを思い知らされる。

「私」は突然、自由になったと感じた。母はもう決して脅《おびや》かすことができない（私見では、根底には故郷へ帰る退路を断ったことへの恨み、それに吃りに生んでおきながら立身出世の望みに依存している母への嫌悪があった、といえる）。

けたたましい、絞め殺されるような嗚咽《おえつ》が起る。その手が「私」の頬に伸びて、「不孝者！　恩知らず！」。力なく「私」の頬を打つ。それでも母の表情は哀願を忘れていなかった。

柏木は月末ごとに金の返済を迫り、利子を加えた額を「私」に通達して、何やかや口汚なく責め立てる。柏木に会わぬために学校を休む。

五〇年三月、大谷大学予科修了。成績、出席日数最低。この大学には、仏の慈悲心から落第というものがなかったので、「私」は本科に進んだ。老師も黙認する。

講義に出るのを怠けながら、図書館にだけはたびたび通っていたので、五月のある日、「私」は避けていた柏木に会った。もし「私」が駈ければ、内翻足の彼は追いつくはずはないという考えが、かえって「私」を立ち止らせた。

「五千百円だぞ」と彼は言った。「この五月末で五千百円だぞ。君はますます自分で返しにくくしてゐるんだ」。そして胸のポケットから、折り畳んだ証文を取り出して拡げて見せ、「授業料でも何でも流用したらいいぢやないか」。

「私」は黙っていた。世界の破局を前にして、借金を返す義務があるだろうか？「私」はそれをほんの少し柏木に暗示しようかという誘惑にかられたが、思い止まった。

そのとき子供たちのボールが外《そ》れて、ころがってきて、柏木が身をかがめた。意地の悪い興味が「私」に起り、彼の内翻足がどんな風に活動してそのボールをつかませるのか見ようとした。柏木がこれを察した速さは迅速だった。彼は身を起して「私」を見つめたが、その目には彼らしくない冷静さを欠いた憎悪があった。

よし。君がさういふ態度なら、俺にも考へがある。来月国へかへる前に、どうあつても、とるだけのものはとつてみせる。君にもその覚悟はあるんだらうな。

果して六月十日夜、柏木が老師の許へ借金を取りに来た。老師の鳴らす振鈴の音。

柏木は神妙な顔つきで坐っている。さすがに「私」から目を外《そ》らしていた。悪を行うときの彼は、彼みずから意識せずして、性格の芯《しん》が抜け出たような、もっとも純潔な表情をしていた。それを知っているのは「私」だけだった。

「もう寺には置かれんから」と老師は言った。「私」は老師の口からはじめてその言葉を聴き、いわば老師の言質をとったわけだ。突然事態は明瞭になった。「私」の放逐はすでに老師の念頭にある。決行を急がなければならぬ。「私」に踏み切る力を与えてくれたのが柏木だと思うと、奇妙な感謝が彼に対して湧いた。

奇異な足音で柏木が廊下を渡ってくるのを待ち、笑いを浮かべて部屋へ寄ることをすすめた。笑いで迎えた「私」は、柏木がはじめて恐怖に近い感情を顔に現わしたのに満足する。

俺にはわかるんだ。何かこのごろ君は破滅的なことをたくらんでゐるな。（傍点大久保）

実はこの場面を描きたいために、「私」（溝口）の出奔以後の経緯を辿ってきたようなもので、傍点箇所の「柏木がはじめて恐怖に近い感情を顔に現わした」のは、溝口が柏木をはるかに超えた怪物に変身していたからだ。柏木は「俺にはわかるんだ」というが、せいぜい人生とつながった悪しか知らない柏木には、世界の破局を身をもって演じようとしている溝口の内面の地獄の様相は理解不可能だったので、悪の容量において溝口ははるかに先達の柏木を超えたのである。柏木の「破滅的なこと」とは〈自殺〉と同義語で、三年前の夏、トラックに跳ね飛ばされて頭蓋骨折で即死したと聞いていた鶴川の死が、実は自殺だったことを示す証《あかし》の手紙を数通用意してきたのとつながる。

手紙とは、三年前、帰京の翌日から毎日柏木に送ってきた鶴川の死の直前のいわば形見の手紙で、柏木を悪《あ》しざまに言って、「私」と柏木との交遊を非難しながら、鶴川はこれほど密な柏木との付合いをひた隠しにしていたのに驚く。柏木は、生前、俺の友達と見られるのを鶴川はひどく嫌がっていた、といい、死んで三年たったから、親しかった君にだけは見せるつもりだった、とつづける。

読み進むにつれて「私」は泣いた。泣きながら、一方、心は鶴川の凡庸な苦悩に呆れた。親の許さぬ相手との不孝な世間知らずの恋。しかし書いている鶴川自身の感情の誇張だろうが、次のような一句が「私」を愕然とさせた。

今、思ふと、この不幸な恋愛も、僕の不幸な心のためかとも思へる。僕は生れつき暗い心を持つて生れてゐた。僕の心は、のびのびした明るさを、つひぞ知らなかつたやうに思へる。

読み終わった最後の手紙の末尾が、激湍のような調子で切れていたので、そのときはじめて「私」は、今まで夢想もしなかった疑惑に目覚めた。

「もしかすると……」そう言いかけた「私」に、柏木はうなずいた。

さうだよ。自殺だつたんだ。俺にはさうとしか思へない。家の人が世間体を繕《つくろ》つて、トラックなんかを持ち出したんだらう。

「私」が怒りに吃りながら、君は返事を書いたんだろうな、と訊くと、死ぬなと書いた。それだけだ、という。「私」は黙ってしまう。鶴川の無垢な明るさを信じていた「私」に、柏木は止めを刺す。

どうしたね。それを読んで人生観が変つたかね。計画はみんな御破算かね。

柏木が「私」にこれを見せた企みの意味は明瞭だった。しかしかほどの衝撃を受けながら、鶴川の少年のような無垢な明るさは「私」の記憶から去らなかった。鶴川は死に、三年後にこのように変貌したが、彼に託していたものは死とともに消えたと思われたのに、かえって別の現実性をもつて蘇って来た。「私」は記憶の意味よりも、記憶の実質を信じた。それを信じなければ生そのものが崩壊するような危機感で信じたのだ。しかし柏木は「私」を見下しながら、今しがた彼の手が敢《あ》えてした心の殺戮《さつりく》に満ち足りている。

どうだ。君の中で何かが壊れたらう。俺は友だちが壊れやすいものを抱いて生きてゐるのを見るに耐へない。俺の親切は、ひたすらそれを壊すことだ。

まだ壊れなかつたらどうする。

溝口の反発を柏木は「子供らしい負け惜しみ」として嘲笑するが、柏木にはまだ溝口の思惟が自分を超えていることに気付いていない。この箇所は、この観念小説のクライマックスといってよく、世界を変貌させるものは認識で、認識は生の耐えがたさがそのまま人間の武器になったもの、と柏木はいう。

「世界を変貌させるのは決して認識なんかぢやない」と思わず「私」は、告白とすれすれの危険を冒《おか》しながら言い返す。

「世界を変貌させるのは行為なんだ。それだけしかない」。

柏木は、その冷たい貼りついたような微笑で受けとめ、

「そら来た。行為と来たぞ。しかし君の好きな美的なものは、認識に守られて眠りを貪《むさぼ》つてゐるものだと思はないかね」といって、持論の『南泉斬猫』のあの美しい猫の話を持ち出し、南泉和尚は行為者だったから、見事に猫を斬って捨てた。後から来た趙州は、自分の履《くつ》を頭に乗せた。彼は美が認識に守られて眠るべきものだということを知っていた、といい、美と認識とのかかわりについて滔々《とうとう》と自説を述べた。

「美は……」と言いさすなり、「私」は激しく吃った。「美は、美的なものはもう僕にとつて怨敵《をんてき》なんだ」。

「美が怨敵だと？」――柏木は大仰に目をみひらいた。彼の上気した顔には常ながらの哲学的爽快さが蘇ってゐた。「何といふ変りやうだ、君の口からそれを聴くとは、俺も自分の認識のレンズの度を、合はせ直さなくちやいかんぞ」。

……それからも、ふたりは久々に親しい議論のやりとりをする。帰りぎわに、柏木は「私」のまだ見ぬ三ノ宮や神戸港の話をし、夏の港を出てゆく巨船のことなどを語った。「私」は舞鶴の思い出に目ざめる。そしてどんな認識や行為にも、出帆の喜びはかえがたいだろうという空想で、「私」たち貧しい学生の意見ははじめて一致を見る。

柏木が、利子を除いた三千円を懐《ふところ》にして帰った五日後に、老師は第一期分の授業料、通学電車賃、文房具購入代を「私」を呼んで手づから渡した。その金を持っている間は、決行の勇気が湧かないような気がし、老師が知ったら激怒せ

ずにいられぬような、そして即刻「私」を寺から放逐せずに措《お》かぬような使途を見つけ出さねばならぬ、という想いに駆られる。

六月十八日の晩、寺を忍び出て、通例五番町《ごばんちょう》と呼ばれる北新地《きたしんち》へ行く。そこが安くて、寺の小僧などにも親切にしてくれることは聞いて知っていた。五番町は鹿苑寺から、歩いても三四十分の距離である。

「大瀧」という店に入る。三人の女が、奥の腰掛けにまるで汽車を待ちくたびれたような風情で腰かけていた。有為子は留守だった。その留守だったことが「私」を安心させた。

かつて柏木が弄《もてあそ》びそして捨てたふたりの女——下宿の娘と生花の師匠の肉体を目の前にし、「金閣」が立ちはだかって不能になり、女の冷め果てた蔑みの眼差に出会ったことがある。有為子が留守だとすれば、誰でもよかった。女が客を選ぶ余地がないように、「私」も女を選ばなければよいのだ。あの怖ろしい、人を無気力にする美的観念が、ほんのわずかでも介入して来ないようにしなければならぬ。

足を掻いていた女を「私」は指名した。事の後の女の寝物語を聴きながら、「私」は金閣のことばかり考えていた。乳房は「私」のすぐ前にあって汗ばんでいた。決して金閣に変貌したりすることのない唯の肉である。「私」はおそるおそる指先でそれに触った。

こんなもの、珍らしいの。

まり子はそう言って身をもたげ、自分の乳房をじっと見て軽く揺《ゆす》った。「私」はその肉のたゆたいから、舞鶴湾の夕日を思い出した。

同じ店の同じ女を訪ねて、その明る日も「私」は行った。きのう女が、あまりに「私」を人並に扱ったので、数日前、古本屋で買った古い文庫本をポケットに入れて行った。ベッカリーアの『犯罪と刑罰』である。

事の後で女は年上らしく「私」に感傷的な訓戒を与えた。「私」はいきなり枕もとから、『犯罪と刑罰』を取って、女の鼻先へ突きつけた。

一ト月……さうだな、一ト月以内に、新聞に僕のことが大きく出ると思ふ。さうしたら、思ひ出してくれ。

まり子は笑いだした。乳房をゆすって笑い、また新たな笑いに小突きまわされて、身体じゅうが慄えた。

……あんたつて嘘つきだねえ。ああ、をかしい。あんまり嘘つきなんだもの。

まり子は完全に信じなかった。

『金閣炎上』によると、放火の前夜、林養賢の部屋を訪ねて碁を三番打ったという江上大量師（三島の小説では「桑井禅海和尚」）は、布石も考え、攻めも考えた、しっかりした碁で、もうじき金閣に火をつけんならん大仕事を抱えていたとは、つゆ考えられもせん顔つきでした、と水上氏に語った事実を最後に書き加えておこう。

（文芸評論家）

『金閣寺』論
――想像力の問題――

井上隆史

1

『金閣寺』は三島由紀夫の代表作であり、文学史に残る重要な作品である。「新潮」の昭和三十一年一月号から十月号まで連載され、同月新潮社から単行本化されたが、早くから好評であった。たとえば中村光夫は『金閣寺』に、〈生々しい現代の事象を扱ひながら、素材の現象から独立した作家の思想と文体の力で独自な世界を築きあげる可能性〉を認めて、このことを高く評価した。(1) この言葉は、『金閣寺』が発表当時に、いかなる意味で重要と見なされたのかということを示している。中村光夫の考えには、次のような前提がある。優れた小説は、現実離れした夢想を語るのではなく、なによりも同時代の出来事や社会的事件に基づくべきものであり、しかしながら単なる事件の再現やルポルタージュではなく、そうかと言って悪を諌める訓話のようなものでもなく、作者の考えや世界観を、言葉の力によってのみ作り上げてゆくべきものだという前提である。『金閣寺』は、日本の近代文学史上、この前提を満たしうる数少ない作品の一つだという意味において高く評価されたのだ。

右の認識は文壇内で広く共有されていたが、では、その場合「優れた小説」の鑑《かがみ》として想定されていたのは何かと言えば、たとえばフローベールの『ボヴァリー夫人』（一八五七）である。『ボヴァリー夫人』はルーアン近郊で起ったドラマール事件（ドラマール夫人が不倫の果てに自殺した事件）を題材にすると言われる。(2) しかし、単に現実の出来事を再現しただけのものでもなければ、女主人公の心の動きを辿っただけのものでもない。そこには、ロマンチックな夢想や想像が現実に押し潰されるさまを、革命後のフランス社会の一つの典型的なあり方と見なした作者の世界観を読み取ることができるのである。フローベールは、それにふさわしい写実的な小説の文体を、芸術の完璧さは形式美にあるという立場から確立した。こうして、『ボヴァリー夫人』は以後の小説実作の模範となったが、『金閣寺』もこの系譜に連なる作品と見なされたのである。

しかしながら、そこに疑問をさしはさむ者がいなかったかと言えば、そんなことはない。実は中村光夫自身も先の引用に続く部分で、〈しかし「エンマは私だ」といつたフロオベエルが、一方ではたえず彼女の肉体を社会の風にさらし、彼女の生きる次元に深さと広がりをあたへてゐるのと反対に『金閣寺』の「私」はいつも作者の持つ青春の観念のなかに生き、そこから一歩もでられません〉と述べている。そして、〈いまのところこの「金閣寺」はまだ三島家の菩提寺であり、一般の読者はそこには這入れないのです〉という言葉で、この書評を結んだ。つまり、『金閣寺』が日本の文学史において群を抜く小説であり、そこに作者の世界観が表現されていることは確かだが、遺憾ながら、それは多数の読者の共感を期待できない自閉的なものに終わっているというわけである。

これに対して私は「想像力と生」と題する論文で[3]、『金閣寺』の自閉性は決して特異なものではなく、我々は皆、多少ともそのような狂気を内包していると述べた。そして、その狂気の本質は、想像力が生《せい》を掘り崩し、現実の行為を不可能にし、人間をニヒリズムに陥れる点にあると考えた。これは具体的には、主人公の溝口が女性と性関係を持とうとする瞬間に、金閣寺の幻影（幻の金閣）に襲われ不能に陥る場面や、金閣放火という行為の直前に、やはり金閣寺の美しい幻影に囚われて、行為の意欲を喪失する場面などを念頭に置いている。

右はいかにも奇矯な、多数の理解を拒む事態であるように見えるかもしれないが、私の考えでは、想像力と生がこのような形で対立するのは、決して稀なことではない。ただし、あえて狂気に沈潜した果てに、ニヒリズムを越えて生の現実を獲得するためには、金閣を滅ぼさねばならないという観念にまで立ち至ること、しかし溝口は最終的には想像力を主体的に選び直すこと、そしてそれは小説家として、どこまでもニヒリズムに向き合おうとする三島の決意表明でもある点に、『金閣寺』のユニークさが存するのである。だが、これも決して了解不能な事柄ではなく、私たちにとって無縁なことでもない。

私はこのような立場から「想像力と生」を執筆したが、それは基本的には今も変わらない。しかしながら、拙論は今から十年以上も前に書かれたものである。現在の段階から見て加筆すべき点が少なくないこともまた事実である。

第一に、本来、生の現実を獲得するために溝口が否定すべきは「幻の金閣」を生み出す想像の力である筈だが、溝口が行うのは幻ならぬ木造建築物としての金閣に放火することである。これは一つの矛盾ではないか。また、一度は想像力を否定しようとしたにもかかわらず、最終的には想像力を主体的に選び直すとは、どういうことか。この点についての議論が不充分であった。

第二に、拙論発表後の平成十三年五月、新潮社刊行の『決定版三島由紀夫全集6』において、『金閣寺』創作ノートの全貌が明らかにされた。(4)「想像力と生」においては、創作ノートについては従来の不充分な情報(5)に従って部分的に言及しただけなので、創作ノートに関して改めて考察する必要がある。

第三に、拙論では、『金閣寺』の作品分析に重点を置いたため、なぜ三島は昭和三十一年という時点に『金閣寺』執筆を試みたのかという問題について、『仮面の告白』『禁色』『潮騒』など先行諸作との関連において検討する余裕があまりなかった。

第四に、想像力と生との関係という問題を、より広い文脈で捉えたらどうなるであろうか。「想像力と生」でも、意識が想像力を働かせる時、現実が否定されることを説いたサルトルの想像力論には多少立ち入ったが、このことを思想史、文学史の大きな流れの中に置き直してみたい。そうすることで、『ボヴァリー夫人』から続く系譜の中に『金閣寺』を位置づけるという見方自体についても、その意義を評価し直すことができるように思う。

本稿では最初の二点について重点的に論じ、第三点、第四点については紙幅の許す限り必要な論点に言及したいと思う。

2

女性との関係の二度目の失敗の後、溝口は〈又もや私は人生から隔てられた！〉、〈金閣はどうして私を護らうとする？頼みもしないのに、どうして私を人生から隔てようとする？〉と独言し、夜の金閣寺を訪れて、〈いつかきつとお前を支配してやる。二度と私の邪魔をしに来ないやうに、いつかは必ずお前をわがものにしてやるぞ〉（傍線引用者）と叫ぶ。だが、その後も不能体験は続き、それは溝口にとって、単に性交不能ということではなく、世界から〈あらゆる形態と生の流動との（中略）親和〉が消滅し、すべてが〈砂塵に帰〉す事態という意味を持つようになる。ところが、〈金閣を焼かなければならぬ〉（傍線引用者）と決意して以降、溝口は自己の安定を獲得する。

これが『金閣寺』六章から八章の展開の要点である。一重傍線部において、溝口は木造建築物としての金閣に対峙している。しかし、その時彼が呪詛の言葉を投げかける対象は、溝口自身が想像力によって生み出したものでありながら、溝口の意志を超え、その自由を奪ってしまう「幻の金閣」以外のものではない。ところが、二重傍線部で彼が滅ぼそうとする対象は、木造建築物としての金閣寺である。溝口が呪詛するのは「幻の金閣」なのに、幻ならぬ木造建築物に放火するとは、どういうことであろうか。これは、実際の事件の顛末がそうだったからといって済む話ではなく、作品の論理として金閣放火がどのように意味づけられているかという問題である。

一見したところ、これは矛盾であるように見える。しかし、次のように考えればどうであろう。すなわち、溝口は「幻の金閣」を呪詛し、一旦は想像力の力を否定しようとしたかもしれない。が、実のところ彼が求めていたのは「幻の金閣」を滅ぼすことそれ自体ではなく、想像力を意志の下に制御することではなかったか。

もともと、溝口にとって想像力は現実を否定する働きを持っていた。ここで現実とは、人と人、人と物との関係性や、それに伴う生の実感のことであるが、想像力は溝口の意志に反して、彼から彼自身の現実を奪い去るまでに至った。一方、金閣放火について、溝口はそれを、〈今私の身のまはりを囲み私の目が目前に見てゐる世界の、没落と終結〉と意味づけ、〈金閣が焼けたら、こいつら（出奔した溝口を捕らえた警官たち――引用者注）の世界は変貌し、生活の金科玉条はくつがへされ、列車時刻表は混乱し、こいつらの法律は無効になるだらう〉とさえ考える。ということは、金閣放火は単に一つの木造建築物を燃やすということに留まらず、それを越える意味を持っていることになろう。溝口の言い方には皮肉や誇張も認められるが、たとえそうだとしても、彼はここでもやはり想像力を働かせて、人と人、人ととの関係性や、それに伴う生の実感を否定しようとしているのである。ただし、以前とは異なり、想像力の否定の力は、溝口の制御を超えて溝口自身に及ぶことはない。もっぱら外部の現実にのみ向けられている点が重要である。溝口は金閣放火という行為を決意したが、この決断が一つの力となって、想像力と意志との関係を逆転させることに成功したとも言えるだろう(6)。

以上のように考えるならば、『金閣寺』の結末は、次のように読みうるであろう。

溝口は、幻影に襲われ不能に陥った場合とは異なり、無力感を乗り越えて実際に放火という行為を実行する。その意味では、生を否定し行為を不可能にする想像力の働き自体が、ここで否定されたと言ってよい。だが、それによって想像力が全否定されるわけではない。彼は、放火によって世界の全体が没落することを夢想するのみならず、金閣寺の三階の究竟頂についても、〈私はこのとき痛切に夢みたのだが、今はあらかた剝落してこそをれ、その小部屋には隈なく金箔が貼りつめられてゐる筈だつた。戸を叩きながら、私がどんなにその眩ゆい小部屋に憧れてゐたかは、説明することができない。ともかくそこに達すればいいのだ、と私は思つてゐた〉と、想像を続けるのである。ここで、仮に溝口が究竟頂に入ることができずに焼死してしまえば、それは想像力が現実によって滅ぼされることを意味するであろうし、究竟頂の中で焼死したとしても、溝口とともにその想像力はやはり滅びるのである。だが、『金閣寺』の筋はいずれの方向にも運ばない。彼は、〈この火に包まれて究竟頂で死なう〉として扉を開けようとするが、それは開かず、〈ある瞬間、拒まれてゐるといふ確実な意識〉に見舞われると、躊躇うことなく身を翻して階を駆け下りる。そして金閣寺の外に走り出て、左大文字山の頂上において自殺企図を放棄するのである。溝口は、自分には現実[7]が拒まれているという宿命を、あえてそのような立場を選択する意志の問題として捉え返したのだ。こうして、〈一ト仕事を終へて一服してゐる人がよくさう思ふやうに、生きようと私は思つた〉という末尾の一節に至るが、この時溝口は、どこにでもいる平凡な一人の人間になった、というよりむしろ反対に、想像力の猛威によって自身の生を掘り崩されることなく、これを意志の下に制御する力を蓄えた人物として立ち上がるのである。

この部分について、「想像力と生」では以下のように論じた。拙論では現象学的な見方で世界を捉えようとしたので、本稿に言う「現実」に相当する言葉として、私は「間主観的な場」という表現を用いている。[8]

> 〈一ト仕事を終へて一服してゐる人がよくさう思ふやうに、生きようと〉思う溝口には、「生きながら何故又いかに芸術に携わるか」という問いに対して、三島がどのように立ち向かおうとしたか、その姿勢が現われているのである。あくまでも被疎外者の立場に留まること、その時こそ想像力は全力を発揮し、間主観的な場、関係性の総体としての場の全体を相手に勝負を挑むことができる。いかにそれがありうべからざる生であろうとも、自分はそのような芸術家の生を生き、美を創造してゆくのだ——最終的に三島はこのようなところに達したのではないか。

「生きながら何故又いかに芸術に携わるか」とは、『小説家の休暇』(昭30・11)において三島自身が〈小説固有の問題〉として差し出したテーマである。この問いに対する三島の姿勢が、『金閣寺』の結末に反映していると私は考えたのである。この立場は今も基本的には変わらないが、「想像力と生」では充分に論じられなかった点について、以上でひとまず補うことができたように思う。

しかし、それは『金閣寺』創作ノートと読み合わせた上でも、なお同様に主張できるであろうか。次にこの点について考えてみたい。

3

『決定版三島由紀夫全集6』に翻刻掲載されたのは、表紙に「『金閣寺』ノート」と表記されたものと、「嘱目」と表記されたものとの、二種類の大学ノートである。このうち「嘱目」ノートは、昭和三十年十一月五日から十九日までの金閣寺取材旅行の記録である。「嘱目」という表題が示すとおり、目についた風景や事物について逐一書き記したもので、『金閣寺』における風景描写などに活かされている。しかし、作品の主題や構成について触れた箇所はない。これに対し、「『金閣寺』ノート」には、実際の放火犯である林養賢の供述調書や訴訟記録などの引用とともに、三島が『金閣寺』において、いかなる主題をどのように構成しようとしたのか、みずから検討した記述が多く認められる。主題や構成を記したノートで現在未確認の資料が今後発見される可能性もないとは言えないが、現時点においては、そのような事柄を記したノートは「『金閣寺』ノート」一冊のみであり、しかもその内容は極めて詳細かつ具体的である。それゆえ、本稿において、このノートを検討することをもって『金閣寺』創作ノートの研究とみなすことに、異論はないであろう。

　ただし、実のところ現在の日本文学研究においては、小説の創作ノートを研究する適切な方法論は、いまだ見出されていない。その意味で以下の論考は試論の域を出ないが、私としては、欧米の方法論を参照しつつ、あくまでも「『金閣寺』ノート」の具体的な特徴に沿う形で考察を進めたいと思う。

　いま、欧米の方法論といったが、特に参考にしたいのはルーアン市立図書館蔵の『ボヴァリー夫人』草稿のうち、四六枚の紙片の表裏に書かれたノート（ただし無記入の紙片もあるので実質六一頁）、を、右頁に現物の複写、左頁にその翻刻（ノート上の文字の空間的配置をそのまま反映するように翻刻されている）を配する形で Yvan Leclerc が刊行した *Plans et scénarios de Madame Bovary* である。[9] そこでルクレールは幾つかの編集方針を立てたが、特に重要と思われるのは以下の点である。フローベール自身は、六一頁のノートに通し番号を付したわけではないし、その内容をタイプによって類別したわけでもない。しかし、ルクレールは各ノートの執筆時期を推定し、時系列的にもっとも自然と思われる順に従って六一頁を配列することを原則としている。一頁内に複数の異なる時間に書かれ、あるいは改定、削除されたメモが混在する場合には、当該頁の多くの部分が書かれた時点を基準とする方向で、時系列の中に配列しているのである。またルクレールは、ノートの内容を以下のように分類した。六一頁の各々は、概ねこのタイプのいずれか一つに対応するが、一頁に複数のカテゴリーが混在するケースももちろんある。

SCÉNARIO GÉNÉRAL　（全体に関わる筋書き）
PLAN GÉNÉRAL　（全体に関わるプラン）
SCÉNARIO D'ENSEMBLE　（纏まりのある筋書き）
PLAN D'ENSEMBLE　（纏まりのあるプラン）
RÉSUMÉ D'ENSEMBLE　（纏まりのある要旨）
SCÉNARIO PARTIEL　（部分的筋書き）
PLAN PARTIEL　（部分的プラン）
RÉSUMÉ PARTIEL　（部分的要旨）
NOTE　（メモ）

PLAN TOPOGRAPHIQUE（地図）
ESQUISSE（概略）
BROUILLON（下書き）

さらに、このように配列、分類された各頁が、刊行された『ボヴァリー夫人』のいずれかの部分に対応していることに着目したルクレールは、その対応関係の一覧表を巻末に付している。そこでは三部計三五章の内容が、シークエンス、ナラティヴ、モチーフや、場合によっては単語にまで分解され、それらと六一頁のノートとの対応が確認できるのである。

このように構成されたた*Plans et scénarios de Madame Bovary*は、テクスト生成の現場を生々しく伝える画期的な文献である。しかし、注意すべきことがある。これは、確定的な方法論に従って動かしようのない結論を導き出すものではないということである。特にシークエンス、ナラティヴの分析については様々な視点がありうるが、ルクレール自身も巻末の対応表について、研究者がそれぞれ独自の考察へと赴くための一契機以上のものではないことを強調している。先行研究[10]を踏まえた頁の配列やタイプの類別も、従前に比べて、はるかに精緻で的確なものになっているが、やはり異論がありうるであろう。その意味で、これらは作業仮説に過ぎない。しかし、それは研究の欠陥とは言えない。逆に仮説であるかららこそ、そこからより深い研究が生まれる源泉たりえているのである。

さて、「『金閣寺』ノート」に戻ろう。『決定版全集6』の翻刻は複写との対照版ではなく（ただし、サンプルとして四点の図版が掲げられている）、ノート本文を冒頭から順次翻刻したものである。ノートの文字の空間的配置を反映させることは特に意図しておらず、頁の周縁に書き込まれたり行間に挿入されたメモも、線状《リニア》に編集し直して翻刻している。また、配列は大学ノートの頁に従っているので、その点で編集上の操作が関ることはないが、頁と頁の境目を示す指標や、ある頁に最初から書かれていた部分と、後から加筆された部分とを判別するための指標は、翻刻には存在しない[11]。それゆえ、先に『決定版全集6』で『金閣寺』創作ノートの全貌が明らかになったと述べたが、実際には各ノートの具体的な様相を検討するためには、現物確認の必要がある。

ノート内容の分類は、三島自身が特に意識的行っているわけではなく、けではなく、『決定版全集』でもカテゴリー分けしていないが、翻刻を元に試行することは可能である。「『金閣寺』ノート」の場合には、さしあたり以下のように考えられるであろう。

主題（全体の主題に関するメモ）
構成（全体の構成に関するメモ）
筋立（各章もしくは各部分の筋立てに関するメモ）
取材（供述調書、金閣寺などに関する取材メモ）

着想　（「主題」「構成」「筋立」「取材」以外のメモ）
断片　（右以外の断片的メモ）

刊行された『金閣寺』の内容との対応関係については、『ボヴァリー夫人』に比べて『金閣寺』は短いという意味で考察は容易だが、発表作の複数の部分に跨る事項や、発表作では用いられなかった部分が『ボヴァリー夫人』の草稿に比べて多いことを考えると、ルクレールの方法をそのまま用いるのは適当ではない。

以上を踏まえ、さしあたり次節以降の考察に供するためのものとして、『決定版全集6』掲載の「『金閣寺』ノート」の頁数、行数、創作ノート現物の頁数（余白頁は略す）、当該部分の内容などに関するカテゴリー（便宜上通し番号を付す）、内容の頁数、行数、創作ノート現物の頁数する注記を一覧する表を次々頁から四頁にわたって掲げた。ノートの執筆時期を明示する記載はないが、ノートの内容と発表作との間に少なからぬ異同があることから、多くは原稿起筆前の初期準備段階に書かれたと予想される。金閣寺に関する取材については、連載開始前には先述の昭和三十年十一月五日から十九日までの期間における旅行しか確認されていないため、この時期に書かれた可能性がある。なお、執筆順序は原則としてノートの頁順と思われるが、後から加筆されたと判断される部分のうち筋立1、2、着想12については、＊印を付けて他と区別した。

4

私が前々節までに述べたのは、想像力は生《せい》を掘り崩し、現実の行為を不可能にし、人をニヒリズムに陥れることがあるが、それにもかかわらず想像力を主体的に選び直し、これを意志の制御下に置こうとする小説家としての三島の立場表明が、『金閣寺』には込められている、ということである。この意味で『金閣寺』は作家の存在について語る芸術家小説と言ってよい。小説の筋の上で右の主張があからさまに表現されているわけではないが、ここに『金閣寺』の主要なテーマが存し、三島自身、この点に充分に自覚的であったと私は考えている。しかし、それは「『金閣寺』ノート」と照合しても、同様に主張できるであろうか。私の解釈の鍵概念は、想像力、ニヒリズム、芸術家小説の三点なので、これらがノートにどのように現われているかについて、まず確認したい。

想像力という言葉は、小説『金閣寺』には散見するが、ノートには認められない。ただし、ノート中頃以降を見ると、構成1に〈幼時に見た金閣寺の記憶を語り　幻想的に美の極致といふ風に描写〉、着想6に〈金閣の幻影。いたるところにあらはれ、人生の幸福を邪魔する〉、着想13に〈片方の女に接吻しようとしたとき、金閣寺の幻影がまざ〳〵とあらはれる〉などの記述がある。このことから、幻影の力が増大して人生の現実と対立するに至るという問題意識を、三島が早くから抱いていたことがわかる。幻影とは想像力によって生み出されるイメージに他ならない。したがって、ノートの段階において、三島は既に想像力に関するモチーフを抱いていたことが窺われるのである。

ニヒリズムと芸術家小説については、ノート中頃、主題4に次のようにある。

> ◎僧房生活を芸術家生活のアレゴリーとし、それより離脱して、髪を伸ばし、一見人生へ乗り出すも、ニセ物意識脱けず。
> しかし人生は容易にして（中略）勝者となり、強者となり、「人生は変へ得る」といふ確信を抱くにいたるも、ニヒリストにして、根底的に何一つ信ぜず、完全にニセ物也。何事も可能なり。この世に不可能事なし。この世は凡て相対的にして、虚無のみ。絶対の強者、――絶対のニヒリスト――への道を歩み、この世に何ものも軽蔑すべからざる者をなくすために、最後のコムプレックスを解放せんとして、金閣に火をつける。
> （中略）
> 絶対者＝人生を困難ならしむるもの。それを滅ぼす主題。

主題4に描かれる主人公像は、『金閣寺』の溝口に比べて強者であり、むしろ後に柏木へと分化するイメージが重なっているようにみえる。しかし、ここで三島は明らかに僧と芸術家とニヒリストとを一本の線に結んで考えており、私が『金閣寺』の主要テーマと見なすものの大枠は、やはりノート執筆時点で、既に考えられていたことが確認されるであろう。

しかし、具体的な点においては検討を要する問題が多い。第一に、『金閣寺』を芸術家小説と考えるにしても、それはモデルとなった放火犯・林の存在と矛盾をきたすことはないのか。たとえば、主題1で三島は次のように言っている。

> ◎主題
> 美への嫉妬
> 絶対的なものへの嫉妬
> 相対性の波にうづもれた男。
> 「絶対性を滅ぼすこと」
> 「絶対の探究」のパロディー

このうち〈美への嫉妬〉というテーマは、林自身の言葉に基づくものである。[12]〈相対性の波〉とは、主題4から明らかなように、三島にとってはニヒリズムという事態を指し示す言葉である。だが、両者がどのように関るのか、主題1においては不明確だ。また、着想1、4には主人公をドッペルゲンガーや双生児として描くことにより、実際に放火する人物と、その内面世界を代表する人物とを分離する素案を検討した形跡があり、構成3でも主人公自身は最終的に放火せず、〈やはり私はつけなかつた。あの男が代行したのだ。行為者は行為者。芸術家は死の裡にとどまる〉と独言する結論案が検討されている。これらは、美への嫉妬から放火したという林の行為を、三島が自身のモチーフにうまく組み込みえなかったことを示す証跡と言えよう。つまり、芸術家小説とモデル小説との亀裂に、ノート執筆中の三島本人が直面しているのだ。

この亀裂が持つ意味は小さくない。というのは、私は先に溝口が「幻の金閣」を呪詛することと、幻ならぬ木造建築物に放火することとは一見矛盾しているように見えると述べたが、その矛盾の淵源はここに存するとも言えるからである。

だが、三島はノート執筆中に直面した矛盾をそのまま引き摺って『金閣寺』という小説に罅《ひび》を走らせたわけではなかった。実はノートの構成3でも、三島は先の引用の後に、〈芸術家の行為を代行する男の話は「禁色」で沢山だ〉と記しており、主人公の分裂による亀裂を回避しようと試みているのである。

この試みの内容を具体的に記載した箇所はノート内にはないが、「『金閣寺』ノート」を通覧すれば、三島の試行した方向は明瞭である。三島は林について様々な取材をし、執筆に際してこれを参照したことは間違いないが、幾つかの重要な点において溝口から林を切り離すことで、主人公を造形したのである。たとえば、美への嫉妬から放火したという動機について、ノートでは主題1と取材19以外では触れられていないことから、三島は動機についての林自身の説明を『金閣寺』の主題や着想として取り上げることを、ある時点からはっきり拒んだことがわかる。また、取材9によれば、金閣寺から走り出た林は大文字山に登り、小刀で胸を突きカルモチン百錠を飲んで自殺を図る。しかし、発表作ではこの点がまったく異なり、溝口は小刀とカルモチンを谷底に投げ捨てるのである。つまり、林は放火行為を実践し、自殺についても未遂ながら行為を試みたのに対し、溝口は放火行為は実践したものの、自殺行為は否定するのだ。三島はこのような形で、現実の事件の単なる再現とは異なる芸術家小説としての『金閣寺』の一貫性を保持したと言えるであろう。

ただし、先に私は、溝口が自殺企図を捨てて生きる決意を固めるところに、想像力を意志の下に制御しようとする小説家の立場表明を読み取ったのだが、この構想を明示する記載はノートには見られなかった。他に、私が『金閣寺』の主要テーマと考えた事柄について、ノートの段階では詳しい記載

決定版全集6 頁数	決定版全集6 行数	ノート現物頁数	カテゴリー	注記
653	3〜11	表紙	断片1	死刑公開のことなど
	12	3	断片2	
654	1〜6	3	主題1	美への嫉妬、相対性と絶対性
	7〜8	3	断片3	
	9	3	主題1	主題1に関する翻刻者注記
	10〜13	4	断片4	『金閣寺』第四章の柏木の発言に関係（死刑公開、内翻足の好きな女）
	14〜19	5	取材1	林養賢のこと
655	1	5		
	2	5	断片5	
	3〜20	5	取材1	
656	1〜20	6、7		林養賢のこと
657	1〜9	7		
	10〜13 *	7	筋立1	昭和22年から25年の主人公（尺八、老師放蕩、旅に出て放火決心のことなど）
	14〜20	9	着想1	東京の場面、ドッペルゲンガー、武田泰淳について（偽者意識のことなど）、双生児
658	1〜5	9	主題2	放火原因の追究、コンプレックス解放
	6〜8	10	断片6	
	9〜19	11	主題3	コンプレックス解放、強者志向、反宿命論、『ミイルス・リイネ』、事件後に興味の喪失
659	1〜7	11		
	8〜20	13	取材2	放火事件のこと
660	1〜16	13		
	17〜20	15	取材3	金閣寺のこと
661	1〜7	15		
	8〜14	15	取材4	放火事件のこと
	15〜20	17	取材5	母志満子のこと
662	1	17		
	2〜6	17	取材6	部屋輝子（五番町の女）のこと
	7〜11	17	取材7	本を売ること
	12〜13	18	取材8	金閣寺戸締まりの図に関する翻刻者注記

頁	行	原稿
	14〜18	19
663	1〜12	19
	13	20
	14〜21	21
664	1〜19	21、23
665	1〜18	23、25
666	1〜6	24、25
	7	26
	8〜9	27
	10〜19	27
	20	29
667	1〜3	29
	4〜5	29
	6〜21	29、31
668	1〜3	31
	4〜20	33
669	1〜20	33、35、37
670〜671		38、39
672	1	38、39
	2〜6	38、39
	7〜10	38
	11	40
	12〜16	40
673		40
674	1	40
	2〜4	40
	5〜17	41、42
675	1〜4	42
	5〜17	43
	18〜19	43
676	1〜6	43

取材9	供述調書（究竟頂に入れないことなど）
断片7	
取材9	供述調書（自殺未遂、大文字山でタバコ、童貞喪失など）
断片8	
取材10	夕刊京都より
取材11	母志満子のこと
取材12	判決
取材13	林養賢のこと
取材14	金閣寺のこと
取材15	犯行後の林（精神分裂、結核）
取材16	図版1（鹿苑寺の図）
	取材16に関する翻刻者注記
取材16	取材16の図版内の文字の翻刻
断片9	
	取材17に関する翻刻者注記
取材17	取材17の図版内の文字の翻刻
	図版2（鹿苑寺の図）
断片10	林養賢の居間のこと
取材17	取材17の図版内の文字の翻刻
主題4	僧と芸術家、還俗するが偽者意識、ニヒリスト、強者志向、コンプレックス解放、人生を容易にする悪魔、人生を困難にする絶対者を滅ぼす
着想2	発端、禅、林の短い生涯の中に小説的構図を収める
構成1	金閣の沿革→幼時に見た金閣の記憶と幻想→少年期、青年期の金閣

	7〜18	45	構成2	(PlanⅠ)沿革↓幼時に見た金閣の美的幻想↓戦後童貞破り還俗↓強者志向↓放火
	19	47	構成3	(プランⅡ)放火事件↓書かざる芸術家、林は放火せず友人が放火を代行(『禁色』と類似ゆえ却下)
677	1〜6	47		
	7〜9	47	構成4	(プランⅢ)京都で童貞破る↓年増女と関係↓事業成功(あまりに月並)
	10	47	着想3	カフカ風プラン
	11〜19 *	48	筋立2	昭和24年から放火までの主人公(和尚に疎まれ却って喜ぶ、日本海旅行、童貞破り、歴史を焼く、尺八、臨済録)
678	1〜17 *	48		
	18〜20	49	着想4	(プランⅣ)ドッペルゲンガー
679		48、49	筋立2 / 着想4〜6	図版3
680	1	49	着想4	(プランⅣ)ドッペルゲンガー
	2〜5	49	着想5	(プランⅤ)金閣から脱出
	6〜12	49	着想6	(プランⅥ)ニーチェ、超人思想、金閣の幻影が人生の幸福を邪魔
	13〜15	51	断片11	
	16	52		取材18に関する翻刻者注記
681		52	取材18	図版4(鹿苑寺室内図)
682	1〜18	52、53、55	取材19	訴訟記録(金閣と心中、美に対する嫉妬、ナルモフ侯爵など)
	19〜20	54	断片12	
683	1〜15	55	取材19	訴訟記録
	16	56	断片13	
	17〜18	57	取材19	訴訟記録(金閣に対する支配欲、母志満子のこと)
684	1〜8	57		
	9	58	断片14	
	10〜18	59	取材19	訴訟記録(父の弟の手記など)
685	1〜7	59		
	8〜20	61、63	取材19	訴訟記録(関係者証言)
686	1〜12	63		
	13	64	断片15	
	14〜17	65		訴訟記録
	18〜19	65	取材19	訴訟記録(部屋輝子証言、兄と思う)
687	1〜3	65		
	4〜10	67	着想7	対蹠的な檀家の娘に失恋、五番町で童貞喪失、寺が人生から青春守る

頁	行	掲載頁	区分	内容
	11~19	69	筋立3	第一章（性的成長、性の垣間見、イメージの中の金閣、父のことなど）、第二章
688	1~12	69		
	13~21	70		
689	1~21	70	筋立4	第三章から最後の放火まで（死刑にしてくれ）、人生への出発を金閣が止めることなど
690	1~4	70		
	5~20	71	筋立5	第三章（GIと有為子に似た女、不変への憎しみのことなど）、四章か五章か（鶴川の死）
691	1~15	72、73	着想8	母と主人公の会話（金閣寺の住職狙え）
	16~20	73	着想9	和尚放蕩三昧、その場に居合わせ憎まれる喜び
692	1	73	断片16	悪は可能か
	2~6	74	断片17	
	7~16	74	筋立6	第三回（GIがパンパン殴打）
	17~18	75	筋立7	第四回（大谷大学、死刑廃止反対、悪魔的友、鶴川の死、住職放蕩、金閣が止めに来る）
693	1~7	75		
	8~15	77	着想10	南泉斬猫
	16~19	77	筋立8	五章から十章まで（柏木の悪魔的思想、女と人生、金閣が止めに来る、家庭教師、五番町の女のことなど）
694	1~10	77		
	11~19	79	着想11	柏木と女
695	1~8	79 *	着想12	鶴川の嫉妬、柏木、母、南泉斬猫
	9~19	80	着想13	『金閣寺』第四章から第六章の内容に関係（柏木と女、接吻しようとすると金閣の幻影出現、女への憎悪と欲望と思慕、鶴川の死、南泉斬猫、尺八のことなど）
696	1~19	80		
	20	81	筋立9	第六回（金閣への野心、女への思慕を金閣が邪魔、老師の放蕩、悪、南泉斬猫、日本海旅行で放火決心のことなど）
697	1~13	81		
	14~20	82	筋立10	第八回（授業料で五番町の女を買う、柏木が老師から金を返してもらう、朝鮮戦争、世界没落、臨済録、南泉斬猫のことなど）
698	1~21	82、83		
699	1~3	84	断片18	朝鮮戦争
	4~13	85	筋立11	第八章（巡査に通告さる、母）、第九章（女、朝鮮戦争）、第十章（放火直前の気後れ、臨済録）
	14~18	87		
700	1~7	87	取材20	放火準備のこと
	8~11	裏表紙の裏		
	12~19	裏表紙	断片19	
701	1~6	裏表紙	断片20	

がないものとしては、たとえばニヒリズムの問題がある。

ニヒリズムについて立ち入ったことを言うならば、私はそれを人が間主観的な場から逸脱し、世界内存在が解体する事態として考えているが⑬、主題4における〈ニヒリスト〉という言葉には、それほど深い意味はなく、単に冷淡な男という程の意味ともとれないことはない。また、私は不能の現象はニヒリズムという事態の具体的な現われの一つであり、両者は別の事柄ではないとも考えているが、ノートには、着想13の〈片方の女に接吻しようとしたとき、金閣寺の幻影がまざ〳〵とあらはれる〉、筋立9の〈思慕する女に冷たくはねつけられ　又、金閣に邪魔される〉などの記述が少なからずあるものの、それらは特にニヒリズムの問題と関連づけられていない。したがって、ノートのこの段階においては、三島はこの問題を充分には掘り下げていないと私には思われるのである。

しかし、発表作の第七章で、溝口が自身と女との関係を蜂と夏菊との関係に喩えている箇所には、明らかな思考の深化が認められる。一部を略してもやや長くなるが、次に引用しよう。

> 女と私との間、人生と私との間に金閣が立ちあらはれる。すると私の掴まうとして手をふれるものは忽ち灰になり、展望は沙漠と化してしまふのであつた。
>
> あるとき私は、庫裡の裏の畑で作務にたづさわつてゐた手すきに、小輪の黄いろい夏菊の花を、蜂がおとなふさまを見てゐたことがある。（中略）
>
> 私は蜂の目になつて見ようとした。菊は一点の瑕瑾もない黄いろい端正な花弁をひろげてゐた。それは正に小さな金閣のやうに美しく、金閣のやうに完全だつたが、決して金閣に変貌することはなく、夏菊の花の一輪にとどまつてゐた。さうだ、それは確乎たる菊、一個の花、何ら形而上学的なものの暗示を含まぬ一つの形態にとどまつてゐた。それはこのやうに存在の節度を保つことにより、溢れるばかりの魅惑を放ち、蜜蜂の欲望にふさはしいものになつてゐた。形のない、飛翔し、流れ、力動する欲望の前に、かうして対象としての形態に身をにそめて息づいてゐることは、何といふ神秘だらう！（中略）……蜜蜂はかくて花の奥深く突き進み、花粉にまみれ、酩酊に身を沈めた。蜜蜂を迎へ入れた夏菊の花が、それ自身、黄いろい豪奢な鎧を着けた蜂のやうになつて、今にも茎を離れて飛び翔たうとするかのやうに、はげしく身をゆすぶるのを私は見た。
>
> 私はほとんど光りと、光りの下で行はれてゐるこの営みとに眩暈を感じた。ふとして、又、蜂の目を離れて私の目に還つたとき、これを眺めてゐる私の目が、丁度金閣の目の位置にあるのを思つた。（中略）私は蜂ではなかつ

たから菊に誘はれもせず、私は菊ではなかつたから蜂に慕はれもしなかつた。あらゆる形態と生の流動との、あのやうな親和は消えた。世界は相対性の中へ打ち捨てられ、時間だけが動いてゐたのである。

私の考えでは、右の部分では性と世界内存在の問題が結び付けられ、性的不能と世界内存在の解体が、同じ一つの事態として語られている。これはノート執筆以降、原稿執筆までの段階に三島が考えを深めたテーマだと言うべきではないだろうか。

ところで、右の引用箇所に関連して指摘しておきたいことがある。それは、蜜蜂の目から見た夏菊の美しさが、非常に豊かに、またリアルに描かれていることである。これは溝口にとって現実というものが、想像力によって一方的に否定されるだけのものではなく、逆に憧憬と渇望の対象でもあることに対応している（だからこそ溝口は、一旦は「幻の金閣」を否定して生の現実を獲得しようとした）。ところが、発表作『金閣寺』全篇を通じて、女性の魅惑的な美しさが、それ自体として描かれている箇所は、わずかな例外を除いて見当たらない。例外は有為子と南禅寺の天授庵の女だが、これも一種の暗鬱さや非現実感を帯びている。結局のところ三島は『金閣寺』において、生の美しさや現実の魅惑を体現するだけの力を女に与えていないのである[14]。

それはノートにおいても同様だが、もう一点だけ付言したいのは、取材6、19にあるように、放火犯・林の相手をした五番町の女は部屋輝子という名で、彼女は林に、兄のような気がするので、こういう所に来てはいけない、と言ったということである。ノートにはそれ以上のコメントは記されていないが、ここで連想されるのは、不能の兄・主税と、彼を癒そうとする娼婦の妹・輝子との近親相姦をテーマとする初期短篇「家族合せ」（「文学季刊」昭23・4）だ。これは、『仮面の告白』の源泉となる作品の一つだが、五番町の女はその登場人物と同名だったのである。三島がこの偶然の一致に無自覚だったとは考えられない。

だが、『金閣寺』には、「家族合せ」には存在する男女（兄妹）の心理的共鳴は描かれず、三島は代わりに、〈あんまりこんなところへ来ないはうがいいと思ふわ（中略）あんたが弟みたやうな気持がするんだもの[15]〉と言う女に対し、溝口がベッカリーアの『犯罪と刑罰』を突きつけて放火を暗示し、相手にしない女の乳房に蝿が止まったことから、〈蝿は腐敗を好むなら、まり子には腐敗がはじまつてゐるのか？〉という疑問に襲われる場面を描くのである。ここには、「家族合せ」的なシーンの再現の意図的な拒否が感じらよう。

5

以上の考察から言えるのは、私が小説『金閣寺』から読み取ったテーマに関して、大枠は三島自身が既にノートの段階で構想していたが、主題の深部や具体的な細部は、その後の原稿執筆までの過程で深められたということである。また三島は、過去の自作や林による放火事件に目配りしつつも、それとは異なる新たな世界を生み出したということである。当然といえば当然だが、創作ノートを分析することによって、その様相がはじめて具体的に明らかになったと言えよう。

では、このようにして生み出された『金閣寺』を三島の作品史の中に置く時、どのようなことが言えるだろうか。また、『金閣寺』で展開される想像力論は世界文学史の中にどのように位置づけられるだろうか。紙幅の制限があるので素描の形になるが、この二点について本節と次節で言及しておきたい。

三島作品史上の意味については、以前の拙論「想像力と生」において次のように指摘し、基本的にはこれを改める必要を認めない。すなわち、『金閣寺』は『仮面の告白』（昭24・7）で戦後作家としての地歩を固め、その後も『禁色』（昭26・1〜10、27・8〜28・8）、『潮騒』（昭29・6）や劇作などで力を蓄えた三島が、美の問題に改めて取り組んだ作品であり、また「詩を書く少年」（昭29・8）、「海と夕焼」（昭30・1）などで文学的出発以来の問題を扱い、「若人よ蘇れ」（昭29・6）、「鍵のかかる部屋」（昭29・7）などで終戦から戦後期にかけての時期を捉え直した先に、芸術家としての自己存在の意味を再確認しようとした作品である。

そして三島は『金閣寺』に、想像力の負の側面を充分に認識した上で、あえて想像力を意志的に駆使しようとする小説家としての決意を書き込んだというのが私の考えだが、では、それは「卒塔婆小町」（昭27・1）について三島が自己言及していることと、別の事柄であろうか。

主題については、余計なことを云つて、観客を迷はせてはならないが、作者自身の芸術家としての決心の詩的表白である点で、「邯鄲」と同工異曲である。つまり作者は登場する詩人のやうな青春を自分の内にひとまづ殺すところから、九十九歳の小町のやうな不屈の永劫の青春を志すことが、芸術家たるの道だと愚考してゐるわけである。（「卒塔婆小町覚書」、「毎日マンスリー」昭27・11）

また、『仮面の告白』執筆後の心境について昭和三十八年に回顧した次の文章とも、別の事柄であろうか。

私はやつと詩の実体がわかつて来たやうな気がしてゐた。少年時代にあれほど私をうきうきさせ、そのあとではあれほど私を苦しめてきた詩は、実はニセモノの詩で、抒情の悪酔だつたこともわかつて来た。私はかくて、認識こそ詩の実体だと考へるにいたつた。

それと共に、何となく自分が甘えてきた感覚的才能にも愛想を尽かし、感覚からは絶対的に袂別しようと決心した。(『私の遍歴時代』)

私の考えでは、ここで〈抒情の悪酔〉や、〈登場する詩人のやうな青春〉、〈感覚的才能〉などと呼ばれるものは、すべて想像の世界への耽溺という事態を指す表現である。三島は既に『仮面の告白』執筆後の段階で、単に想像力に身を委ねているだけでは自己破滅に陥ってしまい、この状態を超克しなければ、真の芸術を生むことはできないという考えを抱いていたのだ。その意味で、『金閣寺』の基本的テーマは、ここに既に現われている。ただしこの時点では、目指すべき芸術の核には、意外にも詩が置かれている。また、その実体は想像力ではなく認識だと考えられている。これは、あえて『金閣寺』の文脈に沿って敷衍するなら、詩人になった柏木、あるいは自殺をしない鶴川のような存在が想定されることになろう。

しかし、三島は、『金閣寺』において柏木や鶴川を、溝口が最終的に想像力を主体的に選択するに至るための否定的媒介としては描いたが、右に想定されるような人物としては造形しなかった。ということは、『仮面の告白』執筆後、昭和二十七年頃から『金閣寺』執筆の頃までの数年間に、三島の姿勢に変化があったことになる。拙論「想像力と生」では特に論じなかったが、この変化は具体的にはどのようなものだったのかという問いが、ここに生じる。

ここで、三島のエッセイ「十八歳と三十四歳の肖像画」を参照するなら、三島はこの間、決して想像力に耽溺することのない人物として『潮騒』の新治を造形したが、その後『沈める滝』(昭30・1〜4)で、〈かつての気質的な主人公と、反気質的な主人公との強引な結合〉を試み、〈ついで、やつと私は、自分の気質を完全に利用して、それを思想に晶化させようとする試みに安心して立戻〉って『金閣寺』を完成させたという。〈気質〉とは、想像の世界に耽溺しやすく、それだけにその毒も受けやすく、それにもかかわらず想像力に大きな役割を担わせようとする存在のあり方を言ったものであろう。ここから窺われるのは、三島は『潮騒』において〈反気質的な〉主人公を描き、自身も昭和二十六年暮から半年間にわたる世界旅行を経て〈反気質的〉人間たらんとしたが、自分のあり方を託すべきは、やはり〈気質的な〉主人公を据えた芸術家小説であると見定め、それが『金閣寺』において実現したということである。ただし、想像力を揮うことによって生み出される芸術作品の核は、もはや詩ではなく小説であった。三島が本当の意味でその決意を固めたのは意外に遅く、昭和二十九年に「詩を書く少年」を執筆し、それを〈『僕もいつか詩を書かないやうになるかもしれない』と少年は生れてはじめて思つた。しかし自分が詩人ではなかつたことに彼が気が附くまでにはまだ距離があつた〉という一節で結んだ時だったかもしれない。

6

最後に、『金閣寺』における想像力の問題を、より広い文脈に置き直すことで、本稿の結びとしたい。

既述のように、小説『金閣寺』には想像力という言葉が散見する。三島蔵書にサルトルの『想像力の問題』(平井啓之訳、昭30・1、人文書院)が確認されること、三島が同書に直接言及したことはないが、そのテーマを幾つかの点で発展させたサルトルのジュネ論については、「ジャン・ジュネ」(昭28・8)、『裸体と衣裳』などで度々言及していることなどから、『金閣寺』にサルトルの影響がありうることは拙論「想像力と生」で指摘した。だが、たとえ事実その通りだとしても、サルトルの想像力論と『金閣寺』における想像力の問題との間には、幾つかの点で隔たりがある。

しかし、この相違については後で言及することにして、今は三島自身が意識していた範囲を超え、『金閣寺』を思想史、文学史の大きな流れの中に置いて見るために、カント以降の想像力論を概観することにしよう。

『判断力批判』で、〈(産出的認識能力としての) 想像力 Einbildungskraft は、現実の自然が与えた素材から、いわばもう一つの別の自然を創り出す点で、非常に強力である〉[16]と言われるように、カントは想像力に大きな力を与えた。そして、詩人は目に見えないものに関する理性理念 Vernunftideen を、目に見える形に具象化しようとする。また、経験において実例が認められるものを、経験の制約を越えて具象化しようとするが、それは理性の導き Vernunft-Vorspiele に一歩でも近づこうとする想像力を働かせることによってであるという。これは裏から言えば、想像力を働かせる対象や、想像力の働かせ方に関して、理性がいわば案内人として手助けし、また監視しなければ、想像力が暴走する危険があることをカントは承知していたということである。さらに言うならば、前時代の宗教的、神秘的な想像力が衰退しつつある時代の中で、芸術の内側に想像力を囲い込み、かつ理性に見張りの役目を課すことによって、想像力の可能性を守ろうとしたものとも見なしうる。

これに対し、ロマン派の文学においては、カント的な理性の制約は外されたのだった。たとえばフリードリッヒ・シュレーゲルは「アテネーウム断片」で、〈空想力 Phantasie は熱狂 Begeistrung であると同時に幻想 Einbildung である〉[17]と述べているが、ここでは想像力への期待は一段と高められている。ただし、これも見方を変えれば、自然科学や合理主義の一層の進展に対する反作用として、芸術的想像力の可能性を、ある意味で病的なまでに拡張したものと見なすことができるだろう。

この文脈において考えるなら、本稿冒頭で触れたフローベールの写実主義は、拡張し過ぎた想像力に対する否定という意味を担っていることがわかる。ロマンチックな夢想は、あたかもボヴァリー夫人が自滅するように、客観的な現実の前に敗れさらねばならないのだ。ただし、写実主義において芸術的想像力の役割が全否定されたわけではなく、ここに一種の逆説が存する点は、注意を要する。というのも、写実主義は現実を超え出るロマンチシズムを否定したが、この世の現実や社会、時代性を余すところなく捉えようとする写実主義の野心を支える要因として、想像力はやはり不可欠なものだからである。もしフローベールが、いかなる意味においても想像力の信奉者でないとすれば、『ボヴァリー夫人』は一事件の単純な記録ではありえても、革命後のフランス社会とその時代相を写す奥行きと広がりを持つことはなかったであろう。

これと似た事情は、象徴主義の詩にも認められる。たとえば、絶対者は実在するか。シュレーゲルは、その存在を信ずることがもはや通用しない時代になったことを認識しつつ、あえて絶対者の実在を想像した。この二重性がイロニーという方法を生む。だが、ボードレールにとっては、その実在を想像することすら、もはや許されない。ところが、ボードレールにとって想像力に意味がなかったのかと言えば、そんなことはありえないのである。名高い詩「万物照応 Correspondances」で、自然は一つの寺院 La Nature est un temple と詠われる時、「寺院」はこの世に実在するわけではないし、この世を越えたどこかに実在するのでもない。しかし、「万物照応 Correspondances」という詩そのものが「寺院」であり「自然」なのである。そして、言語がそのようなものとして立ち現われる時、そこで働いているのは、やはり想像力以外のものではない。

以上のことから言えるのは、近代的な合理主義精神の拡大とともに想像力の可能性が徐々に狭められていったという事実であり、しかし、その圧迫に抗して人は想像力の可能性を逆転の発想によって守り、また新たに生み出そうとしてきたことであろう。サルトルの想像力論も、この延長上に置くことができる。だが、これは裏から言えば、次のようなことである。サルトルが『想像力の問題』で〈美とは想像界だけにしかあてはまりえず、その本質的構造のうちに世界の空無化 la néantisation du monde を含み持っている価値である[18]〉と言う時、あくまでも想像的意識の自由な力を積極的に評価しようとしているのだが、しかしそれは、従来の形では維持しがたくなった想像力というものを守るための、いわば退却戦の中での反転攻勢のようなものなのである。そうだとすれば、サルトルが次のように続ける時、既に可能性を狭められてしまった想像力は、現実を傷つけ、疎外するという負の側面を代償として払わなければ、その力を発揮しえないことを暗黙の内に自認しているに等しい。

しかしながら、私たちが現実的な出来事や対象を前にして審美的観想の態度をとる場合が起る。この場合には、誰でも自分のうちに観想の対象に対する一歩後退の態度をみとめることができるし、その対象自体は空無の世界néantに滑り込んでゆく。それは、この瞬間以降、その対象はもはや知覚されないということである。

けれども『想像力の問題』では、このような想像力の負の側面が主題的に問われることはなかった。

以上の文脈に『金閣寺』を据えると、どういうことが言えるか。サルトルの場合とは異なり、『金閣寺』では（結末において逆転するものの、それ以前では）生を掘り崩し世界内存在を解体に導く想像力の負の側面が強調されている。これが、サルトルと『金閣寺』との最大の相違である。しかし、こうも言える。『金閣寺』で展開される想像力の負の側面は、サルトルが暗黙の内に認め、さらに言えばカント以来の想像力論が退却戦の中で少しずつ胚胎してきたが、いまだ伏せられたカードであったものを、すべて表《おもて》にしてみせたようなものなのではないか。その意味で、いっけん奇矯な、多数の理解を拒むかのような『金閣寺』の想像力の問題は、三島個人の問題設定というよりも、近代の想像力論が原理的に内包していた問題と深く関っていると言うべきである。『金閣寺』という小説は、実際に起こった事件を素材としながらも、単なる社会的事件の再現であることを超えて、近代化の進展とともに想像力が晒された命運を一つの思想として述べるだけの奥行きを持つ作品となっているのだ。それはやはり、私たち一人一人にとって、無縁のものではありえなかったのである。もし、『金閣寺』が奇矯であると言うなら、近代の想像力論を引き起こした時代と文化それ自体が奇矯なのである。[19]

しかし、強調したいのだが、『金閣寺』の最大の魅力はここにはない。私が心打たれるのは、虚無に陥り退路を断たれる瀬戸際にありながら、最後の段階で想像力を主体的に選び直して「生きよう」と決意するに至った溝口の底力であり、そのような筋立で『金閣寺』を結んだ作者三島の姿勢である。この決意は、創作ノートには記されていないし、もちろん放火犯・林のものでもない。それはまさに、『金閣寺』執筆という小説家の営為が、溝口と三島にもたらした奇跡だと言えよう。どんな逆境の中にあっても、人は血路を見出しうる。このことが、『金閣寺』の魅力として、私に力を与えるのである。[20]

注1　「『金閣寺』について」（「文芸」昭31・12）
2　近年の研究では、ドラマール事件が『ボヴァリー夫人』の起源だというのは一つの神話に過ぎず、しかもその神話は瓦解しつつあるともされるが、フローベールがドラマール夫人の話を『ボヴァリー夫人』に活用していること自体

は否定できない（松澤和弘『『ボヴァリー夫人』を読む』平16・10、岩波書店）。

3　初出は「国文白百合」（平9・3）。『三島由紀夫　虚無の光と闇』（平18・11）に再録。

4　翻刻者は佐藤秀明。なお、同翻刻に先立ち「新潮11月臨時増刊　三島由紀夫没後三十年」（平12・11）においても、創作ノートの全体が活字化された。

5　『金閣寺』創作ノートは「波」（昭49・1〜3）に抄録の形で紹介された。

6　私たちは、優れた想像力というものは人間の意志を超えて飛翔し、そのことによって生の本質と深く融合するというふうに考えるかもしれない。特に本稿の注19で触れるガルシア＝マルケス的な発送や第6節で述べるロマン派の一部においては、想像力はこのようなものとして理解されることが多いであろう。

　これに比べると、生と対立しこれを解体に導く想像力というものを、あえて主体的に選び直し、これを意志の下に制御しようという『金閣寺』で描かれる想像力のあり方は、転倒しているように見える。そんな想像力は、大したものではないという指摘もあるだろう。

　しかし、私の考えでは、『金閣寺』的な想像力のあり方は三島にとって極めて重要なテーマであるばかりか、カントからサルトルに至る近代の想像力論が本質的に抱えていた問題を、直接に抉り出したものであるようにも思われるのである。このことについては、第6節で再考する。

7　この場合における現実とは、溝口の死である。

8　この引用部分で私は、『金閣寺』という作品自体を一つの美として考えている。それは、単に言語表現や比喩の美しさばかりを言ったものではなく、「生きよう」という決意にまで筋を運んでゆく、構成それ自体の美しさを言ったものでもある。

9　１９９５刊。Zulma社と国立学術研究センター出版部による共同刊行。

10　Jean Pommier et Gabrielle Leleu, *Madame Bovary*, Nouvelle version précédée des scénarios inédits, Paris, Corti,1949.

　Claudine Gothot-Mersch, *La Genese de Madame Bovary*, Genève-Paris,Slatkine,1980.

11　ただし、注4で触れた「新潮11月臨時増刊　三島由紀夫没後三十年」の翻刻では、頁の境目が破線で示されるなど編集方針が異なる。

12　取材19。「朝日新聞」（昭25・7・4）も参照。

13　ニヒリズムの問題は「『鏡子の家』論」（『三島由紀夫　虚無の光と闇』所収）で詳説した。世界内存在の解体とは本来ありうべからざる事態だが、ここではその起こるはずのないことが起こっているのである。

14　もし女がそのような力を持っていれば、現実を否定する想像力との間にダイナミックな緊張関係が生まれ、そこから発表作とは異なる筋の展開がありえたかもしれない。

15　ここでは「兄」は「弟」に変えられている。また「輝子」の名も「まり子」に変えられた。

16　*Kritik der Urteilskraft*, herausgegeben von Karl Vorländer, Unveränderter Nachdruck der 6. Aufl. von 1924, Hamburg , F. Meiner, 1968. の168頁。引用は篠田英雄訳『判断力批判（上）』（昭38・1、岩波文庫）を参照した。

17　*Kritische Schriften*, München, Carl Hanser, c1970. の55頁。引用は山本定祐訳『ロマン派文学論』（昭53・5、冨山房）を参照した。

18　*L'Imaginaire, psychologie phénoménologique de l'imagination*, Nouvelle edition, Paris, Gallimard, 1967. の245頁。引用は平井訳を参照した。

19　メルロ＝ポンティは、サルトル的な想像力の負の側面が浮上するのは、想像力と知覚、想像力と世界とを二律背反的に捉えるサルトルの立論の仕方が誤っているからだという趣旨の議論を行った。わが国でも江藤淳『作家は行動する』（昭34・1、講談社）、吉本隆明「現代批評家裁断―想像力派の批判」（「群像」昭35・12）、野間宏『サルトル論』（昭43・1、河出書房）らが同種の議論をしている。だが、サルトルが犯した「誤り」を、近代の想像力論それ自体が内包する「問題」と考えるならば、『金閣寺』は、この「問題」の相貌を非常に早い段階で鋭く抉り出した作品であると言えよう。三島本人は、想像力の問題をこのような広い歴史的文脈において考えることを必ずしも行っていないが、『金閣寺』という作品にはそういう意義があるのである。もし、現代文学においてこのような「問題」を根底から覆す、すなわち反近代的な想像力論を求めようとするなら、それはおそらくガルシア＝マルケスの文学に存するであろう。たとえば彼は〈私の作品への最大の賛辞はすべて想像力や魔術に向けられているが、ほんとうは、現実に根ざさない言葉は私の作品には一行もないのだ。問題は、カリブ的現実がこのうえなく荒唐無稽な想像力に似ているという点にある〉（「特別インタビュー　ガルシア・マルケス＝想像力のダイナミズム」、「すばる」昭56・4）と述べている。ただし、このような発想を可能にした要因としてキューバ革命の成功がもたらしたカーニバル的雰囲気を無視できないことを考慮に入れるならば（太平洋戦争の敗戦が、三島にもたらした影響とまさに対極にある！）、その興奮が彼方に遠のいた今日において、ガルシア＝マルケス的な想像力が、そのままの形で意味を持つことはありえないように思う。

20　本稿では論じなかったが、想像力が生と対立し、これを掘り崩すという構図を通じて、『金閣寺』はもう一つ別の思想も語っている。すなわち、『金閣寺』が発表された昭和三十一年という年は、戦後の混乱期を経てその後の高度経済成長に向けて力強い一歩を踏み出したかに見えて、その実、わずか十年前の戦争の記憶、それにまつわる罪悪感や想像、さらには言い知れぬ快美感までもが人々の精神に消しがたく蟠《わだかま》り、私たちの日常的な生を内側から脅かし、掘り崩しているのではないか、という思想である。これも、いかにも三島的な考えだが、創作ノートを見る限り、『金閣寺』執筆時点では、三島はこのような思想に発展すべき問題意識を明確には抱いていなかったようである。

（白百合女子大学）

特集　金閣寺

模型という比喩――三島由紀夫『金閣寺』――

久保田裕子

一、再建された金閣寺と建築模型

『金閣寺』（「新潮」56・1〜10）において、「不滅なものは消滅させることができる」ために「厳密な一回性」という性質を帯びた金閣が焼失すれば、「世界の意味は確実に変るだろう」という確信が表明されている。しかし実際には昭和二十五年七月二日に放火された後、金閣寺は昭和三十年に再建された。

　小林秀雄と三島の対談「美のかたち―『金閣寺』をめぐって」（「文芸」57・1）においても、冒頭で「金ピカ」な新築金閣のことが話題にされており、「二千万円」という「安い」費用で再建された金閣の外観について、三島は「ぼくなんか見ると、いいと思うんです。」という感想を漏らしている。また「室町の美学―金閣寺」（「東京新聞」65・2）では、「私のむしろ好きなのは、新築の、人が映画のセットみたいだと悪口を言う、キンキラキンの金閣である。」と述べた上で、次のように述懐している。

　あそこにこそ室町の美学があり、将軍義満の恍惚があったのだと思う。（略）私は夏の夕映えを浴びたその黄金の、一種アンニュイを含んだ美しさに感動した。作中の旧金閣のイメージには、かくて、作者の新金閣のイメージが、多分に導入されてゐるのである。

　金閣寺は以前より俗悪でキッチュな姿で再生したが、「新金閣」が「旧金閣」と融合することで、テキストの金閣のイメージが再構築されたことがわかる。また三島は「今日焼亡後再建されて、みんなから悪趣味だといはれてゐるあの『新しい金色』の姿で、『美しい』と思はれてゐたのである。」（「わが室内装飾」「別冊婦人公論」62・1）とも述べている。「日本人の美学は、金ピカ趣味を失つてから衰弱してきた」（同）という美意識のかたちを示唆すると同時に、ここには焼失前の金閣にも、「金ピカ」であった過去の姿を幻視するまなざしがある。

　ところでこの作品において金閣寺放火事件という現実の出来事が下敷きになっているという前提を超えて、なぜ絶対的〈美〉の象徴として金閣という建造物が選ばれたのか。モデル小説というテキスト成立の背景が既成事実として受容されてきたが、テキストに内在する金閣のメタフォリックな表象構造について、あらためて検討する必要があるのではないか。建築という領域への関心は、『金閣寺』だけの問題系ではなく、三島の小説テキストにおいて、しばしば建築物というオブジェがメタファーとして機能している。

　例えば『春の雪』（「新潮」65・9〜67・1）において、「お宮様」と「イギリス人の設計師の建てた壮麗な洋館」を擁する広大な松枝家の和洋折衷建築は、伝統と欧化主義に引き裂かれた松枝家の、さらには日本近代の分裂した様相を象徴している。『奔馬』（「新潮」67・2〜68・8）では、本多繁邦が見下ろす大阪控訴院の煉瓦の高塔からの眺めは、「裁判官といふものの鳥瞰的な目をわがもの」にして「正義の高みに」いたことを示唆している。裁判官として「国家理性を代表するばかりに、まるで鉄骨だけの建築のやうな論理的な高見にゐる」彼は、「法律的正義《ユスティチア・レガリス》」を体現して世界を見下ろし、この塔は本多にとってのパノプティコン（一望監視装置）を建築的に提示したものと考えられる。これらの建築物の外観は冒頭部分に登場することで、細部に至るまで詳述された描写を通してテキスト全体の構造的な範型が提示されている。『金閣寺』に関しても、作品構造の把握は、磯貝英夫「金閣寺―巧緻な模型」（「国文学解釈と鑑賞」76・2）においても既に指摘されているものの、模型そのものの内包するイメージ表象を明らかにしたものではなかった。

　さらに三島は評論やエッセイにおいて自己の文学観を建築のメタファーと共に語っている。「電灯のイデア―わが文学の揺籃期」（『新潮日本文学45三島由紀夫集　月報』新潮社、68・9）では、「生来のもの」という「金ぴか趣味」への偏愛を語った上で、絵本で宮殿の建築模型を作った子供の頃の思い出に言及している。

　　思ふに、私は全く自分一人で、自己流に、現実を眺め変へる術を学んでゐたのである。すなはち、その光りが天然のものであらうと人工のものであらうと、或る普遍的な光源を仮構すれば、あとは現実のサイズはどんなに大きからうが小さからうが自由自在に変へられうるし、本の宮殿も実際の宮殿も、現実としての質は同じだといふ観点に立ちうる、といふ発見である。

　さらに建築模型とは「建築的原理に立ちながら、全く実用的価値を欠いたもの」であり、このような「人の決して入れない建築、住めない建築、しかも太陽の明暗のくつきりした建築」を「フィクションとしての文学」のアナロジーとして位置付けている。建築と建築模型との間の差異は、三島の言うように「ただ単に、実用に供しうるか否かといふプラクチカルな価値判断しかない」（「電灯のイデア」）とすれば、実用価値を否定するためには「その建築を、人の決して入りえないサイズに縮小」（同）すればよいことになる。そして「人の住まぬ」内側に空虚を囲っている金閣は、実体性を欠いた「丹念に構築された建築された虚無」を表象している。実用性を持った歴史的建造物であるというよりむしろ、実用性を欠いた「丹念に構築された建築された虚無」を表象している。(2) 敗戦によって焼失の危機から免れることになった金閣は「半ば永遠の存在」として「実質を忽ち洗い去って、ふしぎな空虚な形」を築き、「あらゆる意味を拒絶して、その美がこれほどに輝いてゐたことはなかつた」という至高の美を見せる。「実質」を喪失したときに、「空虚」として屹立する金閣の超絶的な美しさは、まさにそれが「意味」付けを拒絶する〈絶対〉の象徴であることを示唆している。

さらに「電灯のイデア」によれば、幼少期に詩や小説を書き始めていた頃から、三島は「言葉と現実との齟齬」に直面することになった。このような文学との最初の出会いは、後年になって遡及して再構築された記憶ではなかった。十五歳のとき書かれた「公威詩集Ⅲ」に「建築存在」という詩を残している。

開け放たれた窓に合はせて
日向は四角く置かれてあつた
床に密着して、ものうく窄く。
風景の一角を遠い電車が
みえない人生のやうにとほりすぎた
汽笛をひゞかせて、鉄橋を轟ろかせて、
家々のむかうに風の音がしてゐたが……
家は
在つた
一つの無為にして永遠な存在を主張した。
（「建築存在」「一五・五・三」）

この詩では「本の宮殿の床を区切る太陽の明暗」（「電灯のイデア」）という偏愛の対象について、「四角く置かれて」いるような「日向」が「床に密着」したさまとして捉えられていて、後の作品において継続していくモチーフが展開されている。さらに光の差し込む「家」は、「一つの無為にして永遠な存在を主張」（「建築存在」）していて、これは「虚無がこの美の構造」である金閣のイメージ表象と重なり合う。建築というモチーフを参照すると、三島のテキストにおいて、初期から最晩年に至るまで繰り返し敷衍され展開されていったことがわかる。

また三島が鍾愛した稲垣足穂も模型を繰り返し描いているが、「模型極楽」（「作家」65・1）というエッセイにおいて、幼年時代に宇治の阿弥陀堂を訪れた思い出に言及している。当時は映画館の余興に「キネオラマ」があり、「ブリキやボール紙で舞台面に模型をしつらえ」、その一つに平等院鳳凰堂があったという記憶が綴られている。成長してから修繕された阿弥陀堂のこぢんまりした外観を見て、「この建物になんら実用主義が含まれていないことが、私を喜ばせた。これはアブストラクトの鳳凰であるが、同時に模型極楽でもある。」と述べている。それは「贅沢なおもちゃ」であって「イミテーションでなくコッピー」であり、模型《コピー》を実物《オリジナル》の代替品と捉える序列の思想は排除されている。「実用」という有用性は物を現実生活に縛り付けるが、そこから解放されることによって模型は抽象化され本質を露呈し、実物《オリジナル》を凌駕するイデアへの接近を見せる。足穂の「極楽」に描かれたオブジェ愛には、三島が描いたような現実へのねじれた執着は見られない。同時に「実用」を排除した形にこそ本質があるという『金閣寺』にも見られる思想が敷衍されていて、差異を含めた三島と足穂の間テクスト的な関連性を見出すことができる。

このように建築模型のイメージ表象は、他の作家のテキストとも関連しつつ広がりを見せる。本論においては、建築をめぐる隠喩の問題について考察し、『金閣寺』単独の閉じられたテキスト分析にとどまらず、他のテキストと連動しつつ展開するテキストの新たな可能性を探っていきたい。

二、虚無としての建築

「私」にとってなぜ〈美〉は金閣という歴史的建造物として立ち現れたのだろうか。まず〈美〉という認識は彼自身が発見したものではなく、「金閣ほど美しいものは地上にない」という「父の語つた金閣の幻」に拘束され続けた結果、未だ見ないうちに醸成された観念であった。彼が金閣というメタファーと共に見い出した外界における〈美〉とは、「若葉の山腹が西日を受けて、野の只中に、金屏風を建てたやうに」見えるさまであったり、「遠い田の面が日にきらめいてゐるのを見たり」、「峠のあたりから日が昇る」たびに日常の風景の中に「見えざる金閣の投影」を認めるようになる。他にも「小さな夏の花を見て、それが朝露に濡れておぼろな光りを放つてゐる」さま、「雲が山のむかうに立ちはだかり、雷を含んで暗澹としたその縁だけを、金色にかがやかせてゐる」様子など、遠近の距離を超越し、縮尺的スケールが自在に変化する〈美〉の対象としてとらえられている。さらに外界としての自然だけではなく、「美しい人の顔」を見ても「金閣のやうに美しい」と想起されていくように、美しい事物を収集し、そこから抽象された「金閣の幻」へと投影するようになる。「心象の金閣」は、いわば自然や人間などさまざまなものを表す比喩として機能している。

ところが第一章において、父に連れられて初めて見た金閣について、「美といふものは、こんなに美しくないものだらうか」という印象を抱き、むしろ法水院の「硝子のケースに納められた巧緻な金閣の模型」に魅了される。

この模型は私の気に入つた。このはうがむしろ、私の夢みてゐた金閣に近かつた。そして大きな金閣の内部にこんなそつくりそのままの小さな金閣が納まつてゐるさまは、大宇宙の中に小宇宙が存在するやうな、無限の照応を思はせた。はじめて私は夢みることができた。

夢見られた金閣に、現実のそれは遠く及ばず、「この模型よりもさらにさらに小さい、しかも完全な金閣と、本物の金閣よりも無限に大きい、ほとんど世界を包むやうな金閣」という入れ子型に偏在する無数の金閣の幻影を伴っていた。「私の手のうちに収まる小さな精巧な細工物」といったミニマムな形象をとることもあれば、時には「天空へどこまでも聳えてゆく巨大な怪物的な伽藍」のように屹立する。しかしその実体は「古い黒ずんだ小つぽけな三階建」に過ぎない卑小な姿として捉えられている。

また彼は初めて寺を訪れたとき、「藻や水草の葉のまばらにうかんだ池には、金閣の精緻な投影があり、その投影のはうが、一そう完全に見えた」という印象を抱く。「遠近法を誇張した絵のやうに、金閣は居丈高に、少しのけぞつてゐるやうな感じを与へた」という印象からもうかがえるが、実際に見た金閣に対しても「投影」や「絵」のように、実体そのものではないイメージの反映にリアリティを感じるさまが描かれている。

先に挙げた「わが室内装飾」においては、焼失前の金閣に新築された「金ピカ」な金閣を重ね合わせるだけではなく、さらに過去の金閣の姿を幻視することで室町の美学を見出すという、見ることをめぐる複雑なメカニズムが駆動していた。ここには「心象」の側から「現実」を眺め直そうとするまなざしがあり、「言葉と現実との齟齬」(「電灯のイデア」)を超克する強固な認識の力の発露が表れているが、これら複数の文章においても「心象」は建築模型という表象体系を通して描かれている。

スケールを喪失した模型というモデルが機能するためには、観察する側にも見立ての技術が必要になってくる。それはまだ見ぬ金閣のイメージを仮託したように、実物以上に豊かなイメージをふくらませていく。言い換えれば模型は見るという行為の再構築をはかる装置である。ガストン・バシュラールは、巧みに世界を縮小できれば、価値が凝縮し、豊かになるミニアチュールの力動的な効力を認識することができると指摘している。いわばミニアチュールとは、「人間が想像力で入り込む世界」(『空間の詩学』岩村行雄訳、思潮社、69・10)であると述べているが、精巧に作られた模型を見ることには溝口ならずとも不思議な快楽がある。

多木浩二は「縮減模型の思考」(『比喩としての建築　意味のかたち』青土社、88・2)において、「模型とは物を物語に変えること」であると指摘し、「縮減は漠然と経験している等身大の世界では知覚しにくかったことを、非常に明確なかたちで、構造として感じ取らせる。まるで模型で発見するものは、隠れていた論理であるかのように感じられるのである。」と述べている。さらにスケールが縮減されたコピーの存在は、物を自在に眺め、物を現実に縛られた絶対的な実在としては見ないように促す機能があり、模型とは「リアリズムを超えて想像力の世界を開き、多様性を横断する柔軟な思考の装置」（「縮減模型の思考」）と位置付けている。このように考えると「心象の金閣」と「現実の金閣」の関係を多木の定義に従って物（プレテクスト）と物語化（テクスト化）が織りなす「比喩」と呼んでもよい。いわば隠喩による物の変形であり、「現実の金閣」は隠喩的変形、言い換えれば言語を通した想像力の機能によってさまざまな物語へと変容していく。従って金閣の模型はオリジナルの不完全な贋物ではなく、むしろ模型によって比喩の次元が拓かれることによって、「古ぼけた小さな三階建」というプレテクストが、燦然たる〈美〉へとテクスト化（物語化）されることになる。このような物の世界の言語化は、建築物という視覚的なオブジェを再構築するという点で、視覚と言語表現とを架橋するモデルであるとも考えられる。多木が援用したクロード・レヴィ＝ストロースの『野生の思考』（大橋保夫訳、みすず書房、76・3）には、縮減模型を見ることを通して「鑑賞者は、自分でも気づかずに、行為者に変化している」という指摘があるが、模型を知性や感性を通して認識することによって、受動的に見る認識者の側から主体的に意味を構築する行為者へと変貌していくという見解であろう。『金閣寺』において〈認識〉と〈行為〉との対立に見えるものもまた、実は関連性を持っていることを示唆して興味深い。

そして『金閣寺』において、「豪奢の亡骸のやうな建築」は「近いと思へば近く、親しくもあり隔たつてもゐる不可解な距離」に浮かび、遠近の距離を超越し、自在に縮減・拡大し変転を繰り返していく。

> それは私と、私の志す人生との間に立ちはだかり、はじめは微細画のやうに小さかつたものが、みるみる大きくなり、あの巧緻な模型のなかに殆んど世界を包む巨大な金閣の照応が見られたやうに、それは私をかこむ世界の隅々までも埋め、この世界の寸法をきつちりと充たすものになつた。巨大な音楽のやうに世界を充たし、その音楽だけでもつて、世界の意味を充足するものになつた。時にはあれほど私を疎外し、私の外に屹立してゐるやうに思はれた金閣が、今完全に私を包み、その構造の内部に私の存在を許してゐた。

通常模型は縮尺されているが、『金閣寺』における「心象の金閣」モデルは、宇宙の果てまで飛翔したり、実物の寸法を縮減し、自由自在なイメージで「私」を圧倒して制御不能になる。しかも一旦、模型的世界がひらかれると、模型（コピー）の間で物語は相互に関連し合い、つぎつぎに比喩に結ばれた世界が編み上げられていくことになる。言い換えれば

〈美〉の隠喩たる複数の金閣のイメージ表象は、「心象」対「現実」という二元的対立の関係にあるのではなく、金閣が隠喩によって連動していくことで、世界全体が網羅されることを示唆するが、その理由について平野啓一郎は次のような仮説を提出している。

　このメタフォリックな作品の〈絶対者〉の象徴に影像でも、壁画でもなく、〈金閣〉という建築物が採用されているのは偶然ではない。建築とは、〈虚無〉の空間に意味を与えるものである。（「『金閣寺』論」「群像」05・12）

　即ち建築とは無秩序の空間を「生活の具体的な細目の目録的な空間」（「『金閣寺』論」）へと構築するものであるが、「意味は必ず、内部の〈空洞〉の側から与えられる。」（同）という。国宝として認定された後の金閣はそのような実用的機能は持たないが、空虚な場だからこそ、そこへどのような意味でも投影することができる。空間自体は建築資材を材料にした壁や天井といった実体によって作られているが、これは小説において、現実の事件の出来事の収集と詳細な取材による事実の構築を通して、虚構性の高い世界を表出することとパラレルな関係になっている。

　しかし比喩の世界は観念の範疇にあるとして、「私」がそのようなメカニズムを知悉した上で、なぜそこに安住することができなかったのかという問題は残されている。金閣が世界と同じ寸法を満たすことは、世界に偏在していることになり、彼は「構造の内部」においてかろうじて存在が許されている。しかし重要なのはこのような金閣のありようは外界に実在するものではなく、あくまで彼自身が〈認識〉という作用によって作り出したものであるということだ。いわば彼は「心象の金閣」という監視装置を内在させることによって、自ら作り上げた観念の檻に自分自身が拘束されている状態にある。自分で作った檻に呪縛され、それは外部から押しつけられた規範ではないからこそ、より強固な拘束力を持って彼を抑圧する。最も逃れがたい檻とは、自分自身で作り上げたものであり、ここには足穂のようにオブジェへのひたすらな没入を愉楽と感じる心性はない。

三、心象と現実

〈認識〉を通して金閣を見つめるまなざしは、当初父によって賦与されたものであった。そして父が植え付けた〈美〉のイメージは、十三歳の折に母の不義の場面を目撃する決定的な出来事と一体となって「私」の認識構造を形成していった。

　今もその掌の記憶は活きてゐる。たとへやうもないほど広大な掌。背後から廻されて来て、私の見てゐた地獄を、忽ちにしてその目から覆ひ隠した掌。他界の掌。愛か、慈悲か、屈辱からかは知らないが、私の接してゐた恐ろしい世界を、即座に中断して、闇の中に葬つてしまつた掌。

ここでは母の行為に対して、父は息子の目をふさぐことによって存在しないという方法を体現してみせた。「地獄」とは「世界」＝現実であり、「他界」に属する掌で覆い隠すことで過酷な現実を消失させようとした。しかし「世界」＝現実の隠蔽という父が体現した方法が、実際に母の行為を消去したかといえばそんなことはない。「私」の内奥に生じた母への根深い嫌悪の念は抑圧されたことでより一層堅固に植え付けられたと言ってよい。母への嫌悪をあえて語らないことで対応しようとするが、成功しているわけではなく彼の内奥に常に燻り続ける。性にまつわる外傷的記憶は、後に直面する「心象の金閣」の登場が性への忌避と連動していることと無関係ではあるまい。同時に父の記憶を通して、〈認識〉による世界の眺め変えという営為の限界や失敗が刻印されることになった。

テキストの中において、〈美〉は物の本質に内在するものではなく、見る側の意識の中に存在するからこそ、自己の内奥に合わせて形を変えて立ち現れてくるものとして描かれている。『金閣寺』以外の三島のテキストにおいても、観念と現実世界との齟齬は繰り返し描かれてきた。また溝口だけではなく、実際に自分自身のオブセッションから逃れるために、対象を破壊してしまうことはままあることで、暴力的行為が執着の対象自体に向かうこともあれば、妄念の主体である自分自身の破壊へと向かうこともあるだろう。そして「私」の中で、父の掌が母の不義を隠したことと金閣の美への執着は、ねじれた形で堅固に結び付いている。現実を観念の働きによって遮断しても、そこに刻印された出来事は心に残り続ける。地獄《げんじつ》を観念の力で放逐できなかったからこそ、観念の金閣はより一層、燦然と輝かなければならない。このような観念化への失敗とその強化が拮抗しながら相携えられて「私」の中で結び合うとき、彼が「現実」と呼ぶものが悉く女の肉体を意味するようになったのは当然と言える。

父の思い出が第一章から宿命として語られるのに対して、第三章に至って「今まで、故意に母について、筆を省いて来たのには理由がある。」と記述しているが、「手記」として書かれたテキストにおける意図的な言い落としに注目すべきであろう。「澱みのやうに肉感」を残した母の「日にやけた胸もとをはだけて」拭くさまが、「私」のまなざしを通して手拭が「動物的」に光ると表現されている。このような間接的な嫌悪の表明は、その原因が第三章まで語られずにいることによって、母への根強い嫌悪とその抑圧を示唆する。女を前にしたとき乳房が金閣へと変貌するのは、母の胸もとを「浅黒い乳房の思ひ出」という抑圧された嫌悪の念を込めて見るまなざしと深く関連している。

ところで「世界が変れば俺は存在せず、俺が変れば世界が存在しないといふ、論理的につきつめた確信」にまで〈認識〉の機構を純化し、実践しているのが柏木である。彼の存在によって、「私」の対峙した〈行為〉と〈認識〉の問題はより陰影を深めていく。柏木は「われわれと世界とを対立状態に置く怖ろしい不満」を抱えた緊張感に満ちた対立状態の中に置かれているが、「この世界を変貌させるものは認識」であると断言する。「世界を不変のまま、そのままの状態で、変貌させる」までに〈観念〉の強度を高めていけば、現実の金閣を焼く必要はないことになる。

杉本和弘は「『金閣寺』覚書―行為を中心に」（「名古屋近代文学研究」84・12）において、柏木との対話で浮き彫りにされてくるのは、「逆に柏木の認識の論理の優位性が浮かび上がることになり、行為はますます空無化されていくような構図」になっていると述べ、そこにあらゆる意味を剝奪され行為そのものの純粋性を突き詰めた「純粋な行為」の輪郭が表れると指摘している。決行の準備を整え、「行為のただ一歩手前にゐた」溝口に対して行為の有効性への根源的な疑念が突きつけられるが、確かに柏木のように認識力の閾値を上げていけば、観念の世界において充足してしまい、実際に行動する必要はなくなるはずだ。「私」も柏木に導かれて、「私には美しい令嬢の顔が、いつか柏木の話した六十幾歳の老婆の顔そのものに見えた」瞬間があった。柏木の〈認識〉の論理の前に、溝口の志向する〈行為〉は相対化され、行動する直前になって「今は行為は私にとつては一種の剰余物」に過ぎないことに気付いたとき、「徒爾であるから」こそ行動の領域へと飛翔する過程が描かれている。

しかし挑発しつつ展開する柏木との議論を経て、なぜ「私」は〈行為〉に及ばなければならなかったのかという疑念は、『金閣寺』論のアポリアであり、既に三好行雄の「背徳の倫理―『金閣寺』三島由紀夫」（『作品論の試み』所収、至文堂、67・6）には次のような問題編制が提示されていた。

溝口が真に焼かなければならなかったのは、たやすく幻影と化して出現する不在の金閣だったはずである。

現実の構築体としての金閣は焼けた。しかし、美の実相としての金閣は果して焼きえたか？

行動に臨んで溝口は「私はたしかに生きるために金閣を焼かうとしてゐる」ことを確認しているが、焼くべきだったのは、「不在の金閣」ではなかったかという問題は残されたままだ。このとき「私」と金閣との関係に新たな段階をもたらした敗戦が大きな契機になったことは間違いない。戦争中は「同じ禍ひ、同じ不吉な火の運命の下で、金閣と私の住む世界は同一の次元に属する」という共通の運命の中で、「私の脆い醜い肉体」は金閣と一体化し、「今まではこの建築の、不朽の時間が私を圧し、私を隔ててゐたのに、やがて焼夷弾の火に焼かれるその運命は、私たちの運命にすり寄つてきた。」と感じていた。金閣と「私」との共生関係の中で、「人間も物質も、醜いものも美しいものも、おしなべて同一の条件下に押しつぶしてしまふ巨大な天の圧搾機のやうな」災禍や破局を願うに至る。

しかし実際には戦争すらも金閣と「私」を同じ宿命に置くほどの超越的な装置としては機能しなかった。したたかな現実感覚を持つ母の見通し通り、京都に空襲の災禍はなかった。〈絶対〉的存在である金閣は、敗戦による焼失の危機を脱することによって「昔から自分はここに居り、未来永劫ここにいるだらう」という超時間的存在へと超脱し、「私の心象からも、否、現実世界からも超脱」した金閣は以前にも増して絶対的な美しさを示すようになる。

ここで九十年代以降の『金閣寺』論の研究史の展望について詳述する余裕はないが、佐藤秀明は「『金閣寺』論―対話することばの誕生―」（「日本文学」94・1）「手記」がテキスト内の特定の誰かに向けられたものかという問題を提起し、「手記」が柏木を「読者像」として想定して書かれたという仮説を立て、『金閣寺』論に新たなパラダイム転換をもたらした。その後の研究は主にこの議論を前提として進められてきたと言ってよい。近年の研究史の蓄積の中では、なぜ〈行為〉を選択したのか、また行動を完遂した「私」がなぜ手記を書いて行為へと至る過程を語り出したのかという手記の執筆の動機との整合性に集中した。

しかし本論においては、テキスト内の読者が本当は誰か、「手記」執筆の真相は何かを突き止めるという実体的な議論はひとまず置いておきたい。金閣がテキストの中でさまざまな隠喩として姿を変えていくとすれば、あたかも「建築は、そこに存在するだけで、統制し、規制していた」ように、金閣は全てのものに「濁水を清水に変えてゆく濾過器のような作用」を及ぼして変容させていく。しかしこのような強固なメカニズムは、性にまつわる外傷的記憶と結び付いていた。

しかし認識作用が、必ず現実世界に「地獄」と等価なものを見出すとは限らず、欠落や心的外傷の補完として機能する「私」や柏木にとっての〈認識〉のかたちを考慮する必要がある。いずれにしても〈認識〉がもたらす比喩の世界はどこまでも広がり、その狭間で身動きをとれなくなった「私」が、破壊的な行動を通して強固な輪郭を持ちながら実体のない世界の一点強行突破に向かったと考えられる。逆説的に言えば、隠喩という意味の世界に束縛された彼が、世界を網羅する網目の外側に出るために、「徒爾であるから、私はやるべきであつた」と意味を欠落させた行動を選択したのではないか。ここで三島自身の晩年の〈行動〉への傾斜を考慮に入れ、言わば遡及的に思想の変遷の痕跡を『金閣寺』の中に見出すことも可能かもしれないが、テキストは確定された事実を超えたイメージの広がりを見せている。〈認識〉と〈行為〉を対立的に見なすというスタティックな見解を超えて、さまざまな隠喩を包含する豊饒な世界にテキストの可能性がある。

四、金閣＝天皇＝文学？

平野啓一郎の「『金閣寺』論」（「群像」05・12）では、金閣が建築という表象を通して描かれていることを重視し、さらに踏み込んで次のような仮説を提出している。

三島が、林養賢の「美への嫉妬」を「絶対的なものへの嫉妬」と読み替え、〈金閣〉を〈美〉の象徴以上の〈絶対者〉の象徴の位置へと引き上げたことは既に確認した。〈金閣〉は差詰め、〈美的絶対者〉である。それ故、〈金閣〉放火という事件は、単なる〈美〉の破壊ではなく「絶対性を滅ぼすこと」と解されることとなる。ところで、我々は今、最晩年の三島の言葉から、彼が〈絶対者〉とは即ち〈天皇〉であると考えていたことを見てきた。とすれば、小説『金閣寺』における〈金閣〉とは、メタフォリックに語られた〈天皇〉として理解すべきであろうか？

確かに敗戦以前における天皇との一体化の願望は、金閣とほぼ対応していると言える。さらに平野によれば、晩年の三島にとって、「文化的天皇」として提出されていた〈観念の天皇〉と〈現実の天皇〉即ち昭和天皇とは、完全に離反していたが、少年時代の〈心象の天皇〉が前者へと移行してゆくというのは、「終戦前後の記憶を、後に遡及的に再構成した結果」（『金閣寺』論）だという。このように考えれば三島のテキストの中で一貫した論理的整合性を見出すことができる。『金閣寺』において天皇に関する言及がないにしても思想的変遷の萌芽を求めることは不可能ではない。さらに金閣―天皇―建築という隠喩の連鎖を認める見解は、隘路に陥った『金閣寺』論に新たな地平を切り開く可能性をはらんでいる。

また「文化防衛論」（「中央公論」68・7）において、三島は「日本文化」の特徴として伊勢神宮の造営を挙げ、「オリジナルの廃滅が絶対的廃滅でないばかりか、オリジナルとコピーの間の決定的な価値の落差が生じない」と述べ、何度でも再生可能な「文化概念としての天皇」モデルと重ね合わせている。ここでも建築物の隠喩が展開され、二十年毎に再建される伊勢神宮に日本文化＝天皇の象徴を見出している点も、平野論を補完する一例となるだろう。

しかし『金閣寺』というテクストのみ単独で見れば金閣＝天皇という図式が成立するとしても、冒頭に挙げた他のテクストに見られる建築のアナロジーをどのように解釈し位置づけることができるかという間テクスト的問題は残される。それはただ〈絶対〉と呼ばれるものの隠喩的世界に包含されてしまい、そのような飛躍を伴った表現は、三島の他のテキストの中にも見出すことができる。むしろ華麗な比喩表現で空白を満たすこと、それが三島の小説表現の本質であると言える。

これほど完全に細緻な姿で、金閣がその隅々まできらめ

> いて、私の眼前に立ち現れたことはない。（略）金閣の繊巧な外部は、その内部とまじわつた。私の目には、その構造や主題の明瞭な輪郭を、主題を具体化してゆく細部の丹念な繰り返しや装飾し、対比や対称の効果を、一望の下に収めることができた。……

聳え立つ金閣は、永遠のイメージを獲得していくが、その中に醜く脆い「私」という存在は閉じ込められるしかない。そしてこのような隠喩的表象としての金閣は、「構造や主題の明瞭な輪郭」を持ち、「主題を具体化してゆく細部の単調な繰り返しや装飾」、「対比や対称の効果」を内包する点において、まさに「私」にとって「手記」という書き物が、金閣の構造と結び付いていることを示唆していて、両者が隠喩的な対応を持つと言ってよい。

しかし金閣＝文学的エクリチュールと実体的に確定することは、金閣と天皇の隠喩的関係を実体的に結び合わせることと同様に、テキストの可能性を狭めることになるだろう。例えば鶴川について、当初溝口の目には、あたかも「生の純粋な成分だけで作られて」いたようにとらえられ、「そこに存在するだけで光りを放つてゐたもの、それに目も触れ手も触れることのできたもの、いはば生のための生とも呼ぶべきもの」として映っていた。しかし突然の死が自殺であったことを知るに及んで衝撃を受け、「その明瞭な形態が不明瞭な無形態のもっとも明確な比喩であり、その実在感が形のない虚無のもっとも実在的な模型であり、彼その人がかうした比喩にすぎなかつたのではないかと思はれた」という思いにとらわれていく。鶴川の生命力に満ちあふれた「実在感」と見えたものは、「虚無のもっとも実在的な模型」であり、鶴川自身が「比喩」であると認識したことは、溝口が自己の負の意識を鶴川に投影したのであって、鶴川自身の実体ではなかったことの気づきでもある。「比喩」として立ち現れた鶴川の姿は、「心象の金閣」と同様に「模型」によって構築された世界のありようを示唆している。比喩は言葉と事物の一対一対応の関係を目指しながらも、厳密に一致することはなく、交換可能である。「私」は模型的世界の実相にしたたかに気付かされる。ここでも〈認識〉によって構築された世界の欠陥が提示されているが、自己を拘束しながらも隙をはらんで不完全な観念のありように気付くことは、彼を行動へと促す一つの契機となったと考えられる。

ここでは金閣が何を表象・代行しているかという実体を確定することよりも、それがさまざまなメタファーを受け入れる空の器であることを再確認しておきたい。観念を投影するためには、何よりもそれが中身や実体を欠いた空白でなくてはならない。「虚無がこの美の構造」であるという金閣は、その「内に暗い冷ややかな闇」を抱え込み、実体ではないからこそ何者にでも変容できるのであって、「又そこに金閣が出現した。といふよりは、乳房が金閣に変貌した」という奇想天外なことも起こりうるのである。

金閣とは何であったか？　それは世界の構造を視覚的に一目で把握可能なものへと変える装置であり、同時に制御不能で所有することはできないというもどかしさを内包している。完全に自己完結しているが、内部に空白を抱え込むことによって、そこにさまざまなものを投げかけるように読者を誘惑する。したがってそれは認識の行為への敗北というような二元的な構図には回収されない。完璧に作られた観念の伽藍は、巧緻で精密な模型のように、精巧であればあるほど危うい崩壊の予兆を内包している。今にも壊れそうな予感を抱きつつ見つめることもまた、テキストを読む快楽のひとつに違いない。

注1　この論文の他にも三好行雄は「『金閣寺』における最初の章は一部であると同時に全体でもある。小説の全構造をひとつの予想の形であきらかにしていた。」と指摘し、「小説の主題はほとんどこの章に集約されていたかに見える。」（「『金閣寺』について―その構造」「日本文学」57・3）と述べている。

2　金閣寺の歴史について、大正十二年に金閣寺が発行した「美術建築としての金閣」（京都府技師　阪谷良之進、伊藤敬宗編『金閣小史』所収、金閣寺発行、23・2）によると、「元来、金閣寺は仏閣として造られたもので無く、今を去る約五百余年前に足利義満の造営した北山御殿遺物」「室町時代最盛期の縉紳の邸宅」であり、さまざまな様式を折衷させた「意匠の自由豊富にして、手法の変化多端」であり「蓋しか丶る設計は従来未だ嘗てきかざる所なるが恐らくはその着想を古代の住宅建築たる寝殿造及武家造に求めこれに仏寺建築の長所を加味して一新基軸を出したものと思はれる。これを要するに金閣は我国現存の住宅建築中最古にして兼ねて最美なるものといふを憚らない。」という記述があり、金閣寺は当初邸宅として実用に供され、またさまざまな様式が融合されてできた折衷的建築であった。

※三島由紀夫のテクストの引用は、『決定版三島由紀夫全集』（新潮社、二〇〇〇～二〇〇五）に拠った。なお本論の引用部分は、出典の記載がない部分は『金閣寺』から引用した。

（福岡教育大学）

特集　金閣寺

光彩陸離たる言葉

青木　健

『金閣寺』の最終行は、「一ト仕事を終えて一服している人がよくそう思うように、生きようと私は思った」だが、三島は、この一行を決定してから作品を書き始めた、と私は思っている。しかし、『金閣寺』は、この一行に収斂するようにして書かれたのではない。この一行が放射するエネルギーによって書き続けられたのではないだろうか。

金閣寺が「私」の放火という凶行によって焼亡したのは、昭和二十五年（一九五〇）七月二日のことだ。そのことは、実際の林養賢による金閣寺焼亡事件と重なるが、小説『金閣寺』は、すでに決行されてしまった放火犯行後、犯人の青年が、凶行への到る過程を自身の生い立ちから遡るかたちで語ってゆくのである。

過剰とも見える「私」の自己分析と犯行の意味づけは、三島自身の形而上学やアポロジーと重なって、この作品を不具なものにしているが、逆に言えば、犯人の過剰な自己分析や三島美学のアポロジーこそが、この作品を凡庸なニュース・ストーリーから画然と切り離す重心となっていると言ってよい。

つまり、小説として不具であること、それこそが、むしろ作品『金閣寺』を生かしているのだ。

主人公の溝口は吃音者である。この発語障害が、「私」と他者との全ての関係を規定している。

行動が必要なときに、いつも私は言葉に気をとられている。それというのも、私は口から言葉が出にくいので、それに気をとられて、行動を忘れてしまうのだ。私には行動という光彩陸離たるものは、いつも光彩陸離たる言葉を伴っているように思われるのである。

けれども、言語にとらわれてしまうのは、吃音者であることの結果であろうか。私にはむしろ「光彩陸離たる言葉」という観念こそが、吃音の原因でないがと思われるのだ。だから、「私」を幼少時より把え、呪縛しつづけた金閣寺も、美麗なる建造物である前に、何よりもまず「光彩陸離たる言葉」にほかならなかった。

昭和十九年（一九四四）の晩夏、太平洋戦争の敗色が色濃くなった頃、東舞鶴中学から臨済学院中学へ転校して金閣寺の徒弟となった「私」は、晩夏の光りに包まれた金閣寺を見上げ、得度のために剃られた青々とした頭の中でこう呟くのだ。

「私の心象を金閣よりも、本物のほうがはっきり美しく見えるようにしてくれ。又もし、あなたが地上で比べるものがないほど美しいなら、何故それほど美しいのか、何故美しくあらねばならないのかを語ってくれ」と。

この独白の直後に、三島美学、三島由紀夫その人の美の形而上学が書かれている。

　戦乱と不安、多くの屍と夥しい血が、金閣の美を富ますのは自然であった。もともと金閣は不安が建てた建築、一人の将軍を中心にした多くの暗い心の持主が企てた建築だったのだ。美術史家が様式の折衷をしかそこに見ない三層のばらばらな設計は、不安を結晶させる様式を探して、自然にそう成ったものにちがいない。一つの安定した様式で建てられていたとしたら、金閣はその不安を包摂することができずに、とっくに崩壊してしまっていたにちがいない。

「戦乱と不安、多くの屍と夥しい血」というのは、「私」が金閣寺に移り住んだ昭和十九年（一九四四年）の夏が、六月に米軍がサイパンに上陸、「連合軍はノルマンジーの野を馳駆していた」ことを指している。夥しい日本兵の血が流され、ヨーロッパ全土を大量殺戮の「戦乱の不安」が蔽っていたのである。

小説『金閣寺』は、敗北が迫っていた日本が、米軍の空襲と原爆投下によって敗戦を迎え、価値観が転倒してゆく戦後という時代の変貌を実に巧みに織り込んでいるが、ここで三島が披瀝しているのは、「暗黒の思想」こそが美を輝かすという彼自身の形而上学だ。

　私は今でもふしぎに思うことがある。もとも私は暗黒の思想にとらわれていたのではなかった。私の関心、私に与えられた難問は美だけである筈だった。しかし戦争が私に作用して、暗黒の思想を抱かせたなどと思うまい。美ということだけを思いつめると、人間はこの世で最も暗黒な思想にしらずしらずぶつかるのである。

かくて「私」は、金閣寺という美の権化、「光彩陸離たる言葉」と衝突することで、「暗黒の思想」を抱くことになるのである。

小説『金閣寺』を牽引しているのは、恋人の脱走兵に射殺される有為子であり、出征する陸軍士官が呑む抹茶のなかへ乳房を掴み出して乳を絞り出す女の白い胸であり、敗戦後米兵に連られて金閣寺へ訪れ、「私」の足に踏み圧えられることで流産する娼婦の下腹部であったりするのだが、それは、この小説のいわば表層の魅力にすぎない。

この作品の深層を形成しているのは、金閣という「心象」、「光彩陸離たる言葉」に捕われ、呪縛された青年僧「私」が、光りの届かぬ「暗黒の思想」を抱き、ついには自身の「未聞の生」を拓り開くために、「金閣焼亡」を企図して行動へと踏み込んでゆく狂気の検証である。

その結果、三島は、小説を不具にしてしまう過剰な美の論証と、青年僧の執拗な自己解析へと向かうのだ。

繰り返すが、この小説を表層のところで牽引しているのは、東舞鶴中学時代に「私」が秘かに恋慕していた有為子の悲劇的な死と、有為子の幻影のように「私」の前に現われる「白い豊かな乳房」を持った女たちだ。けれども、この小説の重奏低音のようにこれらの女たちをささえているのは、太平洋戦争から敗戦、占領から朝鮮動乱勃発へと至る時代の変貌である。女たちは、その時代の大きなうねりの上で、波頭のようにもて遊ばれているにすぎない。

たとえば、「美がたしかにそこに存在しているならば、私という存在は、美から疎外されたものなのだ」と考えていた舞鶴時代の「私」が、金閣との一体感を夢見るようになるのは、昭和十九年十一月の東京空襲を知ったからである。「私」は、このとき、自身も運命をともにする空襲による金閣焼失を切望するのだ。

私はただ災禍を、大破局を、人間的規模を絶した悲劇を、人間も物資も、醜いものも美しいものも、おしなべて同一の条件下に押しつぶしてしまう巨大な天の圧搾機のようなものを夢みていた。ともすると早春の空のただならぬ燦めきは、地上をおおうほど巨きな斧の、すずしい刀の光りのようにも思われた。私はただその落下を待った。考える暇も与えないほどすみやかな落下を。

しかし、「私」の夢、「私」の切望にもかかわらず、空から「巨きな斧」は落下してはこなかった。京都上空をB29は襲わず、昭和二十年八月十五日、日本は無条件降伏するのである。「もし金閣が空襲を受ける危険がこの先ないとすれば、さしあたり私の生き甲斐は失せ、私の住んでいた世界は瓦解する」と「私」は思うのだが、「私」と金閣との一体化の夢は、敗戦とともに永遠に断たれるのである。

そして、敗戦の夜に、金閣寺住職田山道詮禅師が選んだ公案は、「無門関第十四則」の「南泉斬猫」であった。その後、金閣放火の凶行へ踏み出すまで、「私」は、この公案の謎を何度も反芻することになる。この公案は、おおよそ次のような話だ。

南泉は、唐代池州南泉山の普願禅師のことである。山の名に因んで南泉和尚と呼ばれた。

一山総出で草刈りに出たとき、一匹の美しい仔猫が現われた。皆は追いかけてこれを捕え、東西両堂の争いとなった。

この争いを見て南泉和尚は、仔猫の首を掴み、草刈鎌を擬してこう言った。

「大衆道ひ得ば即ち救ひ得ん。道ひ得ずんば即ち斬却せん」と。そして、衆の答えがなかったため、南泉和尚は仔猫を斬って捨てたのである。

日暮に高弟の趙州が帰って来て、南泉和尚は事の転末を告げ、趙州の意見を質した。趙州はたちまち、はいていた靴を脱いで、頭の上にのせ、出ていってしまった。

「今日、お前が居てくれたら、猫の仔も助かったものを」と南泉和尚は嘆じたという。

この公案に対する田山道詮禅師の解説は次のようであった。

南泉和尚が猫を斬ったのは、自我の迷妄を断ち、妄念妄想の根源を斬ったのである。非常の実践によって、猫の首を斬り、一切の矛盾、対立、自他の確執を断ったのである。これを殺人刀と呼ぶなら、趙州のそれは活人剣である。泥にまみれ、人にさげすまれる履というものを、限りない寛容によって頭上にいただき、菩薩道を実践したのである。

敗戦の夜、田山道詮禅師から聞かされたこの「南泉斬猫」の公案を、昭和二十三年春、大谷大学予科の同期生柏木は次のように解説した。極端な内翻足である柏木は、自身の障害という負の発条を、他者との関係を逆に優位に保つ独自の論理を持っている青年である。

彼は言う。「あの公案はね。あれは人の一生に、いろんな風に形を変えて、何度もあらわれるものなんだ」と。で、柏木は、彼一流の特異な公案解釈を展開するのだ。

南泉和尚が斬り捨てた猫は、「美の塊りだった」というのが柏木の主張で、「美」とは虫歯のようなものだと柏木は説きはじめる。この論証は、柏木という青年の明断さが面目躍如としていて大変興味深い。

だから猫を斬ったことは、あたかも痛む虫歯を抜き、美を剔抉したように見えるが、さて、それが最後の解決であったかどうかわからない。美の根は絶たれず、たとい猫は死んでも、猫の美しさは死んでいないかもしれないからだ。そこでこんな解決の安易さを諷して、趙州はその頭に履をのせた。彼はいわば、虫歯の痛みを耐えるほかに、この解決がないことを知っていたんだ。

このとき、「この公案はまさに、『猫の目のように』変るからね」と断言した柏木は、ほぼ一年後、金閣寺放火の決意を胸に秘めている「私」に、再び「南泉斬猫」の公案について語り出すのである。

さて南泉和尚は行為者だったから、見事に猫を斬って捨てた。あとから来た趙州の言おうとしたことはこうだ。やはり彼は美が認識に守られて眠るべきものだということを知っていた。しかし個々の認識、おのおのの認識というものはないのだ。認識とは人間の海でもあり、人間の野原でもあり、人間一般の存在の様態なのだ。彼はそれを言おうとしたんだと俺は思う。君は今や南泉を気取るのかね。…美的なもの、君のすきな美的なもの、それは人間精神の中で認識の委託された残りの部分、剰余の部分の幻影なんだ。本来そんなものはないとも云えるのだろう。云えるのだろうが、この幻影を力強くし、能うかぎりの現実性を賦与するのはやはり認識だよ。認識にとって美は決して慰藉ではない。女であり、妻でもあるだろうが、慰藉ではない。しかしこの決して慰藉ではないところの美的なものと、認識との結婚からは何ものかが生まれる。はかない、あぶくみたいな、どうしようもないものだが、何ものかが生まれる。世間で芸術とよんでいるのはそれさ

ここで語られるのは、柏木の口を借りた三島由紀夫の芸術論であり、「行為」より「認識」に価値を置く三島の観念学だ。

これに応えて、「私」は、吃りながらこう吐き捨てる。「美は……美的なものはもう僕にとって怨敵なんだ」と。

前年の十一月、柏木から借り受けた三千円で金閣寺を出奔、自身の「あらゆる不幸と暗い思想の源泉」である裏日本の海と対面して、『金閣を焼かなければならぬ』という想念に搏たれていた「私」を、想念から行為へと衝き動かしたのは、柏木の、この「認識と行為」の観念学であったかもしれなかった。そして、昭和二十五年（一九五〇）六月二十五日の朝鮮動乱勃発が、「私」の決行に拍車をかけた。この戦争を知った「私」は、こう吐露している。「世界が確実に没落し破滅するという私の予感はまことになった」と。

「行為の一歩手前」まで来ていた「私」を、決行へと跳躍させたのは、「臨済録示衆の章」の次の一節である。その一節は、こうはじまる。「裏に向かひ外に向つて逢着せば便ち殺せ」と。これにつづく次の一節は名高い。

『仏に逢うては仏を殺し、祖に逢うては祖を殺し、羅漢に逢うては羅漢を殺し、父母に逢うては父母を殺し、親眷に逢うては親眷を殺して、始めて解を得ん。物を拘はらず透脱自在なり』

この一節が、「私」の「陥っていた無力」から弾き出す。かくして、「私」を凶行へと一歩踏み出させたものは、この「光彩陸離たる言葉」にほかならなかった。

（作家・文芸評論家）

特集　金閣寺

三島由紀夫『金閣寺』
――鳳凰を夢みた男――

花﨑育代

一

『金閣寺』（初出『新潮』昭和三一年一月号～一〇月号、昭和三一年一〇月、新潮社刊）においては、主人公であり語り手でもある「私」溝口は、吃音者と設定され、金閣寺に放火する。吃音の人間が金閣寺に放火する必然は、一般的にはむろん、ない。では小説では「私」におけるその必然―吃音と放火との連関―はどのように記されているのであろうか。

もちろん、ある一事象で小説の論理の全てを語ることはできない。ことに「金閣が様々な様相で現れるために、対象が外部の建築物に一元化せず、作品を難解なものにしている」(1)という『金閣寺』においてはなおさらである。ここでは、常に話すタイミングがあわず時間に遅れ、「もう遅い」（第一章）と考えざるを得ない吃音者「私」の（飛翔への）夢想から考えてゆきたい。

二

全十章からなる小説の第一章は、金閣に放火することを記す最終章を持つ小説の冒頭の章として、「私」がその吃音と金閣への憧憬とを時間の飛翔の問題として語っている部分だとも言える。

第一章冒頭から、小説は「私」が「生来の吃り」であることを語っていく(2)。しかもそれが「私と外界とのあひだに一つの障碍を置」き、「内界と外界との間の」「鍵が錆びついてしまつてゐる」と述べ、それを鳥黐に捉えられつつそこから離れようとする小鳥になぞらえているのである。

吃りが、最初の音を発するために焦りにあせつてゐるあひだ、彼は内界の濃密な黐から身を引き離さうとじたばたしている小鳥にも似てゐる。やつと身を引き離したときには、もう遅い。なるほど外界の現実は、私がじたばたしてゐるあひだ、手を休めて待つてゐてくれるやうに思はれる場合もある。しかし待つてゐてくれる現実はもう新鮮な現実ではない、私が手間をかけてやつと外界に達してみても、いつもそこには、瞬間に変色し、ずれてしまつた、……さうしてそれだけが私にふさはしく思はれる、鮮度の落ちた現実、半ば腐臭を放つ現実が、横たはつてゐるばかりであつた。

「遅」れる「私」は遅い現実をこそふさわしいと言うが、実際にはいつも、身を引き離すべく言葉を発しようと焦るのである。

そんな「私」が同じく第一章、はじめて金閣寺を訪れる。それは「私の永年の夢であつた」。「誰の目にも重患の病人に見える」父親とともにである。「私」の前に現実の金閣は「何の感動も起」こさせなかった、と記されてはいく。「頂きの鳳凰」も、「鴉がとまつてゐるやうにしか見えなかつた」という。

しかし吃音者をもがく小鳥に準えた「私」は、金閣の鳳凰を次のように思い描いていた。すこし長いが引用しておく。

私はまた、その屋根の頂きに、永い歳月を風雨にさらされてきた金銅の鳳凰を思つた。この神秘的な金いろの鳥は、時もつくらず、羽ばたきもせず、自分が鳥であることを忘れてしまつてゐるにちがひなかつた。しかしそれが飛ばないやうにみえるのはまちがひだ。ほかの鳥が空間を飛ぶのに、この金の鳳凰はかがやく翼をあげて、永遠に、時間のなかを飛んでゐるのだ。時間がその翼を打つ。翼を打つて、後方に流れてゆく。飛んでゐるためには、鳳凰はただ不動の姿で、眼を怒らせ、翼を高くかかげ、尾羽根をひるがへし、いかめしい金いろの双の脚を、しつかと踏んばつてゐればよかつたのだ。

金銅の鳳凰が飛ばないと言うのは「まちがひだ」と明言して、それが「空間」ではなく「時間のなか」を飛翔するものだと断言していく。この断言は、時間に遅れる小鳥に準えた吃音者であることを、まず自らの「選ばれた者」としての存在理由に掲げた「私」に、鳳凰が、そういってよければ、ありうべき姿として夢想されていることの明言だといってよいであろう。時間を自在に飛ぶ姿は、時間に遅れる吃音者と対極にあるようでいながら、しかし、金閣の鳳凰は「ただ不動の姿で」「しつかと脚を踏んばつてゐ」るだけでよいのだ。

繭から逃れようと焦慮せず、存在理由を失わないままに、なおかつ時間に遅れることなく自由でいられること――。

繭から逃れようと焦りながら時間に遅れ現実が逃れていく小鳥のような吃音者「私」において、じたばたせずそのままの「不動の姿」で遅れることなく時間を飛翔するものとして夢想されたものこそが、「神秘的な金いろの鳥」としての鳳凰だと明記されているのである。

この第一章の末尾近くで、病篤い父が金閣寺住職の田山道詮師に我が子である「私」の将来を託し、師が「よろし。」

と引き受けたとき、すなわち、「私」の将来が金閣と密接に関わることが示されたとき、その直前に「私」が凝視していたのは他ならぬ現実の金閣鳳凰であった。

　私は暮れ残る光りを凝らしてゐる金閣頂上の鳳凰をじつと見上げた。／「この子をな、……」と父の言つてゐる声をききつけて、私は父のはうへふりむいた。

小説はまず第一章で、吃音者「私」を、自ら飛び立てず遅れる小鳥に準えさせつつ、一方、「不動」のままで、時間を自由に飛翔する金閣鳳凰を見上げさせているのである。

三

「私」が鳳凰をありうべき姿とみなしていることは、第一章の後も、小説の中で確認されていく。

戦時下の「私」は、金閣と自分とが同じ火によって滅びる予兆によって「この世に私と金閣との共通の危難のあること」で「はげま」されていた。

　明日こそは金閣が焼けるだらう。空間を充たしてゐたあの形態が失はれるだらう。……そのとき頂きの鳳凰は不死鳥のやうによみがへり飛び翔つだらう。そして形態に縛しめられてゐた金閣は、身もかるがると碇を離れていたるところに現はれ、湖の上にも、暗い海の潮の上にも、微光を滴らして漂ひ出すだらう。……（第二章）

戦火によって、焼失し、形態から自由になるのは金閣全体でもあるが、重要なのは、その記述に先だって、まず、鳳凰だけが「不死鳥のやうに」「飛び翔つ」ことが夢想されている点である。吃音が現実の鮮度を落とし時間に遅れるものだという「私」に、先んじて時間を自由に飛翔し去る鳳凰への希望は、このとき、「共通の危難」を得て、「私」を吃音の「遅れ」、現実の腐敗から救い得るものとしてさえ夢想されている。

やがて、「敗戦」。「私」はこれを「絶望の体験」と受容する。しかし「私」はまだ鳳凰への夢想を解くことはない。「戦後最初の冬」（第三章）。「雪の金閣を見るのがたのしみ」な「私」は、上向いて口腔で雪を受け止めようとする。

　子供のころよくさうしたものだが、私は今も天へむかつて大きく口をあけた。すると雪片はごく薄い錫の箔をうちあてるやうな音を立てて、私の歯にさはり、さて、温かい口腔の中へ、隈なく雪が散つて来て、私の赤い肉のおもてに融け浸み入るのが感じられた。そのとき私は究竟頂上の鳳凰の口を想像してゐたのだつた。あの金色の怪鳥の、なめらかな熱い口を。

降りしきる雪を鳳凰の口になぞらえた自らの口腔で受け止めながら、「私」は自らの吃音の一方、「どうして雪は吃らぬのか」と自問する。鳳凰を模倣することで「遮ぎるもののない空から、流麗に落ちてくる」雪に、「遮ぎるもの」なく「流麗」な発音を接合させ、鳳凰をのぞむ「私」が記されているのである。

四

第一章では「事件」といい「悲劇」とも呼ばれる有為子の銃殺が記されている。「私」溝口がそののち、放火決行前に関わった遊郭の女性など女性との関わりの中で、有為子を思うことでも明らかなように、この有為子の死までを溝口がどのように（直接的にはほとんど関係ないはずの）自らと関連させて語っているかは重要である。

有為子を思って、夏の夜明け、海軍病院出勤時に待ち伏せした「私」は、その前に飛び出すや「石に化」す。有為子は「吃りにくせに」と言い放って去り、その「告口」により叱責を受けた「私」は有為子を呪う。

私は有為子を呪ひ、その死をねがふやうになり、数ヶ月後には、この呪ひが成就した。爾来私は、人を呪ふといふことに確信を抱いてゐる。

「学友」によれば、という伝聞で書き込まれているように、有為子は海軍病院で知り合った兵隊と親しくなり、その兵隊が脱走したことで憲兵につかまった。そしてそうした関わりの結果として、脱走兵に射たれて死ぬのである。いうまでもなく「私」との関わりの結果などではないのだが、「私」は自らの「呪ひ」ゆえと関連付けていく。

しかも有為子が、脱走兵の居場所を憲兵に知らせようとした「裏切りの決心」の表情は美しかったが、脱走兵の下に近づく有為子に「私」は失望させられ、もはや「事件」は「失墜」し、「悲劇」は終わってしまっていると感じていく。有為子が脱走兵によって背後から射殺され、脱走兵も拳銃自殺、流血の後、憲兵以下人々が駆け寄っていく。

私にはすべてが遠い事件だとしか思へなかつた。鈍感な人たちは、血が流れなければ狼狽しない。が、血が流れたときは、悲劇は終つてしまつたあとなのである。しらぬ間に私はうとうとしてゐた。目がさめたとき、皆の置き忘れた私のまはりは、小鳥の囀りにみたされ、朝陽がまともに紅葉の下枝深く射し込んでゐた。

早くに事件の「失墜」を意識し、それが「遠い」存在に後退してしまい、その顚末を見ないまま取り残された「私」に鳥の声が響いて覚醒する—。小説において、第一章に、この「私」の思考と認識のパターンが、「私」によって引き起こされる最終章の「事件」をあらかじめなぞるようにおかれていることは注意しておくべきであるといえる。

あくまでも有為子は「私」の「呪ひ」によって死に、しかし、その事件は流血の前に色褪せ、まどろんだ私は、事後、鳥声によって覚醒していく、そのように書かれているのである。

しかし溝口のこの思考と認識のパターンは第一章からダイレクトに最終章に接続されるわけではない。この「事件」—「私」における褪色—事後の鳥声というパターンは、小説のほぼなかほどに、いまいちど語られている。しかもそこでは、「鳥」は、「私」のありうべき姿ともいえる鳳凰によって、「事件」―「悲劇」を褪色させたくない「私」の願望であるかのように示されるのである。

大戦の戦火によって金閣は焼失されることはなかった。『金閣と「私」との関係は絶たれたんだ』（第三章）と考え、「敗戦」が「絶望の体験」だという溝口。第五章で彼は昭和二十二年、大谷大学の学友の柏木らと嵐山に遊山のおり、柏木の下宿先の娘と一歩を踏み出そうとする。しかし、「そのとき金閣が現はれ」、「私」の「人生」への歩み出しを阻止する。金閣と「決して相容れない事態がいつか来るにちがひないといふ予感」があったと語る溝口だが、それでも、颱風来襲が懸念された晩の金閣宿直は喜んで申し出た。

> 九月の十日すぎ(3)のある日のこと、大きな颱風が襲ふかもしれぬという予報があつた。誰かが金閣の宿直をすることになり、私が申し出てそれに当つた。／このころから微妙な変化が私の金閣に対する感情に生じてゐたものと思はれる。［中略］しかし一夜の宿直に金閣が私に委ねられたのはうれしく、私は喜びを隠さなかつた。（第五章）

金閣にひとり、風雨が強まる予感の中で、「私が金閣であり、金閣が私であるやうな状態が、可能にならうとしてゐるのであらうか」と「稀な均衡」をねがう。深夜近く、金閣を滅ぼし得る「風」は「私」の「意志」とまで記されることで、この宿直が、ほとんど金閣を自ら滅ぼしたい願望、最終章の放火に直結していることを示唆さえしている。

> 風はそのまま劫風のやうに無限に強まり、私もろとも金閣を倒壊させる兆候のやうに思はれたのである。私の心は金閣の裡にもあり、同時に風の上にもあつた。私の世界の構造を規定してゐる金閣は、風に揺れる帷も持たず、自若として月光を浴びてゐるが、風、私の兇悪な意志は、いつか金閣をゆるがし、目ざめさせ、倒壊の瞬間に金閣の倨傲な存在の意味を奪ひ去るにちがひない。

「私」は風を鼓舞すべく叫ぼうとする。颱風の予兆のように、風にあおられて雲が南から北へ駈け抜けていく。

> 私は月の前をおびただしい雲が飛ぶのを見た。南から北へむかつて、山々の向うから、次々と大軍団のやうに雲がせり出して来る。厚い雲がある。薄い雲がある。広大な雲がある。雲のいくつかの小さな断片がある。それらが悉く、南からあらはれて、月の前をよぎり、金閣の屋根を覆つて、何か大事へいそぐやうに北へ駈け去つてゆくのである。私の頭上では金の鳳凰が叫ぶ声を聴くやうに思つた。

鳳凰は南を向いて頂にある。「私」が頭上に、そのように思い描いた「金の鳳凰が叫ぶ声」とは何か。あたかも直前までの戦時の敵「軍」のような「大軍団」になぞらえた北に向かう雲に抗するように、あるいは、戦災による焼失時にはかくあろうと「私」が夢想したように、鳳凰の声は崩壊する金閣の断末魔でありながら、その金閣を離れて時間を飛翔する魁のようにおもいなしたものとも言えよう。

しかし、雲は動いたが、風は被害を出さずに去る。「事件」は起こらず、またもや「私」は眠りその顚末をみぬうちに、事件から置いていかれ、すでに「感情にも、吃音があつた」(第二章)と自ら述べたような「時間のずれ」を経て、遅れて、平穏な朝を告げられる。

この挿話は、ありうべき鳳凰の叫声は夢みられたが、鳥声はおこらず、風に託した「私」の「意志」だけでは――さらに言えば「行為」を伴わない「認識」だけでは――「悲劇」も起きなかった、ということを語っているといえるのである。

五

敗戦によって金閣との関係が絶たれたといい(第三章)、「相容れない事態」を予感し(第五章)、夢みた颱風による金閣滅亡も起こらなかった後でさえ、「私」は鳳凰を夢みる。

昭和二十三年春、第六章、その下宿先の娘との気まずい別れのあと疎遠だった柏木が、金閣を訪れ、「私」に叔父の遺品の尺八を進呈する。金閣の内部で柏木の指導で「私」は「一声」を、さらに次々と、音を発し得るようになる。のちに練習曲を吹くまでになった「私」に柏木の「尺八だとちつとも吃らないな」という言葉が浴びせられるが、この最初の金閣内部での吹笛時、「私」は自らの声ならぬ笛声を「鳥の啼声」に準え、「頭上の金銅の鳳凰の声を夢み」る。

柏木の導くままに、何度となく、飽かず私は試みた。[中略] そのとき急に私が鳥になり、私の咽喉から鳥の啼声が洩れたかのやうに、尺八が野太い音の一声をひびかせた。／「それだ」／と柏木が笑つて叫んだ。決して美しい音ではないが、同じ音は次々と出た。そのとき私は、わがものとも思はれぬこの神秘な声音から、頭上の金銅の鳳凰を夢みてゐたのである。

この記述は、「私」において、尺八の力を借りて、鳥、というよりその「神秘」さにおいてむしろ鳳凰の、その飛翔のごとく言葉を飛翔させ得る、または現実に遅れない、そうした力を得たかの高揚感が招来したことを明示している。

しかし、柏木の手引きで戦中に南禅寺で目撃した女性と近づきながら、またも歩み出しは、ことばのように「遅く来る」。「金閣が出現した」のである。「私」は金閣に向かい「呪詛に近い調子」で「いつかきつとお前を支配してやる」と「荒々しく」叫びかける。

回想形式のこの小説において、金閣放火に先立って、先述したように、第一章で有為子の死が自らの「呪ひ」の成就だと規定されたように、この「呪詛」は「私」の整理と合理化によって、金閣放火への歩みを必然にする。第六章末で、「支配」の「呪詛」を叫んだ「私」は、第七章、住職の不興をかって「後継」の望みも絶たれ、「裏日本」へと出奔して『金閣を焼かなければならぬ』という想念を確たるものにするに至る。第八章で借金問題での叱責から住職に最後通牒を申し渡されたと考え、さらに第九章で、昭和二十五年六月二十五日、朝鮮戦争勃発の報、これを「私」は決行を急いだ根拠としようとしていくのである。

六

周知のように、鹿苑寺金閣は、昭和二十五年七月二日未明、徒弟の林承賢の放火を原因として焼失した。主な仏像が焼かれたことも三島由紀夫の詳細な取材／創作「ノート」に記されている。

○焼失せる主なる仏像／足利義満自作　作者不明、木造義満像――僧形（国宝）／運慶作　観世音菩薩、阿弥陀如来、勢至菩薩／春日仏師作　地蔵尊／伝支那渡来　大元禅師像／達磨大師〃／夢窻国師〃／岩屋観音／不動尊二体

この焼失した仏像の記述順は、実は同じく「ノート」に三島が参照を明記している「夕刊京都」新聞「七月三日号」(4)の「主要仏像焼く」(5)の記事と同様である。従って、三島の「ノート」のこの部分はこの「夕刊京都」の記事を克明に読みこれに拠って記した蓋然性がきわめて高いといえる。

ところで、その、三島が明記して、参照したことを示している「夕刊京都」「七月三日号」には「主要仏像焼く」の見出しは実は二行あり、次の行に「難をまぬがれた鳳凰」とも記されている。そして記事本文には、三島の「ノート」の記載順と同様の順で記されている焼失仏像に触れた後に、次のように記されてもいるのである。

三層の屋根の上にある鳳凰は本物が本坊内に飾られ代作品が使つてあつたため焼失をまぬがれた
（『夕刊京都新聞』昭和二五年七月三日）

同一面には「不幸中の幸い」なるも「「ほうおう」だけで何になろう」という嘆きの文言も散見されるのである。

この〃鳳凰無事〃についてはたとえば『日本経済新聞』昭和二五年七月三日付にも明記されている(6)。「代作品」は焼失したが、創建以来の「本物」はいわば生きながらえていたという事実は、当時にあっても、よほどの不注意をもってでもしなければ、確認し得ないことはなかったのである。

この事実は現在もよく知られており、一般的な名刹案内書にも記されているが、念のため一例を引いておく。

初代の旧鳳凰は、明治37年から39年にかけての修理の際に尾が折れていたため取り外されて保管されていた。そのため、昭和25年の火災を免れ、創建時の金閣の唯一の遺品として現存する(7)。

三島は「難をまぬがれた鳳凰」について「ノート」に記してはいない。しかし同日の新聞を読みノートまで取りながら、これを知らなかったとは考えにくい。さらに三島が知ってい

たとすれば、〈事実〉ではない〈小説〉であったとしても、金閣を愛憎する修行僧を、金閣だけを焼失させてもこの「本物」の鳳凰が永らえ続け得るという事実を知らない者として設定するのは不自然であろう。

確認できないこと、小説には書いていないことについて云々するのは論理的ではないが、あるいはこの小説の書き手は、—三島は—、「私」に、「無駄事」「一種の剰余物にすぎぬ」（第十章）と自覚させせつつ行為させた放火—金閣焼失のあとも、旧鳳凰だけは生き延びさせ得ることで、「私」を生き延びさせ得る道を確保しようとしたのではないか。

金閣焼失後も生き延びる鳳凰、「生きようと私は思つた」という溝口。

三島は小林秀雄との対談[8]で、実際には『金閣寺』発表中に死亡した放火犯に絡めながら、小説の「私」溝口について、次のように述べている。

人間がこれから生きようとするとき牢屋しかない、というのが、ちょっと狙いだったんです。［中略］死刑にはどうせならなかったでしょうしね。もし生きてたら、七十になっても、八十になっても、牢屋の中にいたかも知れない。

対談では小林の無言の応答「小林　………。」がわざわざ記されて、その空白が、国宝とはいえ人的被害なき放火で半世紀以上の刑期はあり得ないのにという絶句でもあろうと思わせるとともに、小林とともに読者にもまた、三島において、数十年の牢獄での「生」をあり得たものとしてそこから小説の「私」が創造され得たことを想定させもする。そして少なくともここで明言されているのは、小説においても放火犯の「私」が、その熱望した放火という行為にこそよって、「牢屋」という場を得て、永遠と思われるがごとき時間を、災厄なく生き得ることを可能にしてしまっているということの確認である。

小説『金閣寺』第八章、妙心寺で、「私」に先だって行為してくれる放火犯と見なした京大生が煙草の火を「安全に管理」したごとく、国宝焼失によって、旧鳳凰はいっそう「安全に管理」され、「私」もまた法によって別の意味で「安全に管理」されるであろう。

そのようにみていけば、「生きよう」と思うのが、「安全に管理」される火に苛立った契機の、まさに煙草に、自ら点火したときであったと書かれていることは興味深い。かつてともに滅びたかった金閣を、徒事とみなしつつも放火「行為」を行った後、なおも鳳凰に何かを託し得たとすれば、それは、その生き延びた旧鳳凰同様に、災厄が無限と思えるほどに遠ざけられた、「私」の理想とは対極にある「安全」な「管理」の下の「生」でしかなかったはずである。しかもその旧鳳凰がもはや金閣の頂で外界の現実に曝されることがないように、「内界」はむしろいっそう外界から閉ざされてしまう—そのような「生」である。

しかし、いまいちど小説の記述に戻ろう。

最終第十章、金閣に放火しようとする直前の「私」は、「口のなかで吃つてみ」ながら『もう少しの辛抱だ』との思いに捉われていく。第一章で語られていた「内界」と「外界」を隔てる「錆びついた鍵」は、放火によって解かれるとされる。注目すべきは、井戸の、「軋りながら昇つて来る」「重い釣瓶」になぞらえられた「私」のことばが、そのとき、「羽搏」く、と、鳥の―さらにいえば鳳凰の―飛翔の比喩で語られていくことである。

私の内界と外界との間のこの錆びついた鍵がみごとにあくのだ。内界と外界は吹き抜けになり、風はそこを自在に吹きかよふやうになるのだ。釣瓶はかるがると羽搏かんばかりにあがり、すべてが広大な野の姿で私の前にひらけ、密室は滅びるのだ。

しかし、前述のように、「剰余物」とわかっていながら放火を行っても、「私」にいわゆる「解放」などは訪れない。またそうした自ら起こした「事件」に、鳳凰は現れない。それどころか、究竟頂に拒まれて、左大文字まで走り去った「私」には、意識を明瞭にしてさえ、金閣すら「見えない」。そして「事件」が「私」に眼前することなく、「悲劇」なるものを決して呼び込むことなく、のぞんだ悲劇的滅亡とは対極のその後の「生」だけが思われる覚醒は、すでに第一章でも示されたように、鳥声によってもたらされたのであった。

「私」は左大文字山の頂で「笹原に倒れ」「喘いでゐる」。

私が明瞭な意識を取戻したのは、おどろかされた鳥の叫喚のためである。或る鳥は私の顔の目近に、大仰な羽搏きを氾らせて翔つた。

ここで鳥は明らかに「私」を置き去りにして飛翔し去っていく。「ここからは金閣の形は見えない。」という記述はあるが鳳凰への言及はない。放火の直前まで夢みた鳥の如き飛翔は、「私」にはおとずれない。鳳凰は夢想さえされていかない。

「私」に残されているもの。記されていなくとも明らかなのは、三島の前述の対談中の言葉をまつまでもなく、放火犯としての生であろう。

吃音の時間の遅れを厭い、「新鮮な現実」を我がものとすべく、鳥のように羽搏くことばを求め、金閣寺鳳凰の、時間を自由に飛翔する姿を模倣しようとした「私」。その金閣に違和を感じ、支配し焼失させようとして、「剰余物」の放火行為の後に残ったのは、滅びず、飛翔もできず「安全に管理」されるあたかも現存する旧鳳凰のような「生」であった。

そうした「私」の語りの終わり方。それは、外界に触れ得ない「生」を生きるしかない、という諦念とも読みうる。しかし一方で、読解に小説の外部との接点を必要とするとはいえ、実在の旧鳳凰と僅かに共通点をもちうるところに「私」の「生」の一縷の望みを託したとも読みうる。—この両様の解読の幅をゆるしながら『金閣寺』の「私」は語り終えているといえるのである。

注1　佐藤秀明「「金閣寺」作品案内」（佐藤『三島由紀夫—人と文学』、平18・2、勉誠出版）

2　この小説が溝口の手記の形式をとっていることは、冒頭「右のやうな記述から、私を詩人肌の少年だと速断する人もゐるだらう。」といった記述にもあきらかであり、夙にたとえば有元伸子「『金閣寺』の一人称告白体」（『近代文学試論』平1・12）などが指摘してもいる。

3　本文読解に直接の関係はないが、昭和二十二年のこの時期に日本を襲った「大きな颱風」は、架空のものでなければ、九月八日にマリアナ諸島海上に発生し北上、紀伊半島沖から進んで、とりわけ関東地方に甚大な被害をもたらしたキャスリーン颱風だとおもわれる。（なお三島と同じ鉢の木会の大岡昇平『武蔵野夫人』（昭和二五年）はこの颱風を小説の重要な転換点としてやはり小説のなかほどに登場させている。）

4　決定版全集第六巻六六六頁に「夕刊京都　七月三日号に」として言及がある。

5　煩瑣にはなるが、『夕刊京都』昭和二十五年七月三日付の見出し「主要仏像焼く」の記事の該当個所を記しておく。「金閣の炎上で焼失した主な仏像は足利義満自作木造座像（国宝）運慶作観世音菩薩、阿弥陀如来、勢至菩薩、春日仏師作地蔵尊、中国渡来と伝えられる大元禅師像、達磨大師像、夢想《（ママ）》国師像、岩屋観音、不動尊などで」。これにすぐ続いて拙稿本文中に記した〝鳳凰無事〟が記されている。

6　「明治四十一《（ママ）》年の修理の際取外しておいた創建当時の屋上の金銀《（ママ）》製鳳凰［中略］は危く難を免れた」（「茶室夕佳亭など助かる」、『日本経済新聞』昭25・7・3付）

7　有馬頼底・梅原猛『古寺巡礼　京都　21　金閣寺』（平20・5、淡交社）。なおこの鳳凰については美術の専門家によっても次のように記されている。「金閣頂上にあった鳳凰は明治修理の際に下ろされ新しいものに替えられていたため、昭和二十五年の火災を免れた。現在の鳳凰が鹿苑寺創建に先立つ応永五年（一三九八）竣工の金閣創建時のものであることは、［中略］鳳凰の形態的変遷からいっても妥当である。」（伊東史朗「鳳凰　旧金閣附属」、有馬頼底監修、鹿苑寺編集、平16・4、思文閣出版『鹿苑寺と西園寺』所収）。現在、相国寺のホームページには金閣頂上の鳳凰について次のような説明が掲載されている。「旧鳳凰は明治37~39年の修理の時に、再用に耐えぬものとして寺に保存されていた。」（http://www.shokoku-ji.or.jp）（平成二〇年四月二一日現在）

8　小林秀雄との対談「美のかたち—「金閣寺」をめぐって」（初出『文芸』昭32・1）

附記　引用は特記しない限り、新潮社『決定版　三島由紀夫全集』に拠った。ルビは省略した。新聞の旧字表記は新字に改めた。

（立命館大学教授）

特集　金閣寺

『金閣寺』における男性性構築とその揺らぎ

黒岩裕市

1

『金閣寺』（『新潮』一九五六年一月号～一〇月号）の主人公であり、一人称の語り手である溝口は、少年期を振り返って、「生来の吃り」（一〇頁）が「障碍」になり、「内界と外界との間の扉の鍵」が「錆びついてしまつ」（一一頁）ため、「人に理解されないといふことが唯一の矜りになつてゐた」（一五頁）と述べる。だが、彼は他者に理解されたいという欲求も露にしている。野島秀勝の言葉を借りれば、それは「「拒んでいる」者への参加の憧憬と、その許容を拒否するというアンチセシス」[1]ということになるだろう。

また、橋本治は『金閣寺』を「難解なる「美」に関する議論に満ち満ちた小説」であると同時に、「幸福を失った青年の凄まじい足掻きと、自立への模索を描く小説」[2]と見なしている。本稿は、橋本が言うところの「自立」を、ジェンダーの観点から男性性の構築ととらえ[3]、そのための「凄まじい足掻き」の過程をたどるものである。男性性に関しても、テクストにおいて溝口がストレートにその獲得に向かうのではなく、憧憬と拒否の間で揺らいでいる点を検討したい。まずは、溝口の男性性構築の出発点にあると思われる、第一章の二つのエピソードに目を向ける。

このテクストで、溝口と他者との具体的な関係が最初に記されるのは、中学校においてである。彼は、「体も弱く、駈足をしても鉄棒をやつても人に負ける上」、「吃り」のせいで「引込思案」な少年であり（一〇頁）、「暴君」になって「日頃私をさげすむ教師や学友を、片つぱしから処刑する空想」、あるいは、「内面世界の王者、静かな諦観にみちた大芸術家になる空想」（一一頁）を楽しんでいた。そうした「内界」の優越性を根拠に、溝口は「自分はひそかに選ばれた者だ」（一二頁）というある種の選民意識を抱いていたのである。

さて、「五月のある日」（一二頁）、溝口が通う中学校に、先輩である海軍機関学校の生徒がやって来た。「よく日に灼け、目深にかぶつた制帽の庇から秀でた鼻梁をのぞかせ」ていた彼は「若い英雄」（一二頁）となり、後輩たちはその「崇拝者」（一三頁）になる。一方、溝口は「二米ほどの距離」（一三頁）を取って、彼らの輪には参加しない。拒まれることになると予想される絆を自ら拒んでいるのである。溝口はその光景を次のように語る。

> たまたま、機関学校の制服は、脱ぎすてられて、白いペンキ塗りの柵にかけられてゐた。ズボンも、白い下着のシャツも。……それらは花々の真近で、汗ばんだ若者の肌の匂ひを放つてゐた。蜜蜂がまちがへて、この白くかがやいてゐるシャツの花に羽根を休めた。金モールに飾られた制帽は、柵のひとつに、彼の頭にあつたと同じやうに、正しく、目深に、かかつてゐた。彼は後輩たちに挑まれて、裏の土俵へ、角力をしに行つたのである。
> （一四―一五頁）

柘植光彦は、先輩の衣服に「汗ばんだ若者の肌の匂ひ」を感じる溝口に「男への好み」を指摘しているが[4]、確かにこの場面はホモエロティックに描かれている。「角力」にしても、少年が先輩を模範とし、自らが「英雄」に成長するための、換言すれば、男性性構築のための通過儀礼的な意味合いを持ったものであるだろう。だが溝口自身は、そのような男同士の肌と肌との触れ合いには加わらない。「暴君」になる空想を満たすかのように、「角力場」からの「喚声」を耳にしつつ、後輩たちの憧れの対象である「英雄」の「短剣」に「錆びついた鉛筆削りのナイフ」（一五頁）で傷をつけるのだ。年長の男性に同一化するのとは異なる、男性性獲得のやり方がここですでに暗示されている。

この場面に続いて、有為子という「美しい娘」（一六頁）とのエピソードが綴られる。想像上の彼女の肉体の「弾力」や「花粉のやうな匂ひ」（一七頁）に刺激された溝口は、早朝、彼女をまちぶせする。ところが、有為子を前にすると「口から言葉が出にくい」ことに気をとられて、何も「行動」（一八頁）することができない。溝口はその時のことを次のように述べる。

> 私は何も見てゐなかつた。しかし思ふに、有為子は、はじめは怖れながら、私と気づくと、私の口ばかりを見てゐた。彼女はおそらく、暗闇のなかに、無意味にうごめいてゐる、つまらない暗い小さな穴、野の小動物の巣のやうな汚れた無恰好な小さな穴、すなはち、私の口だけを見てゐた。そして、そこから、外界へ結びつく力が何一つ出て来ないのを確かめて安心したのだ。（一八頁）

溝口が「何も見てゐな」いのに対して、有為子は彼の口を見る。「内界」と「外界」を結ぶ管の役割を果たさない溝口の口は、彼女の目線を通して、ただの「小さな穴」になってしまう。(5) それは彼自身にあけられた「小さな穴」であり、少年の溝口が一人の男性になることを阻害するものなのではないだろうか。(6) したがって、溝口にとっての男性性構築とは、「小さな穴」＝口を管にすることであると考えられる。

2

次に、第三章の冒頭で語られる、父と母と倉井という男性の「ある事件」（六一頁）に注目しよう。夏の夜、彼らと同じ蚊帳に寝た十三歳の溝口は、夜中に母と倉井の性行為を目撃する。それと同時に「父のふたつの掌」（六二頁）によって、彼は「目隠し」（六三頁）をされる。その「掌」について、溝口は次のように述べる。

今もその掌の記憶は活きてゐる。たとへやうもないほど広大な掌。背後から廻されて来て、私の見てゐた地獄を、忽ちにしてその目から覆ひ隠した掌。他界の掌。愛か、慈悲か、屈辱からかは知らないが、私の接してゐた怖ろしい世界を、即座に中断して、闇のなかに葬つてしまつた掌。（六三頁）

ここで問題となっている「地獄」とは、肺病の父から倉井が母を寝取ったこと、あるいは、男女間の性行為そのものであるのかもしれないのだが、(7) 父がそれを黙認している点を考え合わせれば、その「地獄」は母が父と倉井の間で共有されていること、父から倉井へと母が譲渡されていることとも解釈できる。つまり、溝口は父の「掌」によって男性間での女性の流通から隔てられるのである。

こうした女性の流通に関しては、レヴィ＝ストロースが親族システムの基盤として提示した女性の交換が想起される。レヴィ＝ストロースによれば、婚姻とは男性と女性の二者間の結合ではなく、男性二人の間で一人の女性を取引することによって成立するものなのである。それを踏まえて、ゲイル・ルービンやリュース・イリガライは、女性を媒介とすることで男性間の結びつきが強化され、家父長制が維持される点を批判し、そこからイヴ・コゾフスキー・セジウィックのホモソーシャリティ理論が導かれた。(8)

もちろん、溝口の父から、事業で失敗したため「家附の娘である彼の妻」（六一頁）に追い出された倉井へと母が譲渡されることは、家父長制にとっては明らかなルール違反である。(9) 父と倉井の関係もそれによって強まったかどうかは記されていない。しかしながら、この場面で示される女性の取引とそこからの隔絶は、溝口の男性性構築に大きな影響を及ぼすことになる。

引用した一節に続いて、「掌」の中で領くことで、溝口と父の間に「諒解と合意」がなされ、少年の溝口は「頑なに目を閉ぢつづけ」ることになる（六三頁）。なるほど、「幼時から父は、私によく、金閣のことを語つた」（九頁）という冒頭の一文からして、溝口と父の絆の強さが暗示されている。ところが、それ以降の物語で溝口にとって問題になるのは、父そのものよりも、断片化された父の「掌」である。溝口は母には「復讐を考へなかつた」（六三頁）と述べているが、母と対置され、復讐の対象になるのも「あの掌」であり、父という一人の人間ではない。というのも、溝口が見た「地獄」を父と倉井と母の三者間の関係と読めば、父もその当事者になるからである。興味深いことに、テクストでは老師や禅海の口からも、父は彼らとともに女性と性行為を行なっていたことがほのめかされる。[10]

さらに、溝口の男性性構築を考える際には、同じ第三章にある、米兵が妊娠した日本人娼婦の腹を溝口に踏ませる場面も重要である。おそらくこの米兵はミソジニスティックな「暴君」にすぎないのだろうが、溝口は彼のことを「抒情詩人なのかもしれない」（八四頁）と推測する。すなわち、「暴君」と「芸術家」という、少年時代の溝口の二つの空想がこの米兵に託されるのである。だからこそ、米兵の命令に従って娼婦の腹を踏む溝口は、「迸る喜び」（八六頁）を見出す。確かにそれはかつて有為子の身体に想像した「弾力」を、娼婦に感じたためであるだろう。だがそれだけではなく、溝口には、理想的な男性が命ずる「行為」をすることで、彼に同一化する「喜び」があったと思われる。[11] 娼婦は共有される。

溝口は娼婦に有為子のイメージを纏わせるのだが、そうなると「女を踏んだといふあの行為」（九四頁）とは、有為子を前にした「行動」の欠如を補うものであると考えられる。有元伸子が論じるように、それが溝口にとって男性性を獲得する手段となり、金閣を焼く「行為」への導火線になるのだ。[12] しかも、「女の腹」を踏む「行為」が生みだした「甘美さ」を老師が「知つてゐた」と溝口が想像する点も見逃せない（九三頁）。娼婦の共有は老師にまで拡大されるのである。

ただし、それは溝口の「内界」で繰り広げられる空想でしかない。「外界」では、米兵は報酬として「二カートンのチェスタフィールド」（八七頁）を溝口に渡し、その品物が老師へと届けられる。一方、流産した娼婦は老師のもとを訪れ、老師は「鹿苑寺の非行」（九〇頁）を隠蔽するために彼女に金を渡す。溝口には何も残らない。「内界」の老師と「外界」の老師の間のこうしたズレは、物語後半でも溝口の男性性獲得を妨害するものになるのだが、その前に、このテクストにおいて非常に重要な役割を果たす柏木との関係に目を向けよう。

3

第四章で、溝口は大谷大学の予科へ入学する。そこで彼は、「可成強度の両足の内翻足」（九九頁）を有した柏木と知り合うことになる。本稿では、彼が唐突に「それはさうと、君はまだ童貞かい？」（一〇一頁）と溝口に問うくだりに注目したい。柏木は、溝口との間で「童貞同士」（一〇二頁）の付き合いを望んでおらず、自らの性体験を語り出すのである。この点において、溝口と柏木の関係は、少なくとも第二章で展開される、溝口と鶴川との二者間の関係とは性質を異にしている。つまり柏木は、溝口との間に女性を介在させ、三者間の関係を形成しようとするのである。

次の第五章には、柏木と溝口が、「スペイン風の洋館の令嬢」と「下宿の娘」（一二三頁）とともに嵐山へと向かう場面がある。「下宿の娘」は、彼女自身が言うように、すでに柏木と関係がある。非常に露骨なやり方で、柏木は彼女を溝口へと譲渡しようとするのである。実際に柏木の策略はある程度までは成功する。「永い接吻と、柔らかい娘の顎の感触」が溝口に「欲望を目ざめさせた」（一三三頁）のだ。溝口は、一方では娘を「欲望の対象と考へることから遁れよう」（一三三頁）としながらも、もう一方では「これを人生と考へるべきなのだ」（一三三―一三四頁）と述べ、「人生」に参加しようとする。それは「下宿の娘」との行為にとどまらず、彼女を通して、柏木の「人生」に一体化する試み、さらには、柏木をモデルとして男性性を構築する試みであったと言えよう。

ところが、溝口が「人生」へ加わろうとしたまさにその時に金閣が出現し、彼を「抱擁」（一三五頁）することで、娘との性行為は妨害される。そもそも溝口は、金閣に「私の人生が柏木のやうなものだつたら、どうかお護り下さい」（一二〇頁）と庇護を求めていた。金閣の出現は、そのような溝口の祈りが実現した結果である。柏木との間での女性の流通を阻害することで、柏木流の「人生」から溝口を遠ざけたのだ。ここで、金閣は父の「掌」に対応している。

ただし金閣は溝口の「人生」をただ妨害するだけではない。鶴川の死が「柏木の生き方の魅力」から「孤独」（一三九頁）へと溝口を誘導するのとあいまって、彼は金閣に宿直する際に、「亀山公園で人生から私を隔てたあの幻影の裡に、今私は如実にゐるのを知つた」（一四一頁）と金閣に「抱擁」されるイメージを再現する。「ただ孤り」で、「私が金閣を所有してゐるのだと云はうか、所有されてゐるのだと云はうか」という金閣と一体化した状態に身を置き、究竟頂の中で「ほとんど官能的と云つてもよい戦慄」（一四一頁）を感じるのである。それは「間主観的な場、関係性の総体としての場」[13]から身を引き離した、「人生」への不参加であり、別の角度から見れば、男性性の拒絶でもある。

だが一年後に柏木と再会し、交流が始められると、またしても女性の共有による「人生」への参加が画策されることになる。今回、柏木から溝口へと譲渡されるのは、「生花の女師匠」（一五六頁）である。彼女は、第二章の最後で述べられる、溝口が戦時中に鶴川とともに南禅寺で目撃した、出兵する兵士に乳を飲ませた女性であった。

溝口は、「女の髪をつかみ、平手打ちを頬にくれる」といった柏木の「荒々しい一聯の動作」（一五八頁）によって彼の部屋を飛び出した「女師匠」を追いかけ、彼女の住まいに上がり、戦時中に「別れの儀式」（五九頁）を見たことを打ち明ける。そうした「奇縁」を聞いた彼女は目を「昂ぶつた喜びの涙」で満たし、「ほとんど狂気のやうに」なり、「左の乳房」（一六一頁）を溝口の前に出す。溝口はそれに「或る種の眩暈」（一六一頁）を覚える。

なるほど、「女師匠」との再会は「奇縁」であるものの、彼女のことはすでに嵐山の場面で「下宿の娘」の口からも「とてもきれいな生花のお師匠さん」の「悲しいローマンス」として語られていた（一二四頁）。柏木と鶴川が実はかつて通じていたという設定を念頭に置くと、鶴川経由で「生花の女師匠」の「別れの儀式」を知った柏木が、彼女をあえて溝口に近づけ、そうすることで彼を「人生」に参加させようとしたのではないかとも推測できる。「女師匠」との「奇縁」とは、南禅寺で、溝口と鶴川の間で共有された「別れの儀式」を、柏木がより露骨な女性の身体の共有に作りなおしたものではないだろうか。

ところが、柏木の企みは今回も成功しない。「女師匠」の乳房が、彼女の身体を離れて断片化し、金閣に変貌するのだ。それもまた金閣への溝口の祈りが現実化したものであり、溝口は金閣になった乳房に「恍惚」（一六三頁）を感じる。「無力」なものであるとはいえ、「幸福感」も得ている（一六三頁）。しかし一年前の金閣との一体化とは異なり、「無力」が「幸福感」を凌ぎ、「酔ひ心地」は「嫌悪」に変わる（一六三頁）。そして、「いつかきつとお前を支配してやる。二度と私の邪魔をしに来ないやうに、いつかは必ずお前をわがものにしてやるぞ」（一六五頁）と溝口は「荒々しく」（一六四頁）金閣に呼びかけるのである。この「荒々しく」という表現からも、テクストでは金閣を支配することが男性性の獲得と結びつけられていることが読み取れる。

このように柏木との間で女性は共有されず、溝口は柏木に同一化することで男性性を得ることもないのだが、それはあらかじめ予想されたことであったのかもしれない。彼と知り合う場面で、溝口は次のように語っていた。

> 彼の蒼ざめた顔には、一種険しい美しさがあつた。肉体上の不具者は美貌の女と同じ不敵な美しさを持つてゐる。不具者も、美貌の女も、見られることに疲れて、見られる存在であることに飽き果てて、追ひつめられて、存在

そのもので見返してゐる。(一〇〇頁)

この一節では「見られる」対象である「肉体上の不具者」が「見返」す主体になることで、そうした視線に抵抗する手段を見出す戦略が示されている。だが本稿が注目するのは、柏木が「美貌の女」に重ね合わされているところである。それは溝口にも該当することである。可視的な「内翻足」とは異なり、「吃り」は「肉体上の不具」であるとは言えないし、そもそも溝口は「醜い」(四一頁)のだが、第一章で有為子に見られることで、彼には「小さな穴」があけられていた。すなわち、見られる対象になるという点で柏木も溝口も女性化された存在であることがうかがえるのである。そうである以上、「女師匠」に対する、柏木の「荒々しい一聯の動作」も男性性の「茶番」(一二〇頁)でしかないということになるだろう。

また、溝口が柏木の「存在」を「奇怪な形をした鞠」(一二〇頁)にたとえていることも見逃せない。このテクストにおいて「鞠」は、第三章で彼が踏んだ娼婦の腹や胸の「鞠のやうに正直な弾力」(八六頁)を想起させるものである。その「弾力」は有為子の身体とも繋がる。つまり、「鞠」という比喩を通しても柏木には女性的なイメージが付与されるのだ。いずれにしても、第七章以降、溝口は柏木とは別のやり方で男性性構築を試みることになる。

4

柏木の溝口に対する影響力が減少するのに伴って、老師のそれが増大する。第七章には、芸妓を連れた老師を偶然に目撃した溝口が、結果的に跡を追うことになり、「叱咤」(一七二頁)される場面があるのだが、その後、溝口は老師に対してアンビヴァレントな態度を見せる。老師への「裏切り」(一七五頁)を想像しつつ、その一方で、老師と「理解し合ふ劇的な熱情に溢れた場面」(一七九頁)を夢見るのだ。老師が読む新聞に芸妓の写真を挟んで渡したことをきっかけに、「老師と私はおそらく抱き合ひ、お互ひの理解の遅かつたのを嘆く」(一七九頁)ことさえも思い描く。それもまた女性の共有のヴァリエーションである。だが溝口自身が述べるように、そうした相互理解は「たはけた空想」(一七九頁)でしかなく、仕込んだ写真も彼のもとへと返され、老師との間で女性が共有されることはない。

写真を渡した日には、老師が行なう経典の講義に際して溝口は次のようにも考えている。

今夜の講義で老師と面と向つて坐ることに、私は、甚だ私に似合はぬことではあるが、一種の男性的な勇気ともいふべきものを自ら感じてゐた。そこで老師はこれに応へて男性的な美徳をあらはし、偽善を打ち破り、寺の一

同の前でおのれの行状を告白して、その上で私の卑劣な行為を問責するだらうと思はれたのである。（二八〇頁）

彼は自身の「男性的な勇気」に老師の「男性的な美徳」が応答することを想像している。それはまさしく男性性構築の企てである。しかし、これもまた溝口の「たはけた空想」でしかなく、実際の講義では男性性とは似つかない「老師の甲高い声」（二八一頁）が響くだけである。

ここで溝口は老師に「男性的な美徳」を期待しているのだが、それとは裏腹に、テクストで老師は一貫して男性的ではない人物として表象されている。第一章でも老師の肉体は、「桃いろのお菓子」（三三頁）と称されていた。男性性の共鳴を期待した箇所の直前にも次のような一節がある。

つやつやした柔らかい肉が、同じやうにつやつやして柔らかい女の肉と融け合つて、ほとんど見わけのつかなくなる有様。老師の腹のふくらみが、女のふくらんだ腹と押し合ふ有様。（二七六頁）

溝口は、女性との性行為を通して老師が女性化することを空想しているのである。したがって、柏木同様に、老師からも溝口は男性性を獲得することはできない。同時に、老師から得られない男性性を、溝口自身が前もって拒んでいるようにも思われる。

これ以降、溝口は一般的な、あるいは、理想的な男性性を憧憬しながら、それを拒否し、彼なりの男性性獲得を目論むようになる。第七章後半では、彼は鹿苑寺を出奔し、由良の海に行く。しかし三日で引き戻されることになる。本稿では、第八章前半で、溝口を戻す役目を担う警官が、丹後由良駅で、駅長や駅員に彼を紹介する場面に着目したい。溝口は若い駅員について次のように想像する。

この次の休みは映画に！　この若々しい、私よりもはるかに逞ましい、いきいきとした青年が、この次の休みには、映画を見て、女を抱いて、そして寝てしまふのだ。（二〇八頁）

「若々し」く、「逞まし」く、「いきいきとした」この駅員が、模範的な青年像として提示されていることは間違いないだろう。それは溝口が自身に欠如しているととらえているものである。なるほどそうした青年の「人生」、とりわけ、そのヘテロセクシュアルな部分は溝口を「魅惑」（二〇八頁）している。だが結局は模範的な青年に同一化するのではなく、彼は金閣を焼くことで「別誂への、私特製の、未聞の生」（二〇九頁）を創造しようとする。それは溝口なりの男性性獲得の方法である。

なお、同じ第八章で、溝口は自身について「青年の体臭を持つてゐた」（二三二頁）とも述べている。匂いという観点からは、溝口が拒まれていると思い、自身も拒んでいた一般的な青年と変わらないことが皮肉にも示されるのである。それは「別誂への、私特製の、未聞の生」には合致しないものの、彼が男性であることを証明するものである。匂いではなく音だが、第四章では、「朝課の経」で「合唱する男の声」に「生々しさ」を感じつつ、「私の声も、同じ男の汚れを撒き散らしてゐると思ふこと」によって溝口は「奇妙な具合に勇気づけ」（九五頁）られていた。

5

溝口は「別誂への、私特製の、未聞の生」の創造を目指す。しかし第九章になると、それは「死」に近づく。「自殺を決意した童貞の男が、その前に廓へ行くやうに、私も廓へ行く」（二三二頁）と述べ、女性と性行為を行なうのである。この段階で彼は、「女によつて人生に参与しようなどと思つてはゐない」（二三二頁）。そのため、男性の間での女性の流通が問題となることはなく、金閣が介入してくることもない。溝口は、相手のまり子に次のように対応される。

> 私は全く普遍的な単位の、一人の男として扱はれてゐた。誰も私をそんな風に扱へるとは想像してゐなかつた。私からは吃りが脱ぎ去られ、醜さや貧しさが脱ぎ去られ、かくて脱衣のあとにも、数限りない脱衣が重ねられた。私はたしかに快感に到達してゐたが、その快感を味はつてゐるのが私だとは信じられなかつた。遠いところで、私を疎外してゐる感覚が湧き立ち、やがて崩折れた。
> （二四〇頁）

まり子によって彼は「全く普遍的な単位の、一人の男」になるのである。イリガライが、[14] 男性による女性の共有の典型が娼婦であると論じるように、溝口の思惑には背いて、ここで彼は、まり子を通して彼女が相手をした不特定多数の男性と同化することになるのだ。

このようにして「一人の男」として性行為に及ぶことは、溝口の「小さな穴」＝口を管にするものであり、彼の「吃り」は「脱ぎ去られ」る。だが、第九章の溝口は、ただの「一人の男」になることには満足しない。翌日、イタリアの刑法学者ベッカリーアの「犯罪と刑罰」（二四二頁）を携えて、まり子のもとを訪ね、金閣への放火をほのめかすのである。そこで彼が「異様に吃つた」（二四四頁）点も重要である。溝口は「吃り」を再び身に纏うことで、「全く普遍的な単位の、一人の男」になることを自ら拒絶しているのである。

第十章ではいよいよ金閣が焼かれる。溝口が創造しようとする「生」はますます「死」に接近し、「万一あるべき死の仕度」（二五二頁）のために、彼はカルモチンと小刀を買う。同時にその時に溝口が「新らしい家庭を持つ男が何か生活の設計を立てて、買ふ品物はさもあらうかと思はれるほど、それは私の心を娯しませた」（二五二頁）と記している点にも注意しよう。第八章で若い駅員に抱いた思いと同様に、「家庭を持つ」というヘテロノーマティヴな男性の生活を想起しながら、しかし放火という「行為」によって、溝口は自身の「人生」をそこから離すのである。

　さて、溝口が金閣を放火する夜に、老師や父とも親しかった禅海和尚が鹿苑寺を訪れる。彼は次のように描かれる。

　父は何かにつけて禅海和尚のことを愉しげに話し、父が和尚に敬愛の心を寄せてゐることがよくわかつた。和尚は外見も性格もまことに男性的な、荒削りな禅僧の典型であつた。身の丈は六尺にちかく、色は黒く眉は濃かつた。その声は轟くばかりであつた。（二五六頁）

「荒削りな禅僧の典型」である禅海は、柏木や老師、さらに父とは異なった、「外見も性格もまことに男性的な」人物である。

　こうした「男性的な」禅海和尚に対して、溝口はまたしてもアンビヴァレントな感情を抱く。彼はまず「和尚の単純で澄明な目が、今夜に迫つた私の企てを見抜きはしないかとおそれ」（二五六頁）る。しかし、禅海に「老師の持たぬ素朴さ」、「父の持たぬ力」、また、「大樹の荒々しい根方のやうなやさしさ」を感じ、「理解されたいといふ衝動」に駆られる（二五七頁）。溝口は、「私をどう思はれますか」（二五七頁）、「私は平凡な学生に見えませうか」（二五八頁）などと禅海に執拗に問いかける。それに対して、禅海は「平凡に見えるのが何よりのことぢや」（二五八頁）と応じる。「私を見抜いて下さい」という溝口の言葉にも、「見抜く必要はない。みんなお前の面上にあらはれてをる」（二五九頁）と返答する。こうしたやり取りを通して、佐藤秀明が指摘するように、溝口の思考の基盤にあった「内界／外界」の二元論が脱構築されるのである[15]。その結果、溝口は「完全に、残る隈なく理解されたと感じ」て、「空白」になる（二五九頁）。

　ところが、溝口はこのように「理解され」ることをきっかけに、もっとも理想的な男性性を体現した禅海をモデルにして男性性構築へと向かうわけではない。彼は「空白」をめがけて、「行為の勇気が新鮮に湧き立つた」（二五九頁）というのである。老師の講義に際して溝口が「男性的な勇気」を想像したことを考え合わせれば、この「行為の勇気」もおそらく彼にとっては「男性的な」ものであったのだろう。そして、またしても彼はあえて「吃つてみ」（二六〇頁）ることで、「内界／外界」の二分法を持ち出し、あくまでも彼なりのやり方で「内界」と「外界」の「錆びついた鍵」（二六〇頁）をあけ、「小さな穴」＝口を管にしようとするのである。

そのために溝口が拠りどころとするのが、その内実が「徒爾」や「無駄事」（二七〇頁）であってもかまわない、金閣を焼くという「行為」なのだ。それはそもそも由良の「生れたままの姿の荒々しい海」（一九九頁）に促されたものであったのだが、溝口は禅海という海のイメージを纏った男性の「荒々し」さよりも、「裏日本の海」の「荒々し」さのほうを選択するのである。ついに金閣は焼かれる。女性を媒介にして、他の男性に同一化することで得られる男性性を憧憬しつつも、最終的にはそれを拒否し、「凄まじい足掻き」の果てに、溝口は独自の男性性構築を実現するのである。「生きようと私は思つた」（二七四頁）という彼の言葉で物語は締めくくられる。

溝口なりの方法で男性性は構築された。しかしながら、金閣に火を放ってから「生きようと私は思つた」という結末に至る短い間にも、テクストには男性性に対する溝口の揺らぎが指摘できる。彼はあらかじめカルモチンや短刀を用意していたのだが、それらを使うことはなく、「この火に包まれて究竟頂で死なうといふ考へ」を「突然」（二七二頁）抱き、「金色の小部屋」（二七三頁）に到達することを目論む。究竟頂とは、溝口がかつて、「ほとんど官能的と云つてもよい戦慄」を感じた場所であり、金閣寺との一体化は、彼にとっては「人生」への不参加、男性性の放棄を意味していた。つまり、男性性を獲得しようとする「行為」の最中で、溝口は男性性の拒絶を「突然」に表明しているのだ。

だが、「三階の鍵」（二七二頁）はあかず、溝口はそこへ達することができない。そうすると、それまでも彼に付き纏っていた「拒まれてゐるといふ確実な意識」（二七三頁）が再び生じ、彼は外へ出るのである。要するに、溝口が手に入れた男性性とは、男性性そのものの拒否を拒まれた結果、換言すれば、二重の拒絶の結果として獲得されたものなのである。

したがって、溝口が最後に「生きようと私は思つた」と前向きに述べるのとは裏腹に、彼が得た男性性とは、やはり不安定なものでしかないことがその直前の場面からは読み取れるのである。すなわち、このような「行為」に基づいた男性性構築のやり方の危うさは、『金閣寺』というテクストにすでに織り込まれていると言えるのではないだろうか。

『金閣寺』の引用は『決定版三島由紀夫全集』第六巻、新潮社、二〇〇一年に拠る。

注1　野島秀勝「「拒まれた者」の美学」『批評と研究　三島由紀夫』白川正芳編、芳賀書店、一九七四年、一〇七頁。

2　橋本治『「三島由紀夫」とはなにものだったのか』新潮社、二〇〇二年、四二頁。なお橋本は、鶴川を「幸福」

を代表する美青年」（四一頁）と位置づけている。第二章で描かれる溝口と鶴川の関係は、溝口と金閣寺のそれと同様に、男性性構築とは無縁であるという点で「幸福」なものであったと思われる。

3　溝口の男性性を論じた重要な先行研究として、有元伸子「三島由紀夫『金閣寺』論―〈私〉の自己実現への過程―」（『国文学攷』一九八七年六月）がある。そこでは「「金閣を焼く」という行為」（三七頁）を男性性獲得と関連づける読みが展開されている。有元は、「三島由紀夫文学における性役割―男性性を中心に―」（『金城国文』一九九二年三月）でも『金閣寺』を「既成のジェンダーから拒まれた主人公が、それでもなおかつ男性性を希求してやまない物語」（二九頁）として読む。有元論文では男性性獲得が男女関係において議論されているが、本稿では、男同士の関係を俎上にのせる。その点、武内佳代「三島由紀夫『金閣寺』の終わりなき男同士の絆《ホモソーシャリティ》―〈僧衣〉と〈軍装〉の物語―」（『国文』二〇〇七年一二月）は、溝口のホモソーシャルな欲望を読みの軸に据え、男性性の獲得を議論したものである。それに対して本稿は、溝口がホモソーシャルな欲望を執拗に抱いているとしても、同時にそれを拒絶している点、さらに言えば、彼がホモソーシャリティを形成し得ない点に目を向けるものである。

4　柘植光彦「『金閣寺』―隠された物語―」『国文学 解釈と鑑賞』一九九二年九月、八一頁。柘植は、溝口が「合唱する男の声」に「生々しさ」（九五頁）を感じるところにも、彼の「男への好み」を見ている。

5　溝口にとって口はセクシュアルな器官となる。彼は「黒い犬」の「炎のやうな口の喘ぎ」に昂奮し、夢精をする（七八頁）。また、彼にとっては官能的な場である究竟頂の上の鳳凰の「なめらかな熱い口」（八〇頁）と自身の口を重ねてもいる。

6　この直後の有為子と脱走兵の場面では、見られる対象になったことを帳消しにするかのように、彼女には見られていないという条件で、溝口は有為子を執拗なまでに見る。ただし現実の有為子を見ながらも、溝口はむしろ「内界」で描いたストーリーを彼女に投影する。だが結局、それは裏切られ、「内界／外界」の境界線は強化されることになる。

7　藤田尚子「『金閣寺』論―〈女〉の問題を中心に」『成蹊国文』二〇〇四年三月、四二頁。

8　女性の交換に関しては、以下の文献を参照した。クロード・レヴィ＝ストロース『親族の基本構造』福井和美訳、青弓社、二〇〇〇年。ゲイル・ルービン「女たちによる交通―性の「政治経済学」についてのノート」長原豊訳『現代思想』二〇〇〇年二月号。リュース・イリガライ「女の市場」「商品たちの間の商品」『ひとつではない女の性』棚沢直子・小野ゆり子・中嶋公子訳、勁草書房、一九八七年。イヴ・コゾフスキー・セジウィック『男同士の絆―イギリス文学とホモソーシャルな欲望―』上原早苗・亀澤美由紀訳、名古屋大学出版会、二〇〇一年。

9　イリガライは、「再生産の道具」となり、父の「私有財産」となった「母の交換は禁止されるだろう」と述べている（「女の市場」二四二頁）。

10 老師は溝口の父との関係を「塀を乗り超えて女を買ひに出たりする楽しみを共にした仲でもあつた」（三三頁）と告げ、禅海は「お父さんと儂とここの住職とは、若い時分はなかなか悪さをしたものぢやつた」（二五八頁）と言う。

11 溝口と米兵との同化は、前掲の武内論文ですでに指摘されている（六七頁）。

12 有元伸子「三島由紀夫『金閣寺』論」四三頁。

13 井上隆史「想像力と生―『金閣寺』論―」『三島由紀夫『金閣寺』作品論集』佐藤秀明編、クレス出版、二〇〇二年、三〇一頁。

14 リュース・イリガライ「女の市場」二四三頁。

15 佐藤秀明「『金閣寺』観念構造の崩壊」『三島由紀夫『金閣寺』作品論集』佐藤秀明編、クレス出版、二〇〇二年、二六七頁。

（一橋大学博士研究員）

『金閣寺』の中の女

大西　望

はじめに

あのたびたびの挫折、女と私の間を金閣が遮りに来たあの挫折は、今度はもう怖れなくていい。私は何も夢みてはゐず、女によつて人生に参与しようなどと思つてはゐないからだ。私の生はその彼方に確乎と定められ、それまでの私の行為は陰残な手続きにすぎないからだ。

引用は、『金閣寺』の主人公溝口が、〈金閣を焼かなければならぬ〉と決意した後、五番町と呼ばれる北新地へ趣く第九章での述懐である。『金閣寺』という作品に対して、作者三島の〈自分の氣質を完全に利用し〉[1]たという言葉や、中村光夫の〈観念的私小説〉[2]という評があるように、引用が作者自身の言葉のように響く文章だが、それはともかく、この溝口の述懐は、女によってではなく金閣を放火することで生を手に入れようという決意が表れている。

それ以前の溝口は、女を〈前進し、獲得するための一つの関門〉だと考え、その〈関門〉を通過する資格を得、実際に通過した者が、〈人生の幸福や快楽〉、〈生活の魅惑〉を手に入れることが出来ると思っていた。しかし、溝口は、その最初の〈関門〉である女に躓いて、自分の望む人生に辿り着けずに苦しむのである。

では、溝口は、女との関わりでどのように人生に参与しようとし、どのような経過を辿って冒頭の考えに行き着いたのか。この問題を考えるにあたって、溝口と関わる三人の女に注目したい。この三人の女との関わりを見ていくと、溝口が女を通して何を見ていたのか、また人生や美に対する考えとともに、作者三島の意図が読み取れると思うからである。

三人の女

今回取り上げるのは、有為子、天授庵の女、米兵相手の娼婦の三人である。溝口が関わった女では、下宿の娘や「大滝」のまり子などもいるが、この三人には、共通点があり、そこに作者の意図が見え、また溝口の人生参与の経過を辿ることが出来ると論者は考えている。作品内のそれぞれの描写を抜粋しながら見ていくことにする。

　まずは第一章に書かれている有為子である。『金閣寺』の中、つまり手記の中で溝口は、有為子の心中事件を〈われわれの村で起つた悲劇的な事件〉とし、〈私はその事件を通じて、一挙にあらゆるものに直面した。人生に、官能に、裏切りに、憎しみと愛に、あらゆるものに〉と記している。

　溝口が人生で初めて意識した異性である〈美しい娘〉の有為子は、〈目が大きく澄んで〉、〈権柄づくな態度〉、〈みんなにちやほやされるにもかかはらず、一人ぼつちで、何を考へてゐるのかわからないところがあつた〉。夏の暁闇、海軍病院へ通勤途中の有為子に積極的に行動をしかけた溝口は、有為子の目の前で〈意志も欲望もすべてが石化〉してしまうという状態に陥る。

　ここでは、有為子と(女と)、ひいては現実と繋がる手立ても分からず、現実が自分と関わりなくそこに存在しているということを思い知らされることとなった。それまでの溝口は、〈ひとたび外界へ飛び込めば、すべてが容易になり、可能になるやうな幻想があつた〉という。それは、〈外界といふものとあまり無縁に暮して来たため〉であったと自己分析をしている。また、この惨澹たる出来事の〈恥の立会人〉となった有為子を呪うようになったという。

　この有為子によって思い知らされた外界と内界との差は、内界の美が外界の美を圧倒するという、金閣出現の発端となる出来事だと言えるだろう。

　また溝口は、憲兵に捕まった有為子を見ることになった。友人の話で〈脱走兵と有為子は海軍病院で親しくなり、そのために妊娠した有為子が病院を追ひ出されたこと〉などを知った。憲兵から脱走兵の居場所を詰問されながらも黙秘している有為子を見て、〈私は有為子の顔がこんな美しかつた瞬間は、彼女の生涯にも、それを見てゐる私の生涯にも、二度とあるまい〉と思った。しかし、有為子は裏切るという行為でその美しい顔を変容させた。つまり、有為子は一時、世界を拒む絶対孤独の存在、金閣と同等の存在になったのだが、結局は〈ただの愛慾の秩序に身を屈し、一人の男のために女に身を落として〉、人生の最期を向かえたのである。

　このように有為子は、溝口の中で、異性として意識する人物から、〈恥の立会人〉、つまり他人の代表であり、呪うべき存在にまでなったのだが、一方で溝口の手記全体を通して有為子の名が度々登場し、女としての美的存在としても位置づけられている。溝口にとって有為子は、〈二重の世界を自由に出入りしてゐたやうに思はれる〉と言うように、観念と現実の境を往来する女であるが、有為子が死んだことによって、溝口の中で、現実世界における女としての美を象徴する観念にまでなったと考えられる。このことは、現実の金閣を見た後に、〈心象の金閣〉が美しさを増したことと対応していると考えられる。

次は第二章の南禅寺での場面である。戦争末期の京都、空襲で金閣が焼ける可能性があり、〈私が金閣と最も親しみ〉、〈その美に溺れ〉た時期、つまり溝口にとって一番幸福な時期に、目撃したのが天授庵の〈若い美しい女〉だった。

溝口は鶴川と一緒に、天授庵という舞台で行われた悲劇〈士官の子を孕んだ女と、出陣する士官との、別れの儀式〉を見た。〈それはほとんど信じがたいこと〉で、〈しかしそのときの感動は、どんな解釈をも拒んだ〉と記し、第五章では〈神秘な感動〉、第六章では〈神秘な情景〉とも表現している。

その悲劇を目撃して以来、溝口は〈たしかにあの女は、よみがへつた有為子その人だ〉と思うようになった。

この天授庵の女は第六章に再度登場し、溝口はこの〈神秘な情景の意味するもの〉を模索するが、今は作品の流れ通りに見ていくため後述することにする。

三人目の女は第三章に登場する。戦後最初の冬、雪晴れの金閣寺へ来た米兵相手の娼婦である。素足で細いハイヒールを履き、寝間着の上に〈真赤な炎いろの外套を着、足の爪も手の爪も、同じ炎いろに染めてゐた〉。米兵とともに泥酔しており、〈血の気のほとんどない肌に、口紅の緋いろが無機的にうかんでゐ〉た。〈こんな商売の女を、私が美しいと感じたのははじめて〉だという。有為子に似せないように作られたような顔だが、〈そのことが何かしら、有為子の記憶に抗して出来た影像の、反抗的な新鮮な美しさ〉となっていた。逆説的な言い方だが、ここでも溝口は有為子を意識しているのである。

米兵に強制されたとはいえ、ゴム長靴で女の腹を踏んだことは、〈他人の肉体がこんなに鞠のやうに正直な弾力で答へることは想像のほかだつた〉と記しているように、溝口に新たな認識と肉体的感覚を植えつけた。〈そのとき女の中から私の中へ貫ぬいて来た隠微な稲妻のやうなもの〉を感じて、〈甘美な一瞬〉を覚えたという。そして、米兵と娼婦が乗ったジープを見送りながら〈私の肉体は昂奮してゐた〉と回想している。

この出来事は、溝口に観念としての女ではなく客体としての女を肉体的に実感させた。いわば女との交わりの最初の契機であり、交わりの幻想を抱かせたと考えられる。

さらに、この出来事の一週間ほど後で、娼婦が腹を踏まれた日の晩に流産したことを溝口は知る。そのことを知ったこと、そのことで寺内を騒然とさせたことから〈女を踏んだといふあの行為が、記憶の中で、だんだんと輝やきだした〉という。それは〈悪の煌めき〉であり、〈悪を犯したといふ明瞭な意識〉が〈勲章のやうに、それは私の胸の内側にかかつてゐた〉という。これはつまり、悪を犯すことにより現実と繋がる方法を得、自分が現実を変貌させたという、英雄的な意識が芽生えたということだろう。

この娼婦によって溝口は、女の存在を観念ではなく肉体で捉えることが出来、尋常なやり方でないのは言うまでもないが、女の肉体を実感した。また、悪行を通して自分が現実と、そして女と繋がる可能性を見出したと考えられる。

溝口は、第四章の柏木との出会いにより、〈女によつて人生に参与しよう〉という考えが明確になり、第五章で意識的に実行したと思われるが、その原動力となったのが、この娼婦との出来事ではないだろうか。溝口は女による人生参与の可能性を見出したと考えられる。

ところで作者三島は、金閣寺へ訪れたこの女に、先に引用したように「赤」や「炎」の色を多く纏わせているのが分かる。これは、雪の白と赤の鮮やかなコントラストとともに、炎に包まれる金閣の伏線として考えてよいのかも知れない。

ここでまた天授庵の女に戻る。第五章で溝口は、柏木の下宿の娘から、天授庵の女の子どもは死産し、あの悲劇の一ヶ月後に士官も戦死したと聞いた。この話は溝口に感動を与えたが、下宿の娘に天授庵の思い出を話さないことで、今の話が〈あの神秘の謎解きどころか、むしろ神秘の構造を二重に〉するように思われたという。子どもや士官の結末を知り、あの悲劇は、後に確実に起こる悲劇の序章となり、悲劇的な美が確固としたものになったのだ。それは、溝口が戦争末期に期待していた、悲劇や滅びの美に通じている。このことで、溝口の中では天授庵の女がますます美的な存在、有為子へと近づいたと考えられる。

下宿の娘に天授庵の女のその後を聞いてから一年後に、溝口は天授庵の女と知り合うことになった。しかし、その時すでに女は、柏木の女として、〈認識によつて汚されてゐ〉た。三年ぶりに見る実際の女は、〈私の幻影と何のつながりもなく、〈全くはじめて見る別の個体の印象にとどまつた〉。

第六章で、柏木に捨てられようとしている女は、泣きながら溝口に柏木の愚痴を漏らす。〈私の耳もとで縷々と述べ立てられてゐる柏木の非行、その悪どい卑劣な細目、それらはすべてただ「人生」といふ言葉を私の耳にひびかすだけだつた〉。あの悲劇の中に生きていた女が、今では一人の男とありがちな恋愛沙汰を生きているのである。それでも溝口は、天授庵の〈神秘な情景の意味するもの〉のため、そして女と結ばれるため、三年前に目にしたことを吃りながら話した。その話を聞いた女は驚き、溝口のために三年前の再現をした。しかし溝口は、目の前で露わになった白い胸を見ても、三年前の〈遠い神秘な白い一点に見えたものは、このやうな一定の質量を持つた肉ではなかつた〉と、欲望は湧いてこなかった。ここでも溝口の中では、現実より観念の美が勝ってしまうのである。

溝口があまりに見過ぎたため〈乳房が女の乳房であること

を通りすぎて、次第に無意味な断片に変貌〉した。そして〈美の不毛の不感の性質がそれに賦与されて〉、ようやく美しく見え始めたという。しかしそれは〈……肉を乗り超え、……不感のしかし不朽の物質になり、永遠につながるものになつた〉。〈乳房が金閣に変貌した〉のだ。つまり、溝口にとって〈女の乳房〉は官能を呼び起こすものではなく、美に直結してしまうものだったのである。もっと言ってしまえば、現実的な、肉体的な価値ではなく、観念的な価値でしか捉えられないのである。

そして下宿の娘の時のように、行為に及ぶ時に金閣の出現を見、溝口は無気力に陥り、金閣が去った後は、またも〈乳房を懐ろへ蔵ふ女の、冷め果てた蔑みの眼差しに会つた〉。しかし溝口は、〈寺へかへるまで、なほ私は恍惚の裡にあつた。心には乳房と金閣とが、かはるがはる去来した。無力な幸福感が私を充たしてゐた〉と回想している。

天授庵の女との出来事は、溝口に決定打を与えた。溝口は女の肉体を官能で捉えることが出来ず、ただ〈美〉として捉えてしまうのである。金閣の出現により、〈無力な幸福感〉に充たされた溝口は、自分が女よりも金閣の美に幸福を感じるという事実を知っただろう。それでもまだ人生を追おうとする溝口は、〈いつかきつとお前を支配してやる。二度と私の邪魔をしに来ないやうに、いつかは必ずお前をわがものにしてやるぞ〉と、金閣を〈怨敵〉と意識し始めるのである。

女としての美

これまで見てきたように、溝口は三人の女との関わりによって、現実を知り、人生に参与しようとし、また女によって人生に参与できない自分を思い知ることとなった。また、三人の女には、冒頭で述べたように共通点があることが分かる。まずは、女として美しいこと、それぞれに恋人、男がおり、男女の悲劇の物語をもち、それを溝口が目撃していること、女が妊娠していること、そして、本人の死や死産、流産によって子どもが生まれていないことが挙げられる。

これらの共通点は、作者三島の意図として、悲劇を内包する女を溝口が見ることで、女としての美をさらに強めることと溝口に人生を目撃させること、妊娠は、〈繁殖する〉人間の生を象徴していると考えられる。しかし、子どもが生まれないという点については、有為子は、妊娠発覚により海軍病院を辞め、心中という結末を迎えるという設定のためであり、天授庵の女は、士官へ点てた茶の中に乳を注ぐという悲劇のためと、後に柏木、溝口と関係を持たせるという設定のため、そして娼婦は腹を踏んで流産させるという溝口の悪行の設定のために、小説の構成上必然的にそうなったのかも知れない。

三島文学で女性は、美的な存在であるとともに、日常生活や人生の象徴という役割を担っている存在だと言えるだろう。例えば、『奔馬』では、三十三章で主人公の勲が女になった夢を見る。夢の中では〈正義は一匹の蝿のように白粉入れの中へころがり落ちて噎せ、そのために命を捧げるべきであったものは、香水をふりかけられてふやけてしまった。栄光はすべてなま暖かい泥の中に融解した〉[3]と表現されている。また登場人物の槙子は、勲が〈昭和の神風連〉を興す直前に警察へ密告する。それは、牢屋という〈男が決して浮気のできない場所〉に勲を入れるためであった。つまり、女は、男の死を賭けた行為を「日常」という力で無化し、人生に引き戻そうとする存在に書かれているのである。

『金閣寺』に登場する女にも同じことが言える。ただし、主人公の溝口が、女の日常性を求めていることに特徴があると言えるだろう。また『金閣寺』では、女によって人生に参与するということは、その先にある〈繁殖する〉人間の生をも視野に入れられていると考えてよいだろう。

> おしなべて生あるものは、金閣のやうに厳密な一回性を持つてゐなかつた。人間は自然のもろもろの属性の一部を受けもち、かけがへのきく方法でそれを伝播し、繁殖するにすぎなかつた。（第八章）

この引用からも分かるように、女と金閣は両方とも美ではあるものの、〈繁殖〉と〈厳密な一回性〉という対照的な性質を持っている。人生における相対的な美と絶対的な美との差でもある。女の美は日常に還元されるものであり、金閣の美は虚無に人を誘うものである。絶対的な美を知っている溝口は、その魅力に圧倒されてしまい、人生における美や〈人生の幸福〉を欲する自分すら微塵に見えてしまうのである。生きるために金閣を焼くとは言うものの、死を決したような行為をする前に、人生の幸福や生の繁殖は必要のないものとなる。このような経緯で、溝口は女による人生参与を諦め、冒頭の引用となるのである。

五月の意味

最後に、作品の構成上でもう一つ指摘しておきたいことがある。『金閣寺』は、溝口の中学時代の挿話から二十一歳で金閣を放火する昭和二十五年七月一日までの事が書かれている。その語りをみていくと、〈五月〉にまつわる事が多く書かれていることに気づく。引用が長くなるが〈五月〉が挿入されている箇所を列挙してみる。

第一章、叔父の家の勉強部屋から眺めた山を見て金閣を思うのは〈五月の夕方〉である。また、海軍機関学校の生徒が母校に来た時も、〈五月の花々や、誇りにみちた制服や、明るい笑ひ声などに対する私の礼儀なのだ〉という文章などがある。第二章の父の火葬の場面でも、〈五月の花々とか、太陽とか、机とか、校舎とか、鉛筆とか、……さういふ物質が何故あれほど私によそよそしく、私から遠い距離に在つたか、その理由が呑み込めて来るやうな気がした〉、第三章の〈もし人間がその精神の内側と肉体の内側を、薔薇の花弁のやうに、しなやかに飜へし、捲き返して、日光や五月の微風にさらすことができたとしたら……〉という表現もある。

このように、〈五月〉という言葉、季節は三島によって意図して使われたものだと分かる。それは、人生の平穏で明るい部分、美しい部分の象徴であり、溝口が溶け込めずにいるものの象徴なのである。

小説の出来事も〈五月〉に起きていることが多い。また列挙すると、天授庵の女を南禅寺で目撃するのも〈五月のよく晴れた日〉であるし、柏木が計画した嵐山行きも、〈五月にめづらしい曇つた鬱陶しい天気〉の日だった。そして、鶴川の死も〈五月〉で、〈たとへば、彼と五月の花々との似つかはしさ、ふさはしさは、他でもないこの五月の突然の死によつて、彼の柩に投げこまれた花々との、似つかはしさ、ふさはしさなのであつた〉という記述がある。また、天授庵の女との三年ぶりの再会も〈五月〉なのである。

ここまで見れば分かるように、女によって人生に参与しようとした二つのエピソードはいずれも〈五月〉であり、従って二度の金閣出現も〈五月〉なのである。しかもそれは、いずれも柏木が溝口を誘い出し、女による人生参与を促した日だった。つまり、柏木は〈人生の明るい表側〉に相応しい〈五月〉に〈裏側から人生に達する暗い抜け道〉を溝口に教えようとしたとも考えられる。しかし一方で、〈俺たちが突如として残虐になるのは、たとへばこんなうららかな春の午後〉だと言っているように、柏木の考える、事物の〈実相〉を溝口に見せつけるためだったのかも知れない。ともかく〈人生の幸福〉という言葉が相応しい〈五月〉に、溝口はその人生に溶け込もうとした。しかし金閣がそれを阻んだ。このことは、作者三島が、溝口の人生参与をどこまでも阻むという構成、日常からも美からも拒まれた存在として溝口を設定しているからと考えられるだろう。

おわりに

日常からも美からも拒まれ、女によって人生に参与するのを諦めた溝口が、金閣放火を実行し、〈生きようと私は思つた〉と手記を終えている。溝口が手に入れた生とはどんなものだったのか。その手がかりとなる三島の文章がある。

> まず母胎をなす観念があって、彼は観念をあたため、育成し、その現実化の可能性を綿密に検討した末、ついに実行した瞬間、最初の観念を再び生きるのだ。この種の犯罪の実現の瞬間には、大した陶酔は期待できず、むしろ甘美なものは、実現によって確証を得た「最初の観念」の追体験にひそんでいる。だから犯人は、犯行後、自分の犯行を反芻するために、十分な孤独の時間を持た

ねばならない。この点でも彼は恵まれているので、たとえ最悪の場合でも、牢獄生活がそれを保証するであろう。[4]

これは通り魔の心理について分析したものだが、金閣寺を放火した主人公溝口にそのまま当てはめることができるのではないだろうか。

〈金閣を焼かなければならぬ〉という観念を溝口は行為によって現実化した。溝口が手記にした半生は、その観念へと辿り着くためにあった必然の道程として語り直される。そうすることで溝口は、もう一度〈最初の観念〉を生きているのだ。

注1 三島由紀夫「十八歳と三十四歳の肖像畫――文學自傳」（昭和三十四年五月「群像」）。
2 中村光夫「「金閣寺」について」（昭和三十一年十二月「文藝」）。
3 引用は、平成八年五月の新潮文庫版、三百六十頁。
4 三島由紀夫「魔――現代的状況の象徴的構図」（『美の襲撃』昭和三十六年十一月、講談社所収）、引用は、『小説家の休暇』（昭和五十七年一月、新潮社）。

＊『金閣寺』の引用は全て『決定版 三島由紀夫全集』第六巻（新潮社）に拠り、本文におけるルビは省略した。

（学芸員）

『金閣寺』再読——母なる、父なる、金閣——

有元伸子

はじめに

『金閣寺』は、数ある三島由紀夫作品の中でも遺作『豊饒の海』とともに別格と扱われ、いまだ論文が量産される、読み手の解釈を誘発しつづけるテクストである。しかし、作品では性が重要なモチーフであるにもかかわらず、性に正面から切り込んだ論文は意外に少ない。性は、美や、認識と行為といったテーマを引き出す要素としてしか扱われてこなかった。しかし少数ながらジェンダー／セクシュアリティを中心にすえた論考も存在する。

たとえば小林和子は、『金閣寺』に登場する女性たちが妊娠しながらも出産していないことから、《全ての母なるものへの否定》や《生の連続を否定した所に成り立つエロス》を指摘しており、示唆に富む[1]。小林の問題意識を引き継ぎつつ、〈母〉をめぐってはもう少し検討することもできそうである。また、武内佳代は、作中の男性性を〈僧衣〉と〈軍装〉に象徴される複数性としてとらえ、戦中・戦後社会の性をめぐる状況を視野に分析を進めており、きわめて刺激的である[2]。ただ、ホモソーシャリティという鍵概念で分析することにより、概念自体に内包される女性嫌悪と同性愛嫌悪で小説を読まざるをえない点がやや気になる。たしかに『金閣寺』には女性嫌悪が色濃く描かれてはいるのだが、伏見憲明が、三島作品は《けっこうウーマンラビングにも解釈することができて、ミソジニーばかりでしか語られないのはかわいそう》だと述べているように[3]、嫌悪だけでは説明できない余剰があるのではないだろうか。

一方、猪瀬直樹は、《『金閣寺』は、女に対して自信を持った三十一歳の三島が、二十四歳で女に自信を持てなかった時代に書いた『仮面の告白』をもう一度リメイクし深化させたもの》だと言い[4]、松本徹は三島が『沈める滝』で《異性愛の領域へと踏み出そうとした》と述べている[5]。『金閣寺』の時期には、三島が異性愛と女性性の問題を追求しようとしていたと見ることができよう。

本稿では、このような先行研究に大きな刺激を受けながら、『金閣寺』における母や有為子といった女性性の問題を検討してみたいと思う。(6)

なお、『金閣寺』の引用本文については、山中湖の三島由紀夫文学館が三島家の寄託で収蔵している生原稿のものを用いる。削除箇所は〔 〕で、加筆箇所は〈 〉で示している。創作ノートを含めた作品生成についての考究は別稿に譲りたいが、執筆段階の息吹を感じつつ読み取っていくこともあってよいかと思う。

一、二つの映画―「炎上」と「金閣寺」

映画の話題から始めよう。『金閣寺』を原作とした映画としては、「炎上」（一九五八年・大映、市川崑監督、市川雷蔵・仲代達矢ほか出演）が有名である。映画「炎上」は、市川雷蔵が初の現代物に取り組んで熱演し確固たるスターの座を獲得したこともあり、三島作品の映画化のなかでも成功した作品の一つで、三島自身も絶賛している。だが、「炎上」では、徹底して女性とのエロスは排除されている。母の情事も明瞭には示されず、南禅寺の女の乳の場面も描かれず、米兵に連れられた女も突き倒すだけで腹を踏むことはなく、放火前の登楼も具体的には描かれない。小説『金閣寺』を原作としつつも、金閣が《驟閣》という名称に改変されたように、大きく異なった作品に仕上がっている。

三島由紀夫は、『金閣寺』執筆に際して創作ノートを作っており、ノートには三島が調べた現実の放火事件とその後が克明に書かれている。映画の企画をたてた大映の藤井浩明は、三島から創作ノートを借りて市川監督に見せ、これを見ながら市川と和田夏十が脚本を書いたことを、《夏十さんと崑さんが相談して、有為子を切っちゃった》、《雷蔵がやる丹後出身の若者の暗い青春を描けばいいんだと、焦点が定まって、映画として構築できたんです》と証言している。(7) 溝口を縛る原型的女性である有為子が登場しないことによって、小説と映画とは全く別の構造をもつようになったのである。

ところで、小説『金閣寺』を原作とした映画は、もう一作品存在する。高林陽一監督の映画「金閣寺」（一九七六年・ATG、篠田三郎・柴俊夫ほか出演）である。映画としての評価は「炎上」の方が高いが、映画「金閣寺」は原作の物語展開に忠実であり、「炎上」で省略されていた女性たちをめぐる挿話がほぼ入っている。南禅寺の女（加賀まりこ）が母乳をしぼった茶を士官が飲み干す場面や、女の乳房に手を触れようとするたびに金閣の幻影が現れる場面もリアルに描出している。カラー映像ともあいまって濃厚なエロスが感じられ、小説『金閣寺』がセクシュアリティ／ジェンダーをめぐる物語であることが再確認させられる。とくに有為子（島村佳江）の挿話は、待ち伏せも、射殺されるところも丁寧に描かれ、その後の溝口の人生の要所で有為子の幻影が現れる。

たとえば、有為子が金閣の模型を投げ捨てながら《そんなものを焼くことより、あんたは、老師を殺すべきなんよ》と叫ぶと、次のシークエンスで溝口（篠田三郎）が老師をロープで絞め殺す幻想が挿入され、《老師一人を殺っても、どうにもならん……この無力な世界を断ち切ることはできんのや……》という溝口の声がかぶさる。(8) さらに有為子は、《金閣を焼いたら……断ち切れるんか？　うちは、どうやの……？あんたは、うちを焼くことができるか？　焼いて。うちを焼いて》、《金閣を焼く火で、うちも焼いて。（略）あんたはマッチをするだけでええのや。うちは永久に、あんたのもんや……》と畳みかける。溝口は、《永久に？》とマッチをすろうとするができない。《裏切りもん》と嘲る有為子。《裏切ったのは、どっちや》という溝口の声とともに、ピストルの音で有為子の像は崩れ落ちる。続くシークエンスで、舞鶴から保護されて京都へ戻った溝口の前に立つ母親（市原悦子）が、《裏切りもん》と溝口をぶつのだが、そこでかつての母親の不倫現場がフラッシュバックし、溝口が母を《裏切りもん》と刺殺する幻想が挿入される。

結末の放火の場面では、原作にはない空想が大胆に入り込んでくる。溝口は、火をつけながら、《有為子》、《お母ァ》と声に出し、死んだ母親の乳房に顔を埋める幻想のカットが挿入され、火のなかで恍惚とする溝口の姿が映写される。結末でも、山から眼下で燃える金閣を見つつ、《有為子》とつぶやくのである。

映画「金閣寺」では、明らかに有為子と母親とは重ね合わされ、それまで溝口が見せていた母親嫌悪は、裏切られたことによる母殺しの願望と、そうした憎悪が反転した母への深層の愛というアンビバレントな情だったことが示される。幻想のなかで母の乳房に顔を埋め、燃える金閣のなかで恍惚と母と有為子の名をとなえる溝口の姿は、バタイユ的な禁忌の侵犯による究極のエロティシズム体験として見ることができよう。結局のところ、マザコン少年の犯罪といった風にまとめてしまった映画の結末には賛否があるだろうが、これも一つの『金閣寺』解釈である。

二つの映画の特色は、ポスターにイコノロジカルに表現されている。燃え上がる驟閣を背後に駆けていく溝口の姿を単色で描く「炎上」（コピーは、《金色の国宝に放火してまで、若い男が反抗しつづけたものは……》と《汚れた母、信頼を裏切った師、信じるものを失った青年の怒りと反抗！　何が彼に放火させたのか……》の二種類）のポスターは、放火にいたる行為が結局は溝口の観念の中だけの問題だということを示していよう。「炎上」には別の構図でカラーのポスターもあるが（コピーは、《何が彼に放火させたのか、信じるものを失った青年の怒りと反抗！》）、こちらは燃える金閣を左下におき、溝口を中心に、戸苅（原作の柏木・仲代達矢）・洋館の令嬢（裏路洋子）・五番町の女（中村玉緒）・花の師匠（新珠三千代）が小さく取り囲む構図であり、やはり溝口に特権的に影響を及ぼす唯一絶対の者はいない。

これに対して、映画「金閣寺」のポスターは（コピーは、《有為子よ死ね！　金閣よ燃えろ！　滅びの美学と官能に彩られた三島文学の金字塔》）、溝口が見上げるなか、火の粉をふきながら燃え上がる金閣の鳳凰と、鳳凰と重なりながらさらに上に位置する有為子という構図で、溝口よりも有為子の方が大きいことに象徴されるように、溝口に決定的に影響を与えた者として有為子が君臨していることが示される。小説『金閣寺』から、二つの映画は異なった解釈を引き出したのである。

二、母

では、映画「金閣寺」が解析してみせた、溝口の母へのアンビバレントな情や、母と有為子との重ね合わせは、小説『金閣寺』からもたどれるだろうか。

小説『金閣寺』では、溝口は、幼時から金閣の美を父から刷り込まれ、現実の金閣とは異なった、絶対の美としての幻想の金閣を保持しつづけていく。生来の《吃り》であり、外界に出て行けないと感じていたことが、ますます内界にある幻想の金閣を固着させていくのである。溝口は、女性に対しても、金閣と同じく、分裂したイメージを抱いている。現実の女性たちは、溝口にとって〈女性一般＝人生〉として感じられる。その一方で若くして亡くなった有為子の姿がことあるごとによみがえり、有為子は原型的な女性像として溝口の内部に固着し、溝口を呪縛し続けていく。

他方、母は、金閣の住職になることを溝口に吹き込む俗世そのものといった存在として登場する。金閣の美という幻想を溝口に刷り込んだ精神的に高邁な父に対して、母は金閣の世俗的な支配の仕方を溝口に教唆する、きわめて現実的で卑小な存在だ、と一応は言えよう。そして、作中で溝口は母を一貫して軽侮し、嫌悪しきっているかに見える。

そもそも少年期を回想するところから始まる手記にしては、母についての記述の開始が遅い。本格的に記述されるのは、金閣や父や有為子や鶴川や南禅寺の女といった道具立てがすべて出揃ったあと、父の一周忌に際して母が上洛する第三章まで待たねばならない。《今まで、故意に母について、筆を省いて来たのには理由がある。母のことにはあまり触れたくない気持があるからだ》と、ようやく母について書き始めるのであるが、それは、母が親戚の男と肉体関係を持つのを目撃したという陰惨な《事件》であった。

溝口は、《あれ以来、〔ただの一度も〕私の心は母を恕してゐないのである》と母にまつわる事件を語り始めるが、しかし、事件の内実そのものは語られることはない。蚊帳の不自然な動きに目覚めた溝口は、《私はおそるおそる目を〔ひらい〕その〈源の〉はうへ向けた。すると闇のなかにみひらいた自分の目の芯を、錐で突き刺されるやうな気がした》と言い、《私と私の見たものの間》には《皺だらけの敷布の〔ひろ〕〈白〉い距離》があり《父の寝息》が衿元に当たっていたと書く。だが、《源》に何があったのか、《私の見たもの》がどのようなものであったのかは書かれない。映画「金閣寺」が映像化したような、母の裸体や父以外の男に抱かれて恍惚としている母の表情などは書かれることはないのである。溝口は南禅寺の女や下宿の娘の乳房の様子などは記述しており、決して性そのものを語ることを避けてはいない。だが、この第三章で母親の性行為について具体的に語ることには抑圧が働き、《父のふたつの掌》が私の目を覆い、《私の接してゐた怖ろしい世界を、即座に中断して、闇のなかに葬つてしまつた》と、父が保護してくれた記憶へとすり替えられていく。《事件》の根幹にあったはずの母の行為そのものについては朧化されてしまうのだ。

《――後年、父の〔納〕〈出〉棺のとき、私がその死顔を見るのに急で、涙ひとつこぼさなかつたことを想起してもらひたい。その死と共に、掌の〔羈〕羈絆は解かれて、私がひたすら父の顔を見ることによつて、自分の生を確かめたのを想起してもらひたい。私はあの掌〔に、〕へ、〉世間で愛情と呼ぶものに対して、これほど律儀な復讐を忘れなかつたが、母に対しては、〔決して〕あの記憶を恕してゐないこととは別に、私はつひぞ復讐を考へなかつた。》（三）

この記述にも強い抑圧が感じられる。父の保護の掌に対しては復讐しても、母に対しては復讐も考えないくらい侮蔑していると書くことで、母の性交渉を見てしまったという恐ろしい記憶は封印されてしまうのである。(9)

また、溝口は、女性を象徴する部位として《乳房》を繰り返し表象する。南禅寺の女が茶のなかに乳を絞って士官に飲ませる場面が最も印象的であるが、その後、嵐山で関係を持とうとした柏木の下宿の女や、生花の師匠となった南禅寺の女との再会の場面で、女性たちが溝口の前に乳房を顕わにし、そこへ金閣が現れて彼を無力化させることを繰り返し記述するのである。あるいは、放火直前に向かった五番町では、娼婦・まり子を相手に初めて性的関係を持つことが可能となるが、彼女の乳房を溝口はまじまじと見つめる。

こうした溝口の女性の《乳房》への拘泥は、一読する限りでは、第二章の末尾で書かれる南禅寺の女が原点のように思える。南禅寺の女は、《よみがへつた有為子その人だ》と、原型的女性たる有為子の現実の姿として、溝口に《執拗に》意識されるのである。しかし、もう少し子細に見ていくと、《乳房》についても、記述上の作為が存在している。

《納戸はすでに暗い。私の耳もとに口を寄せたので、この「慈母」の汗の匂ひが私のまはりに漂つた。そのときの母が笑つてゐたのを私は憶えてゐる。遠い授乳の記憶、浅黒い乳房の思ひ出、さういふ心象が、いかにも不快に私の内を駈けめぐつた。卑しい野心の点火には、何か肉体的な強制力のやうなものがあつて、それが私を怖れさせたのだと思はれる。》(三)

母の《浅黒い乳房の思ひ出》はいつのものだろうか。《遠い授乳の記憶》と同じ乳児期の記憶だとも考えられるが、《いかにも不快に私の内を駈けめぐつた》とすれば、《怨してゐない》という母の不倫事件のときに見た乳房である可能性もある。不倫を目撃したときに、蚊帳の動きの《源》でなにがあったのか、《私の見たもの》が具体的にどのようなものであったのかは抑圧され、語られることはなかった。授乳によって自らを育くんでくれた乳房、《「慈母」》である母が自分を裏切るものでもあったことは、懐かしさを抑圧して恐ろしさと嫌悪の情を浮上させるが、乳房に対してのアンビバレントな感情は消されることはない。《肉体的な強制力》の語に示されるように、母は肉体をもった恐ろしいものとして迫ってくる。この後、溝口が女性と関係を持とうとするとき、溝口は強く女性たちの乳房に拘泥するのだが、溝口が最初に触れた乳房が(言うまでもなく)母のそれであったことは留意しておかねばなるまい。溝口の女性体験の原点に母の存在があること、また母に対して嫌悪と裏腹の強い愛着もあることを、第三章まで母に関する語りを遅延させるという記述上の作為によって見えにくくさせているのである。

このように母親に対するアンビバレントな感情が見られることは、作家レベルでは、現実の放火事件を起した林養賢の母親に対する感情の投影であろう。三島は放火事件についてかなり詳細に調査しており、『金閣寺』創作ノートには、養賢の母・志満子の境遇や生活苦の様相や、林に対して期待を寄せて《修行中ゆゑ立派な僧になるまで会はんとせざりき》と厳しい態度をとっていたことや、放火後に《○子供が一緒に焼け焦げてゐてほしかつた》といった発言をもらして自殺したことなどが書きとどめられている。

一九五〇(昭和二十五)年十二月三日に出された三浦百重による林養賢に関する精神鑑定について、福島章は次のように解説する。[10]

《次に注目されるのは、母及び金閣に対する林の心的態度に、両価性の点で著しい相似が認められることである。即ち金閣は林にとって、聖美なるものとして最も愛好すると共に、妄想的とは云え住職となって支配することの出来ない憎悪の対象であり、林の母の愛への憧憬と母に対する憎悪との関係に似ている。それ故に金閣は母の代償的象徴でもあり、従って放火自殺には、金閣と自己の壊滅により、この両価性の矛盾、苦悩を否定的に解決しようとする意味が考えられる。》

他にも、林と母親との間の複雑な感情を指摘する声は多い。たとえば精神科医・斎藤環は、林の母親が、《本当は息子に密着したかった》が、《一方で、立派なお坊さんに育てなくてはならないという強い使命感》があり、《ダブル・バインドな状況》にあったと述べ、逆に養賢の母への態度には《甘えと攻撃性というふたつの要素が一体》になっており、《甘えの表現として母親を殴ったり蹴ったりする傾向》のある《典型的な日本のマザコンのあり方》だと述べている。[11] また、小林淳鏡は、林の母について、《母は村民としばしば悶着をおこし、かつ真偽不明だが素行上に不評があった》と述べている。[12]

磯貝英夫は、《この作品は、厳密な計算の上に成り立ちつつ、しかし、事のなりゆきは、かなり忠実に現実の金閣寺事件の外貌をなぞっている様子で、その辺の緊張関係が、作者の恣意から作品を救出している》と述べている。[13] 小説『金閣寺』の中で示される溝口の母親への情感は、現実の林養賢の母に対する愛憎両価な感情の反映であるが、それを作品化するに際して、母の不倫という形で性にからめて提示している。また、表層では世俗的で肉感的な母親への嫌悪だけを浮かばせて、母への愛は底に潜め、新たな原型的女性・有為子を創作してそちらに代象させるのである。

三、有為子と母——女性性の二つの表象

溝口は近所に住む有為子の体を思って《暗鬱な空想》にふけり、待ち伏せするが拒絶される。脱走した海軍兵士の子を孕んだ有為子は、憲兵に追い詰められた男によって射殺されてしまう。その一部始終を目撃していた溝口のなかに、有為子は何度もよみがえる。

《「何よ。へんな真似をして。吃りのくせに」
有為子は〔すごく落着いた声で〕言つたが、この声〈に〉は朝風の〈端正さと〉爽やかさがあつた。彼女はベルを鳴らし、ペダルにまた足をかけた。石をよけるやうに私をよけて迂回した。人影ひとつないのに、遠く田のむかうまで、〔有為子〕走り去る有為子が、たびたび嘲けつて鳴らしてゐるベルの音を私はきいた。》(一)

溝口が有為子を待ち伏せした場面である。有為子は、《「吃りのくせに」》と、溝口のコンプレックスを容赦なく指摘して拒絶する。舞鶴海軍病院で出会う兵士より年下で体も弱く吃りの溝口など、まったく歯牙にもかけないのだ。ただ、自分の美しさを自覚して崇拝者を軽侮するような意地悪さをもつ有為子は、多少は目立つ存在ではあっても、他の少女たちと比してさほど特殊というわけではなく、こうして見るかぎり、有為子と母の表象は大きく異なっている。

しかし、映画「金閣寺」であからさまに示されていたように、対極にあるかにみえる有為子と母は、《裏切り》、すなわち溝口あるいは父の女ではない、という意味で重なり合う可能性を秘めている。有為子の事件が第一章で語られ、母に関するまとまった記述は第三章まで遅延されるためわかりにくいが、溝口が、母と倉井の不倫を目撃したのは叔父の家に預

けられた中学一年の時で、有為子の事件は、それより後に起きている。自転車で有為子を待ち伏せしたときに、溝口がすでに有為子に肉体的な関心を持っていたことは事実であろうが、溝口のなかで有為子が原型的な女性として特権的な位置に上昇するのは、有為子が兵士と関係していたことを知る《悲劇的な事件》を経て後である。

《突然私の回想は、われわれの村で起つた〔もつとも悲劇的な事件に行き当る。この事件には実際は何一つ与つてゐるはずもない私であるのに、それでもなほ、私が関与し、参加したといふ確かな感じが消えないのである。

私はその事件を通じて、一挙にあらゆるものに直面した。人生に、官能に、裏切りに、憎しみと愛に、あらゆるものに。さうしてその中にひそんでゐる崇高な要素を、私の〔頑なな心は、〕〈記憶は、〉好んで否定し、看過した。》（一）

溝口は有為子の事件によって、《人生に、官能に、裏切りに、憎しみと愛に、あらゆるものに》直面したというが、こうした事件についての評は、《あれ以来、〔ただの一度も〕私の心は母を恕してゐないのである》（三）と語る母の不倫の目撃事件とも重なり合おう。有為子の《裏切り》とは、直接には憲兵や脱走兵への二重三重の変節を指していようが、《私が関与し、参加したといふ確かな感じが消えない》とすれば、溝口自身に対する《裏切り》とも捉えられるかもしれない。そうだとすれば、母親に裏切られたという意識が、他の男と性的関係を結んだ（胎内に子を宿すことは、それを最もわかりやすく可視化することである）有為子への特別な関心となって表れた可能性もある。裏切る女・貞操を守らない女として、母と有為子とは重なり合う。有為子の事件を金閣への特別な思いの吐露と同じ第一章に位置させ、時間的には前に置くべき母親の事件を第三章に配置することで目立たなくさせているが、記述上の作為的操作を外して生起した順序に戻してみれば、溝口が有為子のなかに見た母的要素が透けてみえる。だが、現実の母は愛憎の否定的部分だけ抽出された世俗的存在として軽侮される。一方の有為子は、原型的存在として引き上げられていく。《月〈の光り〉》を浴びながら《世界を拒んでゐた》有為子の顔は、しばしば敗戦の日の金閣と重ね合わされて解釈されてきたが、母から分化した有為子は溝口の内部で特権的な位置へと祭り上げられていくのである。

そして、母と有為子とは、ともに《乳房》を持つ女でもある。

《自瀆の折には、私は地獄的な幻想を持つた。有為子の乳房があらはれ、有為子の腿があらはれた。そして私は比類なく小さい、醜い虫のやうになつてゐた。》（三）

有為子の乳房に対して、幻想の中でさえ《虫》としてしか関われないのも、母と有為子に拒絶された原体験と関わっているだろう。溝口は、有為子の乳房を現実に見ることはなかった。生身の有為子の乳房は、おそらくは最初の男である脱走兵のみに触れられ、死によって別の誰かに触れられることはなく消滅するが、有為子の心象の乳房はその後も溝口を呪縛する。

小林和子は、『金閣寺』に出現する女性たちに二つの系譜があることを述べている。(14) 一つは有為子、南禅寺の女、米兵の連れて来た娼婦で、《「私」を拒む、そして「私」に官能を与える事のできる仮象の女達であり、且つ孕んだ女達》である。もう一つは、下宿屋の娘、生花の師匠、五番町の娼婦・まり子で、《「私」を拒まない、しかし「私」に官能を与える事の無い現実レベルの女達であり、且つ孕まない女》だと言う。

その後者である下宿の娘とまり子は、溝口との交渉を同じ《蠅》をとらませるイメージで表象される。下宿の娘は、《その小肥りした小さな手の上に、昼寝の体にたかる蠅のやうに、私の手をただ〔とま〕〈たか〉らせてゐた。〔追払ふのがものういから、さうさせてゐるにすぎないといふ風にみえた。〕》(五)と書かれ、まり子は、乳房に蠅がとまっても《「くすぐつたいわねえ」／と言ふだけで、追ふでもなかつた。(略)おどろかされたことには、まり子にはこの愛撫が満更でもないらしかつた。／〔彼女の乳房と蠅との間柄は、腐敗を愛してゐる同士の、それでゐてしぶとい生命に充ちてゐる同士の〕》(九)と書かれる。手記の中で、溝口は自らを《虫》や《犬》になぞらえるが、下宿の娘やまり子にとまる《蠅》は、溝口を含めた男たちの喩であろう。彼女たちは、男と関係をもつことを《蠅》をとらませる程度にしか感じていない人物として記述されるのである。この点で二人の女は同類なのだが、下宿の娘のときには金閣が出現し、まり子のときには性的関係を結ぶことができた。二つの体験を分かつものは、ただ、《有為子は留守だつた》(九)という意識の有無である。内なる絶対的存在を意識的に《留守》にさせたとき、溝口は女性との関係を結ぶことが可能になるのだ。

この点をもう少し考えてみたい。溝口が、執拗に女性との関係を結ぼうとするのは柏木の手引きによるが、武内佳代は、そうした溝口と柏木の関係を、《女たちを媒介とした彼らのホモソーシャリティの強化》だとし、《溝口の「徹底した、男対男の物語」において「小道具」でしかない母／女は、〈僧衣〉や〈軍装〉へと向けられた溝口のホモソーシャルな欲望の補完物としてつねに抑圧、排除されている》と説く。(15)

たしかに柏木の側からみればその通りだろう。柏木は、欲望の対象として消費した女性を溝口に譲渡することによって、自分の男性性を誇示し、彼との関係強化をはかる。叔父の形見の尺八を溝口に与え、懇切に吹き方を教える挿話は、尺八そのもののイメージもだが、のちの小説『音楽』で音楽が性的エクスタシーを表していたことなどにより、柏木が溝口に繰り返し性の手引きをすることとも重なるだろう。

だが、溝口の方はどうなのか。溝口は、かつての南禅寺の女が生花の師匠として現れたとき、《あの時の白い昼月のやうな遠い乳房には、すでに柏木の手が触れ、あの時華美な振袖に包まれてゐた膝には、すでに柏木の内飜足が触れたといふこと》によって《その場に居たたまれぬ気持》になる（六）。にもかかわらず、《いつか私は柏木に荷担して、自分の思ひ出を〔汚〕われとわが手で汚すかのような〈錯覚の〉喜びに涵つた》とも記されて、彼女と関係を持とうとするが失敗に終る。

《私が女と人生への二度の挫折以来、諦めて引込思案になつてしまつたなどと思はないでもらひたい。昭和二十三年の年の暮まで、幾度かそのやうな機会があり、柏木の手引きもあつて、私はひるまずに事に当つた。しかしいつも結果は同じであつた。

私と女との間、人生と私との間に金閣が立ちあらはれる。すると私の摑まうとして手をふれるものは〔□〕忽ち灰になり、展望は沙漠と化してしまふのであつた。》（七）

溝口とは、女の交換によるホモソーシャルな関係、男同士の絆を希求しつつも、それができない男として描かれているのではないか。溝口と柏木の二人ともが女性嫌悪を内面化しており、女の譲渡・交換によって男同士の絆を築くことができれば、女たちは《小道具》でしかないだろう。しかし、溝口は、女の交換による男同士の絆の強化や父権社会への参入を希求しつつも、それができない。母への愛憎と、そこから分化して固着し神話化・原型化してしまった自分だけの女性像に縛られてしまう男なのである。『金閣寺』は、女を《小道具》にできない男の苦悩が書かれている。

もちろん、そうした女性像は幻想にすぎないと批判はできようし、物語の結末では、原型的女性を意識的に《留守》にさせて娼婦を抱き、金閣という自分を縛る絶対的幻想を焼くことにより、現実の生へと歩みだそうとするのであるが、小説『金閣寺』全体を通じてみると、母に由来する原型的女性に拘泥し、一般的な父権社会の人間関係に踏み込めない男性主人公の苦悩が描かれているのである。

おわりに――母なる、父なる、金閣

最後に、溝口が鍾愛し、縛られつづけ、最後に火をつけるにいたる金閣について、性の視点から考えてみよう。

金閣に父のイメージが重ねられているとは、一応言えるだろう。《幼時から父は、私によく、金閣のことを語つた》（一）との冒頭の一文に象徴されるように、溝口の中に金閣の美の像を強固に作ったのは父の言葉によるし、《父の語つた金閣の幻》（一）は現実をも凌駕する。ただし、それは父の言葉が金閣の幻を作り出した、淵源が父だったのであって、父そのものが金閣であることを意味しない。映画「炎上」で、溝口が米兵の女を突き飛ばしたのは、驟閣に女が踏み込もうとしたからであり、映画の驟閣には父のイメージが重ねられていたが、小説では、父の美しいと思うものを自分も美しいと思う、父の審美眼を引き継ぐという意味において、金閣は父だと言えよう。ただ、溝口を地獄から保護するという点で、金閣と父のイメージが重なることも確かだ。たとえば三好行雄も、《金閣と溝口との関係はふたたび変貌した。拒むものから保護するものへ。金閣は父に変貌したのだともいえよう》と言い、金閣を父と重ね合わせている。[16]

同時に、前節までで述べてきたように、金閣の幻影は、原型的女性である有為子と重なり合うだろう。これまでしばしば指摘されてきたように、《世界を拒んでゐた》（一）有為子の美しい顔は、敗戦の日の金閣の像と相似である。最も美しい時に、死によって時間が止まってしまった有為子は、原型となって溝口の中によみがえるが、それは永遠の美として君臨しつづける金閣と同じである。

先行論でも、金閣が女性だとの見方は既に提出されている。田中美代子は、金閣の魅惑を《まさに秩序と豪奢と静けさと、官能的逸楽《ヴォリュプテ》の化身であり、日本文化を骨がらみにし、男性的精神を麻痺させる女性なるもの——母親、恋人《アニマ》、娼婦——の総体なのだ。（作中の女たちが、ことごとく醜く、険しく、劣悪卑小なものとして描かれるのは、無論彼女たちの美質を吸収しつくした金閣の膨張のせいであろう）》と述べる。[17] また、奥野健男は、金閣の象徴をいくつかあげるが、なかで《女を愛させない、性交をさせない障害物としてあらわれる金閣とは何か。それは女性ではないか。祖母、母とつながる美しくも厳しいイメージではないか》と言い、《金閣は祖母……母、家、そして女陰、マザー・コンプレックス》だと、あるいは《子宮》だとも述べる。[18] このように従来の金閣＝女性、母といったイメージは作品自体からというより、三島作品の総体や評伝から述べられていた。だが、本稿で検討したように、作中からも母や女への愛憎は見て取れるし、金閣に有為子や原点である母のイメージが重ねられていることも確認できただろう。

また、金閣が繰り返し《虚無》として描かれていること、そして『金閣寺』の女たちが妊娠しても出産することがないことを想起すれば、生むことのない女たちのイメージが重ねられているとも言えよう。[19] 溝口が初めて金閣に対面する前に金閣の履歴を語る箇所は、「そしてその中心には、舎利が、釈迦の骨の白い小さな清潔な断片が護られてゐるのだ。」の一文が削除される（一）。舎利という仏教的な中心を据えることを避けて、金閣のなかは空洞であり、ただ金閣の模型と、義満の像（死者—死んだ胎児）のみが置かれるように変更されたのである。

松本徹は、溝口が女性と性関係を持とうとすると出現する金閣の像について、下宿の娘の乳房に手を伸ばそうとしたときには溝口を《抱擁》し、生花の師匠のときには乳房に変貌して《金閣＝乳房》は厳しく彼を拒んでいるとして、《金閣の像は統一性を欠き、明確なイメージを結び難くなつてゐる》とする[20]。金閣の拒否と抱擁という矛盾は、これまで述べてきたような女性性のアンビバレントな側面として、また金閣に母と父の両方のイメージが混在していることとして理解できるのではないか。

自分を呪縛する、母でもあり、父でもある金閣の像を、とにかく断ち切ることで男性性を発現したと見なし、新しい生を始めようとしたのが、『金閣寺』の溝口であった。

注

1 小林和子「「金閣寺」断想―三島文学の生む事を禁じられた女達」『茨女国文』六、一九九四年三月

2 武内佳代「三島由紀夫『金閣寺』の終わりなき男同士の絆《ホモソーシャリティー》―〈僧衣〉と〈軍装〉の物語」『国文』一〇八、二〇〇七年一二月

3 柿沼瑛子・西野浩司・伏見憲明「座談会　三島由紀夫からゲイ文学へ」『QUEER JAPAN』二、二〇〇〇年四月

4 『ペルソナ　三島由紀夫伝』「第三章　意志的情熱」文藝春秋社、一九九五年→文春文庫。同著や、湯浅あつ子『ロイと鏡子』（中央公論社、一九八四年）で示されていた、二九歳から三年間、三島が交際していた女性との関係が、最近、岩下尚史によって小説化された（『見出された恋―「金閣寺」への船出』雄山閣、二〇〇八年）。

5 『三島由紀夫　エロスの劇』「第九章　同性愛から異性愛へ」作品社、二〇〇五年

6 金閣を焼くことを〈男性的行為〉として捉えた旧稿（「三島由紀夫「金閣寺」論―〈私〉の自己実現への過程」『国文学攷』一一四、一九八七年六月）の続編となる。他に『金閣寺』を論じた拙論に、「『金閣寺』の一人称告白体」（『近代文学試論』二七、一九八九年一二月→『三島由紀夫『金閣寺』作品論集』クレス出版、二〇〇二年）、「三島由紀夫文学における性役割―男性性を中心に」（『金城国文』六八、一九九二年三月）がある。

7 藤井浩明・松本徹・佐藤秀明・井上隆史・山中剛史「原作から主演・監督まで―プロデューサー藤井浩明氏を囲んで」『三島由紀夫研究』二、二〇〇六年六月、鼎書房

8 パンフレット『アートシアター122　金閣寺』所収台本をもとに構成した。

9 母の行為を《恕してゐない》と書かれる二カ所において、〔ただの一度も〕とか〔決して〕という強調の語句が削除されているが、作者レベルでは、強調することによって母への強い愛憎が明示されることを怖れたのかもしれない。

10 「金閣放火事件」（福島他編『日本の精神鑑定』みすず書房、一九七三年）

11 柳田邦男・玄侑宗久・斎藤環「心の貌　昭和事件史発掘④　金閣寺放火事件　青年僧はなぜ?」『文藝春秋』二〇〇五年八月

12 「金閣放火僧の病誌」『犯罪学雑誌』一九六〇年一〇月

13 「「金閣寺」―巧緻な模型」『解釈と鑑賞』一九七六年二月

14 注1に同じ

15　注2に同じ

16　「背徳の倫理―「金閣寺」三島由紀夫」『作品論の試み』至文堂、一九六七年

17　『三島由紀夫　神の影法師』「21　奈落の階梯」新潮社、二〇〇六年

18　『三島由紀夫伝説』「『金閣寺』の狂気と成功」新潮社、一九九三年→新潮文庫

19　萩原孝雄は、『仮面の告白』の《内に闇を蔵する神輿》は祖母や母など女たちの《子宮》のイメージだと述べ、《神輿と『金閣寺』の、闇を内にはらんだ金閣は相同》だと言い、《死（不毛）と生（豊穣）を司る子宮のイメージがある》と言う。（「三島由紀夫と宮沢賢治における子宮の（脱）形而上学」平川・萩原編『日本の母―崩壊と再生』新曜社、一九九七年）

20　『三島由紀夫論―失墜を拒んだイカロス』「第4章　虚無の地平での創造」朝日出版社、一九七三年

付記　『金閣寺』自筆原稿の閲覧と本稿への使用をご許可下さった三島家と、閲覧の便宜をおはかり下さった三島由紀夫文学館に深謝申し上げます。

（広島大学大学院教授）

特集 金閣寺

『金閣寺』から『美しい星』へ

山﨑義光

1 遠藤周作『彼の生きかた』との対照から

遠藤周作に『彼の生きかた』[1]（一九七五）という小説がある。あらすじはこうだ。

吃音者の主人公である「彼」福本一平は、小学校で「どもり」のためにいじめられ、一人飼育小屋で兎を相手にする孤独な少年である。一平の同級生、中島朋子は、いじめられても反抗できない彼を「弱虫」呼ばわりする。そんななか音楽教師の泰先生に、そんなに動物が好きなら動物学者になればいいと言われたことに励まされる。戦時中、高等学校を受験するが面接で吃音のことを指摘され不合格となる。東京の私立予科には合格し、その後猿の生態を調査する研究所ではたらくことになる。

一平の所属する日本猿研究所では一ヶ月前、この志明山で猿の餌づけを行い、その生態を観察する計画をたてた。昭和二十七年に九州の高崎山で観光を目的とした猿寄せが成功してから、日本猿を一定の地区に定着させる試みが研究所で話題にのぼった。何回かの打ち合わせのあと志明山が選ばれた。そして現場の責任者として一平がまず猿の群を探すことになり、井口は井口でそのニュースを新聞に書くため、一緒にこの山歩きについてきたのである。

志明山のサル群への餌付けに成功するが、所長が代わると新所長は観光開発会社専務の加納と結託し、志明山にニホンザルを眺めることのできるホテルを建設し始める。一平はそれに抗議し反対する。加納は、戦後音信不通となっていた朋子の夫が勤める会社の上司であった。朋子は、上司に反抗できない、堅実だがケチで内弁慶の夫に嫁いでいたのである。一平はホテル建設にまつわる所長からの冷遇がきっかけで、一平は研究所を去るが、同時に比良山のサルの餌付けを、前の所長から斡旋される。比良山には大きなボスザルが数十匹の猿の群を従えていた。

一方、朋子は、言われるままに夫の会社の専務秘書となる。夫は秘書になることを断らない妻に憤りつつも、加納から直接言われると二つ返事で了承してしまう。夫が不慮の飛行機事故で亡くなると、朋子は精力的で強引な加納に魅入られていく。だが、サルの研究に純粋一途に情熱をかたむける一平にも惹かれる。加納は、朋子から一平の近況を聞き、比良山にも野生サルがいることを知り、アメリカとフランスからやってきた動物学者の接待で、比良山のサルを見物にやってくる。そこで動物学者たちから比良山の野生ニホンザルを研究用に所望され、加納はそれを勝手に了承してしまう。朋子が一平にも惹かれていることを察した加納は、いよいよサルを強引に捕獲しようと画策する。密猟者をつかって捕獲させようとし、ボスザルは追い詰められ崖に転落し足の骨を折る。そのために、このサルはボスの座を降りなければならなくなる。ついに、加納は農林省の許可まで得て公然と捕獲にやってくるが、一平は捕獲者たちの前にたちはだかり、サルたちとともに山に消えていく。

この小説を引き合いに出したのは、金閣を放火した犯罪者である「私」の半生の手記としての結構をもつ『金閣寺』（一九五六）と、吃音者の半生を描いている点で類似性をもつとともに興味深い対照性をもつと考えるからである。この二つのテクストを比較し、いくつかの吃音者を形象化したテクストとも対照しながら、『金閣寺』における「私」の形象化の特質を物語構造論的な観点から浮き彫りにする。そのうえで、三島の長篇小説に通底するモチーフを照らしだしてみたい。

2　学校と吃音

『金閣寺』の「私」は旧制中学校から大学にいたる学生である。ちょうど新制に切りかわった昭和二十五年、二十一歳で大学に入学。この年、放火事件を引き起こす。

吃音者を主人公とする代表的な小説にあっては、その舞台となるのが「学校」という場所であることが一つの特徴である。小島信夫『吃音学院』（一九五三）のように、吃音を矯正する場所もまた学校でありさえする。対等な立場同士の関係のなかにあってコミュニケーションを介してコミュニティへの参入がもとめられる場である学校という空間でこそ、吃音は、いじめ・差別をうけることになりやすいからでもあろう。ほぼ同じ歳の対等な立場の者たちがクラスを構成し序列化された学校秩序に組み込まれるという、社会全体からみれば異常ともみられる生活環境がつくられ、そこでの個人間の差異、学校のなかの人間関係が、そして入試制度により学校間の序列が、構造化される。学校のなかでは、友だち関係《コミュニティ》への参入に不可欠なコミュニケーションの障害は重い意味をもつことになる。

『彼の生きかた』にもえがかるような、学校のなかの人間関係、学校間の序列に対する感覚は、井上ひさし『花石物語』[2]（一九八〇）にも描かれている。この小説では、東京／地方の差異、学校の序列の方がむしろ吃音の原因である。孤児院から牧師の好意で東京の大学に入れることになった夏夫は、しかし、「銀杏バッジ」の大学にも「稲穂やペンのぶっちがい」の大学にも入れず、「鷲の徽章」の大学に入学する。仙台から東京に出てくると、「秀才や強運児であることが標準で、そうではない自分は落伍者だ」という意識にとらわれ、周囲の他人からあざ笑われるように感じる「他人への恐怖」におちいる。ガス恐怖・腹鳴り恐怖・男色恐怖。他人からさげすまれる失態を演じてしまうことへの恐怖感から、自分を見失うことで言葉がスムーズに出てこなくなるのである。

鷲の徽章に対する羞恥からはじまった他人への恐怖は、梅雨の終りごろについに行きつくべきところへ行きつき、夏夫は吃音症で自分を鎧いはじめた。他人との間を繋ぐことばに障害を起すことで夏夫は自分を守ろうと試みたわけだった。

そのため、母の住む東北の太平洋岸にある港町「花石」に療養に行くことになる。「ことばがガラスの破片のように鋭いあの都会」から方言の町花石へ。そこでの方言によるコミュニケーションと、序列から解放された共同体《コミュニティ》体験を通じて自己回復する。

近年の作品では重松清『きよしこ』[3]（二〇〇二）があげられる。吃音をかかえた少年の切実な友人関係の形成をめぐる出来事が断章的にえがかれる。山下康代『トビラノムコウ』[4]（二〇〇六）もまた吃音の少女が学校内部でいじめを受ける様をえがく自伝小説であるが、学校できついいじめにあいながらも、偏差値の高い「大学」への進学にフェティッシュなまでにこだわる姿がえがかれる。

『花石物語』『きよしこ』『トビラノムコウ』はみな著者自身の体験がモデルとされ、年代は異なるが、言葉がでないことによる周囲の人間関係、社会からの疎外、あるいは、序列化された学校秩序のなかで優位な学校から受け入れられない様相がえがかれている。コミュニケーションという出来事のまったただ中で言葉が詰まり、遅れるという失調によって、コミュニティのなかで有徴化され弱者として排斥される立場の哀切な悲しみと、そうであるがゆえに、支えてくれる存在への親近から活路を見出す姿が描かれる[5]。

ひるがえって、『金閣寺』は、戦前に丹後半島の僻村に産まれ、国家の礎をなす軍隊（海軍）の集結基地を見下ろす舞鶴での中学時代における、海軍兵学校に通う先輩との挿話、そして、海軍の脱走兵をかくまった有為子との挿話から書かれ始められる。軍隊と学校というコミュニティは、国家の下で、そこに所属する者を平等・対等な立場とみなしつつ、序列と親愛の関係を制度的に形成する擬制である点で共通する。

スムーズな発語にとらわれるがゆえに行為が遅れ、遅れているうちに他者の言葉によって劣位の者として規定される。この疎外によってコミュニティの規範を超越し相対化する――「人生」に対置される――観念としての「金閣」の「美」に物神的《フェティッシュ》に憑かれることになる。

3　価値観の構図

「こ、子供の時からどもりやったさかい、と、と、友だちとなかなか遊んでもらえへんかったんやろ。それで、犬を飼ったり、う、兎の世話をしたりしたんやね。は、話すことがふ、不得手やから動物と、は、話すほうが気が楽やった」(『彼の生きかた』)と一平は語る。「話すこと」が「不得手」であるために「友だちとなかなか遊んでもらえ」ず弱気になってしまう自己の資質を、人間に対する弱者としての「動物」に自己投影することで、自らの生き方を拓いていく。「どもり」を疎外し、猿を疎外する人間・社会《コミュニティ》に対して、猿を守ることを生き甲斐とし、自己の「生きかた」を拓いていく「彼」がえがかれるのである。一平は、『金閣寺』の「私」のように、自らの「どもり」から社会関係を遮断して、自己の内部で「美」といった超越論的なイデアのようなものに憑かれることはない。

『彼の生きかた』は、物語世界外に布置する語りの座から、複数の登場人物に対して多元的に、入れ替わり不定的に焦点化される遊動的な語りの遠近法によって描かれる。すなわち、一平の小学校時代の音楽教師に焦点化されることで「彼」がとらえられ、また、一平に焦点化されて「どもり」を羞恥する意識がえがかれ、朋子に焦点化されることで純粋に生きる「彼」がとらえられる。それゆえに、一平の発話場面は引用部の通り、言葉が詰まる発語の様が「こ、子供」といったように表象される。

それに対して、すべてが終った地点から「私」一人称で書かれる『金閣寺』においては、吃音の様が表象されることがない。唯一「どもり」の発語として表象されるのは、「「ど、ど、ど、吃りなんです」／と崇拝者の一人が私の代りに答へ、みんなが身を撚《よじ》つて笑つた」[13]と、同級生が真似をする場面である。吃音は身体的な障害としてよりも、むしろ、言葉や出来事におくれてその意味が明瞭となる「私」の実存的なありようの隠喩であるといった方がよい。このことは、水上勉『金閣炎上』[6](一九七九)と対照すればより一層あきらかである。このテクストは金閣放火事件後、自らも直接出会ったことのある「林養賢」の人生行路を取材する「私」が、事情聴取書や裁判記録を調査し関係者から取材した言葉で客体化する視点から描かれる。成生部落で産まれた経緯、部落内での親子の立場、親子関係の反目、金閣に縁故のある戦死した僧との関係から金閣に入山した経緯、金閣寺住職の吝嗇、僧坊内での確執、肺結核の不安など、そうした生活・社会環境の側面から「林養賢」の生涯を描き出す。証言や記録によって再構成される間主観的な社会的な場での関係性の網の目を表象し、その網の目のなかの結節点として〝彼〟をえがく手法である。「林養賢」の吃音についても、「き、き、き、金閣は先住さんが死なはって、もうし、し、し、新命さんが長老はんです」といったように、他人が聞く様相として客体化されて表象される。そこから導かれるのは、社会・環境的な要因から犯罪にいたる道程である。結節点としての実存の構造にふみこんで描かれることはない。

『彼の生きかた』においても、その題名が示すように、「彼」と呼ぶこちら側（われわれ）の視座がもつ価値観の構図によって捉えて描かれることが含意されている。猿の生態を研究する一平もまた、自然のなかの動物を保護する人間であり、動物／人間の区別と序列、そして人間の側に位置することと自体を疑うことのない人間中心主義的な立場にある点では、猿を観光資源としようとしている観光会社やそれと結託する研究所長と同じである。この意味で、人間・社会の価値序列の枠をはみでることはない。所長や観光会社も、建前としてではあっても、自然を守り猿を保護するという見方を共有している。そのような人間の社会的（間主観的）価値観によって見出された「自然」のなかの野猿を、人間の側の利害において研究・観光資源目的に利用するか、人間の側にいながらも猿の生態を領略する人間の行為を猿の側に立って批判し守ろうとするかという違いに、研究所長や観光会社専務と一線を画する一平の行動規範がある。この違いは、猿を捕獲しにきた加納らに向かって「ものが言えんでも、猿かて……か、悲しみはあるんや」と叫ぶように、「どもり」ゆえにいじめられる側におかれた一平が「悲しみ」のシンパシーから自己の鏡像として猿を見いだしていたことに根ざしている。両者は、価値規範の成立する地平を基本的には共有しながら、その地平図のなかでの立ち位置が異なるわけである。そのようにして、『彼の生きかた』では、動物＝自然＝純粋＝弱者／人間＝開発＝功利＝強者という単純な対立的価値の序列関係の前者に「彼」一平が、そして後者に観光会社専務の加納が配され、後者の側に身をおきながらもその間でゆれる朋子が配されている。「彼」を向こうにおいたこちら側に視点をおく人間関係の遠近法的地平のなかで、動物のがわにつく「彼」の「生きかた」が、朋子や加納の（こちら側の）視点からみて、こちら側との相対的な対照で、「純粋」な存在としてとらえられる。後に述べるように、『金閣寺』の「私」が、社会の規範や価値の地平を超出してしまうのとは異なるところだろう。

このような遠近法は、「彼」の向こうに手つかずの自然を幻想しそこに純粋無垢な自然の聖域が、人間社会と同一地平に存在するとみなすことにつながる。猿を捕獲しにやってきた加納たちの前に立ちはだかった一平は、「さ、猿はこの比良山でそっとしてやってくれ、さ、猿は自分が生まれた山で生きて、そ、育って、死ぬのが一番、幸福やと、あ、あんたも、わかっているやないか」と猿の研究員に向かって言う。さらに次のように言って去っていく。「ぼ、ぼくが、つ、つれていってやるさかい、ボスのかわりに、ぼ、ぼくが、つれていってやるさかい、も、もう人間の手の、と、とどかん場所に行こ。人間のよごれが、ち、近づかぬ場所に行こ」。

今や温暖化をふくめ、地球上の隅々まで人間による開発・汚染・破壊から無縁な場所はないといっていい現在の目から見れば、「人間の手の、と、とどかん場所」とは、ロマン主義的自然観といわざるをえない。一九七五年に『彼の生きかた』が発表された時点では、七一年に環境庁が設置され、七二年には生態系にそくした連関として自然を保護することを目的とした自然環境保全法も制定される。それでも、自然環境に対する意識と対応は、人間にとっての経済的・文化的価値の次元で理解されていた。この小説でも近隣住民への被害からサルの駆除がおこなわれることが描かれているが、ニホンザル保護地区において、七〇年代の天然記念物指定以後、八〇年代からサルの増加傾向が顕著になり、地域住民の被害が深刻化していることが報告され、九九年には鳥獣保護法が改定、二〇〇一年には特定鳥獣保護管理計画制度が策定されているという。日光市ではみだりな餌付けは条例で禁止されてもいる。

はじめのあらすじにも記したように、『彼の生きかた』の一平が所属する研究所は、一九五三年に開園される大分県高崎山自然動物園の成功を範として志明山の猿の餌付けを発想することになるわけだが、五二年開苑の幸島野猿公苑（宮崎県）から七〇年代始めまでに、「学術的価値としての希少性と「かわいい」サルの出現を背景として[7]」、全国四十一ヶ所で野猿公苑が開苑される。しかし、個体数の増加、猿害の増加現象から七〇年代半ば以降漸減していくことになるという。森林伐採等による生息域の縮小化や生態系の破壊と表裏に天然記念物指定や鳥獣保護法があり、そのことが新たな問題を噴出させることにもなる。このような事態の到来は予感されていたとはいえ、『彼の生きかた』においては、〝自然保護という人為のもとに成り立つ自然〟という自然観に含まれるアイロニー、反転可能性は深刻化して受け止められておらず、野生の猿へのシンパシーにとどまっている。観光資源や研究目的による保全にかこつけ野生猿を人間の利益に利用しようとすることに反発することとの対照で、向こう側に手つかずの自然・生態が純粋に存在すべき境域があり、こちらにそれを破壊する人間社会があるといった構図の枠組みで表象されているといえるだろう。

だが、こうした人間社会の価値観（人間中心主義）を、逆に、根本的に批判する立場に超出した観点にたってきつめてしまえば、究極的には人間を生態系のなかの一動物種とみなすディープ・エコロジー的な発想や黙示録的な想像力と結びつき、積極的な否定におもむくことにもなろう(8)。そうした反転的視点の可能性が、『彼の生きかた』と、『金閣寺』から『美しい星』への発想との違いになるだろう。

4 「私」と社会的規範の反転的関係

戦後、社会秩序と価値観が混迷する時代を背景としたアプレゲール、国宝金閣を放火した犯罪者をモデルとして『金閣寺』において描かれるのは、社会的価値規範に対する斥力を発条とし、その外側に超出する「私」という実存の構造であるとみることができる。そのことを確認してみよう。

「幼児から父は、私によく、金閣のことを語つた」(9)。物として現実的な社会に内在する「金閣」の存在と「美」という超越論的な観念のむすびつきが、「父」の言葉によってもたらされる。「美」が、「私」にとってあらゆる存在の価値を照らし出す光源であり、「私」はつねに「美」から疎遠な者として、この〈世界〉のなかで劣位の立場におかれる。用語を整理しておくと、ここでは〈世界〉を、「私」という実存において現象し開示される価値的な構造をもった観念的でもあり現実的でもある場を指して表記する。それに対して、間主観的に成りたつ人間関係・共同体・社会をさしていう場合には、コミュニティという用語を用いて区別しておきたい。

さて、一方で、人間関係のコミュニティのなかで、「私」は吃音ゆえに他人たちから疎外される。〈世界〉の意味と価値を規定する源泉としての「美」という観念をかかえ、人間関係の次元においては、吃音の「私」はコミュニケーションにおける遅れによってコミュニティから劣位の存在として規定されるのである。

〈世界〉の意味と価値を規定する「美」という非在の観念は、実在する「金閣」によって体現されている。「金閣」は、「美」という超越論的な形而上の観念を体現する仮象であると同時に、私の肉体と同一次元に属する形而下的存在でもある。そうした二面性が乖離することなく同一化して感受されるのは、「私」と「金閣」が同時に破滅し乖離を解消する可能性をもつと考えられたとき、すなわち、戦時下に空襲によって「私を焼き亡ぼす火は金閣をも焼き亡ぼすだらうといふ考へ」(53)がもたらされた一時期である。「私の脆い醜い肉体と同じく、金閣は硬いながら、燃えやすい炭素の肉体を持つてゐた」(53)。

だが、戦後はそのような可能性が断たれることを意味した。「美しい金閣」との同時的な破滅への期待が失われたとき、「私」は、吃りをむしろ自らを積極的に肯定する価値として振る舞うことを柏木によって教えられる。しかしながら、そうした人間関係の平面における差異がもたらす劣等感やその克服といった「人生」の価値は、「金閣」の形而上的「美」の観念によって虚しいものとして無力化されてしまう。

そこで「私」が思い至るもう一つの観念が「悪」である。規範的存在たる「老師」を否定的に媒介すること（「悪」）で、独自の生の意味をつかもうとする。米兵に連れられてきた妊婦の腹を踏みつける挿話や、老師と芸妓を目撃し跡をつけたと誤解され芸妓の写真を新聞紙にはさんでわたす挿話によって、老師は「私」から規範としての存在であることを期待される。老師の「無言の放任」(173)に対して「私」は、懺悔の衝動をもち、叱責を期待する。俗物としての振るまいと禅僧としての方正さとの両面をかいまみせる老師は、その「無言の放任」によって「私」に生の規範への覚醒をもたらそうとするかのように立ち現れる。が、それに抗して、「老師」の「無言」が方正さの方に「私」を牽引する、その引力に抗する斥力を発条にして「私」は独自の〝生きかた〟を見出そうとする。「老師の憎悪の顔をはつきりつかむ」(177)ことによって、すなわち、生の規範を否定的に顕在化させる「悪」として自らを顕現させようとするのである。「お前をゆくゆくは後継にしようと心づもりしてゐたこともあつたが、今ははつきりさういふ気持がないことを言うて置く」(186)という老師の言葉は、そうして「私」によって引き出されたといえるだろう。それが舞鶴湾への出奔、「金閣を焼かなければならぬ」(203)という想念の覚醒へとつながる。すなわち、「美」の仮象たる金閣に対する闇の背景としての「悪」たろうとする。「金閣」は、「私」が憑かれた「美」の形而下的具体物であり、「金閣」を焼くことは、社会的規範をはみだし否定する「悪」の行為である。社会的な規範によって守られている――「制札」(145)がそれを表現している――金閣の放火は、社会の規範と形而下的な物としての桎梏から「美」としての「金閣」を解放する行為であるとともに、「美」への復讐――「美は……美的なものはもう僕にとつては怨敵なんだ」(229)――だということ、それが、「私」が放火にいたる結果的な理路であった。

こうした「私」の実存としての存在認識のありようは、死の自覚による実存の本来性の覚醒といったハイデガー風の実存主義哲学の理路を彷彿とさせるところがある。「私」は、はじめから自殺を考えているわけではない。「私はやはり金閣を焼かねばならぬ。別誂への、私特製の、未聞の生がそのときはじまるだらう」(209)。だが、「美」の形而下的存在物である「金閣」の放火は、社会的な規範に反する「悪」の行為でもあるがゆえに、社会的な死ともいうべき意味をおびる。「私はたしかに生きるために金閣を焼かうとしてゐるのだが、私のしてゐることは死の準備に似てゐた」(232)。社会の共同主観的な規範を震撼させる否定行為を思いつくことで、相対的に社会的規範から超越した視座を獲得し、あたかも死の自覚とおなじような実存の覚醒の効果がもたらされるわけである。それゆえに、第八・九章に描かれるように、金閣放火を思いついてからの「私」には、すべてのものがゆるしうる、生き生きとしたものに映りはじめる。

放火そのものは、「金閣」の「美」を顕現させるという意味からは、「徒爾」であると認識される。第十章において「私」の前に立ち現れる「金閣の美しさは絶える時がなかつた！」(268)。「行為そのものは完全に夢みられ、私がその夢を完全に生きた以上、この上行為する必要があるだらうか。もはやそれは無駄事ではあるまいか」(268-269)と思念されるのである。その深淵を踏み越えるのは、「私のやるべきことは徒爾だと執拗に告げてはゐたが、私の力は無駄事を怖れなくなつた。徒爾であるから、私はやるべきであった」(270)という認識である。放火「行為」は、「私」において開示される〈世界〉とは異次元に疎外され、他者から〃犯罪者〃として社会《コミュニティ》のなかで意味づけられることになる。「ここまでが私であつて、それから先は私ではないのだ」(269)。そうであるがゆえに「無駄事」であり「徒爾」である。とともに、「私ではない」何者か、社会的な地平における〃犯罪者〃、すなわち社会的規範や価値を総体として相対化する存在として「生きる」契機をつかむことにもなる。

「金閣」の放火は、戦時下の(米軍による)空襲で「金閣」と「私」が同時に焼き亡ぼされる可能性を、模倣的に反復する自己演出だったといえる。「悪」の行為のはじまりが、米兵の命令によって妊婦の腹を踏み流産させる行為だったこととも考え合わせれば、「私」の金閣放火は、米軍による日本占領が天皇制下の日本の社会《コミュニティ》=共同体の規範を相対化し再編したことと同様の位相にあると見なしうる。

このような「私」の位相は、井上隆史が、「あくまでも被疎外者の立場に留まること、その時こそ想像力は全力を発揮し、間主観的な場、関係性の総体としての場の全体を相手に勝負を挑むことができる」[9]という地点に、「私」と社会《コミュニティ》=共同体(「間主観的な場」「関係性の総体としての場」)の関係をとらえているのと近い。ただし井上は、三島の「生きながら何故又いかに芸術に携わるか」という松本徹が『金閣寺』に読んだ問いにしたがいながら、「作者の創作意識」の文脈で「私」を芸術家としての三島と重ねながら、こうした解釈を導いている。それに対して、ここでは、『金閣寺』にえがかれた、述べたような実存の構造の理路と社会《コミュニティ》=共同体との関係が、三島の長篇小説群に通底し潜勢するモチーフであるという観点から、たとえば『美しい星』にもそれが変奏されて展開するものとして位置づけてみたい。

5 『金閣寺』から『美しい星』へ

三島のおもな長篇小説の主人公たちの特徴の一つは、嫉妬や劣等感をもち、特別な能力をもたず、むしろ、虚無感無力感にさいなまれ、あるいは隠すべき障害や性行をもつなど社会的な劣位におかれたり劣等感をもち、または、地方に住みそこに安住しないアンチ・ヒーローであることである。『盗賊』の失恋した者同士、『仮面の告白』や『禁色』の男色、『金閣寺』の吃音、『美しい星』の宇宙人たち、『獣の戯れ』の失語症、『午後の曳航』の少年など。『愛の渇き』や『美徳のよろめき』など女性を主人公とした作品にもあてはまる。しかし、こうしたアンチ・ヒーローは、二十世紀の小説には通有の主人公の造形である。三島小説のアンチ・ヒーローたちは、劣位におかれ受動的で無為無力であるがゆえに、それをむしろ積極的な契機として逆に、世間《コミュニティ》―社会を構成する慣習や法・秩序といった規範からはみ出し、コミュニティのあり様をネガティブに浮き彫りにして全的に対象化する実存として形象化される。

『金閣寺』の場合にあっても、吃音ゆえに孤独な立場におかれ、「父」の言葉からフェティッシュに金閣の美の観念に憑かれることが、逆説的に、劣位におかれ無力な「私」に生を活気づける契機をもたらす。こうした実存的な問いは、さしあたって戦後のアプレゲールに見いだされた虚無主義として理解されたが、そうした時代還元的な見方よりも、『豊饒の海』にいたるまで一貫している、三島の主要な長篇小説の人物形象とプロット展開の根幹を支え駆動するモチーフとして見ることができよう。その場合、「美」や「絶対」、「阿頼耶識」(『豊饒の海』)といった本質存在的な観念や、美徳や男色といった正負の社会規範が対置されつつ、それが活気づける、生の意味をめぐる実存論的な問いに導かれて物語が展開する。

『金閣寺』は、「私」を吃音者として形象化しながら、吃音者を形象化した他の小説がそうであるように、社会《コミュニティ》=共同体(間主観的な場)の価値的構図のなかでの差異の関係で劣位におかれる存在者としてえがかれるよりも、それを媒介としながら生の欲望を社会《コミュニティ》=共同体の外側へとさしむけ、「金閣」に体現される「美」の観念に憑かれた実存における〈世界〉の生成の様相を提示し、その〈世界〉と社会の価値的構図の反転的《アイロニカル》な関係を描出する。

『金閣寺』においてこのように描出された実存の構造は、『美しい星』(一九六二)では、冷戦構造下の実存として描かれるととらえることができるだろう。地球の運命をめぐる論争場面では、ハイデガーの実存論の用語「関心《ゾルゲ》」を戯画的に借りた言葉で議論が交わされる。この作品に登場する人物たちは、無為の生活から天啓のようにUFOを目撃し宇宙人の自覚を得ることで、形而下的にはまったく地球人とかわらない宇宙人として登場する。『美しい星』は、超越論的な〈世界〉として開示される宇宙人の視点から、地球という社会の価値的構図を批判するという逆説的な関係を、二重化のナラティヴによって描出した作品にほかならない[10]。三島の文学的営為が、右翼・天皇主義者だとする短絡的な規定にそぐわず、右翼・左翼といった規定を無効化してしまうのは、間主観的な社会関係のなかの価値的差異の係争に還元した位置づけを、

総体として相対化してしまう次元で描出しているからである。(11)

※『金閣寺』本文の引用は、『決定版三島由紀夫全集　第六巻』（新潮社）によった。引用箇所の（　）内の数字はこのページ数である。

注1　新潮社、一九七五年三月刊。引用は、新潮文庫、一九七七年五月刊による。

2　文藝春秋、一九八〇年三月刊。引用は文春文庫、一九八三年四月刊による。

3　新潮社、二〇〇二年十一月刊。

4　マキノ出版、二〇〇六年三月刊。

5　もとより学校という枠組みをはずれる小説も存在する。ここでは触れないが、石田衣良『アキハバラ@DEEP』（文藝春秋、二〇〇四・十二）のページ、諏訪哲史『アサッテの人』（講談社、二〇〇七・七）の叔父など。

6　新潮社、一九七九年七月刊。引用は、新潮文庫、一九八六年二月刊による。

7　丸山康司『サルと人間の環境問題―ニホンザルをめぐる自然保護と獣害のはざまから』（昭和堂、二〇〇六・二）一七四頁。猿の環境問題についての言及は主としてこれを参考とした。なお、『彼の生きかた』では観察する猿の群に「ボスザル」が存在することが自明のこととしてえがかれているが、「「ボスザル」という用語が学術的な用語として頻繁に用いられていた期間は、1950年代の数年間にすぎない。「ボスザル」の存在は、学術的には1982年に批判されており、現在は「ボス」という呼称を中止した動物園も存在する。ところが、その後も動物園と動物園のサルを対象とした報道においては、「ボスザル」という用語が用いられることも少なくなく、ある種の「神話」として存在している」(163)という。なお、本書一四四頁に「文化財保護法は1949年の金閣寺焼失事件をきっかけに、文化遺産と自然遺産の包括的な保護を目的として制定されたものである」(144)とあるのは、一九四九年一月二十六日の法隆寺金堂焼失のあやまりであろう。ただし、文化財保護法の成立は一九五〇年五月三十日で、金閣放火はその直後と言ってよい同年七月二日である。

8　本論からやや逸れるが、一九七〇年前後、アメリカで映画「猿の惑星」シリーズが製作公開されている。①「猿の惑星」（一九六八）、②「続・猿の惑星」（一九七〇）、③「新・猿の惑星」（一九七一）、④「猿の惑星・征服」（一九七二）、⑤「最後の猿の惑星」（一九七三）。これら一連の映画は、自然環境・生態系の問題を具体的に前景化して描いているわけではないが、人間と猿の関係が逆転した二〇〇〇年後の世界を舞台にはじまる。二十世紀に地球を離れた宇宙船はその高速推進性能ゆえにタイムマシンとして二〇〇〇年後の砂漠化した地球にたどりつく（①）が、核爆弾を信仰する人類と猿の闘争の最後、核爆弾により地球そのものを生滅させてしまうことになる（②）。「新・猿の惑星」（一九七一）以降、地球を崩壊させた核爆発から逃れた猿が一九七三年の地球に迷い込み、①②にいたる経緯が時間を遡って展開する。そこであきらかとなるのは、人間が猿を奴隷化することから、核による人間社会の滅亡、地球の砂漠化が生じた経緯である。人類の未来を逆ユートピア的な世界として描いたSFや、オーウェル『動物農場』(一九四四)のように人間と動物の序列が反転するという発想の作品はすでにある。このシリーズ映画には、七〇年代当時未だリアルな社会的現実としてあった冷戦を背景とし、人間による猿の隷属化と核や宇宙船というテクノロジーが、人間社会の自壊を招き、猿と人間の境界の溶解、序列の逆転にいたるという発想がある。このシリーズ映画に先立つ『美しい星』(一九六二)が、核時代を背景とし、人間社会を相対化する視点が、「宇宙人」として疎外されて超出するという発想をもつこととも近似するだろう。エリック・グリーン『《猿の惑星》隠された真実』(尾之上浩司・本間有訳、扶桑社、二〇〇一・八)が論じているように、とくに③~⑤になると人間と猿の間の寓話はポストコロニアルな人種対立問題を主題化しているが、人種問題の後に想定された猿の隷属化という設定からは、地球・生態系のなかの／から超越する人間というテーマも前景化されているとみなしうる。

9　井上隆史「想像力と生―『金閣寺』論」(『三島由紀夫虚無の光と影』試論社、二〇〇六・十一)

10　これについては、拙稿「二重化のナラティヴ―『美しい星』と一九六〇年代の状況論―」(『昭和文学研究』第43集、二〇〇一・九)で、『美しい星』の物語構造をふまえ、同時代の政治と文学論争の枠組みとの関係を論じた。

11　絓秀実は『革命的な、あまりに革命的な』(作品社、二〇〇三・五)および『１９６８年』(ちくま新書、二〇〇六・一〇)において、一九六八年を境とした「大きな物語」の効力の失墜からマイノリティの視点へのシフトという史的パースペクティブで論じるなかで、三島は「親切な機械」『青の時代』『金閣寺』といった作品で戦後のアプレゲールをとりあげ「実存的ロマンティシズム」(橋川文三)をえがき、それゆえに新左翼がナショナリズムにも転向しうる論理を内包していたことを見通す視点をもっていたと位置づけている。本稿の論脈からも首肯しうる興味深い指摘である。

(大阪府立工業高等専門学校准教授)

特集 金閣寺

受容と浸透——小説『金閣寺』の劇化をめぐって

山中剛史

1

小説「金閣寺」（「新潮」昭31・1〜10）の新潮文庫版奥付を見ると、平成二十年三月現在、第百二十三刷を数えている。「金閣寺」は、三島由紀夫の小説の中でも、毎年夏の新潮文庫キャンペーンで「潮騒」や「仮面の告白」と共にしばしばピックアップされ、新潮文庫の中の三島著作でトップクラスの重版数を数えるポピュラーな小説である。ポピュラーであるがゆえにそれは文学以外の他ジャンルへと移植されることも一度や二度ではなく、三島没後だけでも、映画化や舞踊化、そして黛敏郎による作曲で海外でのオペラ化すら果たしている。金閣の美という非常に観念的な問題を扱い、映像や舞台といったある種具象性を求められる領域においてはジャンルを超えた翻訳が難航しそうな小説ではありながら、しかし、こうした二次創作が行われてきたのは、いわば三島文学の代表作＝定番商品としての地位を裏打ちしているともいえる。それはまた一時に爆発的な売れ行きを示すというよりは、長きに渡って着実に売れていくという意味において、この小説は三島作品の中のベストセラーだからだともいえよう(1)。

連載当初からの評価も上々であり、年末には、選者全員の得票を得て昭和三十一年度「読売新聞」ベストスリーの最高位を獲得、翌年一月『金閣寺』は読売文学賞を受賞する。他方、売り上げの方でも、三十一年十月に新潮社から単行本が上梓されるや、翌年にかけて文学書の売り上げベストテン入りを果たしている。初版部数はつまびらかではないが、その内容や前評判からか、版元は単行本発売と同時に定価の約十倍の価格をつけた豪華本まで刊行した力の入れようであった。そしてまた書物ばかりではなく、新派での劇化、二度のラジオドラマ放送、映画化と、小説「金閣寺」は発表後数年の内に種々の他ジャンルへ翻訳され、形を変えて受容されていった。こうした劇化、映画化、ラジオドラマ化といったジャンルを超えたテクストの再生産は、何も明治時代の「不如帰」

や「金色夜叉」等の例を引き合いに出すまでもなく、そもそもベストセラー小説が歩むべくして歩む道ではあったろう。

だが、ベストセラーということで改めて単行本発行当時の出版界を眺めてみると、売り上げベストテン入りといっても、五位以下に数ヶ月ようやく入ったほどであり、同時期の激しいベストセラー争いの場からは早々に姿を消していた。また、劇化の方も、出演俳優の奮闘ぶりが評価されることはあっても、劇化そのものについては批判すら出ていた。そして三島本人が自作の映画化の中でも一番の出来であると公言していた映画「炎上」（市川崑監督）も、管見による限り、演技など一部で評価された点もあるが、公開当時の映画評では全体的にそれほど大きな評価は得られていなかったようである。

だから「金閣寺」の場合、ベストセラーというよりはむしろロングセラーというべきものであろう。いわゆるベストセラー小説という場合、発売当初一気に社会的な流行にまでなりながら、その後の時間経過の中ですっかり忘却の淵に忘れ去られてしまう小説も少なくはない。しかしながら、「金閣寺」は時流にうまく乗った新人の流行小説ではなかった。三島文学におけるベストセラーといえば、発表当時流行語を生み出しある種の社会現象となった感のある「永すぎた春」や「美徳のよろめき」といった小説が思い浮かぶ。現代では、舞台化やラジオドラマ化というよりは、コミック化、写真集化などといったものにまで及ぶこともあるようだが、新聞連載や婦人誌等に発表の場を得たエンターテイメント系列の小説がヒットを飛ばし、すぐさま他ジャンルへ翻訳されていくことは、当時とて変わりない事象である。こうしたメディアミクスが展開される中で、原作を読んでその舞台化や映像化に興味を持つ読者や、舞台や映画を観ることによって原作に興味を向ける観客らの相乗効果も生まれることになり、当の小説は話題性を継続しながら読者をそして売り上げを確実に増やしていく。

しかし、そうしたエンターテイメント小説とは一線を画した、孤独な青年の性的不能と金閣寺放火事件という犯罪を描いた純文学作品である「金閣寺」であってすら、話題作であるという世評の流れにおいては、その中身を問わず一つの商品に還元され、様々な形で消費されてゆく。では、その度合いが大きければ、いわゆる〝名作〟となるかといえば、そんなことはない。無論、それに見合う作品自体の完成度等が求められるだろう。発表後数十年を閲してなお多数の読者に読まれ続けるには、そりなりの理由がある筈だ。だが、何も最初から「金閣寺」は作者の代表作だの〈不朽の金字塔〉（新潮文庫百二十三刷カバー文）だのとして読者に受け止められたのではなかった。この小説の発売当時、作品の内容や完成度以外のところで、他ジャンルへの翻訳といった受け止められ方の種々のあり方を通しても、「金閣寺」は読者や鑑賞者に多様に受容されていった筈である。作者によって執筆された

「金閣寺」というテクストが、「三島由紀夫」という作家名と共に流布し、読者を生み、更に他ジャンル翻訳という形で多種多様な受容者を拡げていく。とはいえ、小説の完全完璧な他ジャンル翻訳が不可能である以上、ある程度原作のイメージを中心に据えながらもそれは自ずから原作とのズレを前提に展開する。そうしたズレを意識せずに、「金閣寺」を受容する者も、「金閣寺」の読者層には含まれているだろう。

以下、この小論では、小説「金閣寺」発表当時の文壇状況や読者の受容を概観しつつ、特に劇化を中心としながら、他ジャンル翻訳の際に生じる諸問題について見ていきたい。

2

小説「金閣寺」が発表後数年の間に劇化され、ラジオドラマにもなり、そして映画化されたとはいえ、芝居なり映画なりは、その原作を下敷きにしながらも、脚本家、監督による二次的創造であって、それぞれの解釈によって新たに生まれた全く別の独立した存在であるといえる。そしてそれはただ解釈の問題にとどまるものではなく、映像や舞台といった実際に目に見える俳優が役どころを演じるという現場においては、当然種々の制約に縛られることになる。具体的には、時間的制約からシーンや人物の省略や融合、ものによってはストーリーの結末を改変してしまうことや、同じ作家の別作品と融合させてしまうことなどが挙げられよう。そして溝口や柏木といった登場人物が、紙の上の活字から目に見える肉体を備えた声を発する人物として動き出すということは、出演する俳優という素材やそれにまつわる既存のイメージなどにも大きく左右される。こうした条件的制約に加え、興行的な観点から、いかにストーリーを多数の観客へわかりやすく理解させる脚色を施すかといった問題もあるだろう。「金閣寺」の劇化映画化に際して、作者自身が監修なり手を加えるなりといったことは現在の所確認されてはいないが[2]、基本的に二次創作物は、以上のような条件の下に解釈者による咀嚼を経た一個の新たな作品として流通し、受容されていく。

後年、「金閣寺」は舞踊化、オペラ化すらされたことは先に述べた通りだが、小説発表後数年の間の二次創作と、それから十数年経過し名作との評価が定着した後の、もっと具体的にいってしまえば、三島没後になってからの二次創作とでは、自ずからその翻訳自体の意味が異なってくる。例えば映画化は二度されているが、初出後二十年を経て映画化された「金閣寺」（高林陽一監督）では、〈この原作は、私の青春に、深い関りを持つと同時に、人生の半ば以上を過ぎた、今日の私に於ても、尚、重要な意味を持っている[3]〉と、監督は映画化の動機について語っている。こうした、後年になって監督自身の思い入れから独立プロダクションで映画化に踏み切るということと、人気作家の話題作ということで連載完結前から映画化のオファーを打診するといったような昭和三十年代の邦画界の状況での映画製作とを同日に論じることは出来まい。映画会社各社で映画化権獲得競争が起こったという「金閣寺」最初の映画化「炎上」とは[4]、権利獲得後の脚本家や監督の意図がどうあれ、まずその点で大きな差がある。もちろんこれは、舞台化などについても同じことがいえる。発表されたばかりの話題作が、如何にして他ジャンルへと翻訳され、その際どのような問題をはらみ込むのかを見ていくために、本稿では小説発表後数年間においてなされた他ジャンルへの翻訳だけに焦点を絞って考察を進めたい。

その前に、小説「金閣寺」が発表された当時の文壇とベストセラー小説について概観しておこう。小説発表そして単行本発売時の批評家による評価については、瀬沼茂樹が同年末に、〈その完成度によって、出版をみるとともに、多くの評論家からその芸術性を高く買われた。金閣寺放火事件を自家薬籠中のものとして、一種の芸術家小説としたこの芸術主義は、若干の中だるみを見るが、大きな完成であった[5]〉とまとめているが、概ね高い評価を得ており、先述したように読売文学賞を受賞するにいたる。だが、その〈芸術性〉を高く買われたにせよ、売り上げ部数という即物的視点のみからすれば、それは売り文句の一要素でしかないともえいえる。確かに、〈文学作品の流行の要因を、ただ作品の内的価値だけに求めるのは理想論である。したがって、作品の質と流行の関係は単純な相関関係を示さない[6]〉のであって、そこには、小説を受容する土台としての時代、風俗流行やその時々の文壇状況といった背景を抜きにすることは出来ない。

昭和三十一年という年は種々の話題作が取り沙汰された年でもあり、ここで改めて述べるまでもなく数々のベストセラー小説が生まれた時代でもあった。国会にてその猥褻性が取り沙汰された谷崎潤一郎『鍵』(中央公論社)や、石川達三『四十八歳の抵抗』(新潮社)のほか、同年上半期芥川賞を受賞し一躍太陽族ブームを巻き起こした石原慎太郎『太陽の季節』(新潮社)、年末に単行本が発売され女流文学賞を受賞、その後爆発的な売れ行きを見せた原田康子『挽歌』(東都書房)などはその代表である。大家の作品もあるが、何といっても慎太郎刈りや怜子ルックといったファッションにまで流行をもたらした石原や原田ら新人の作品はことのほか目立っている。作者自身が映画俳優や監督、タレント的な活動をした石原慎太郎などはかなり際立った例であるが、〈「太陽族」から「挽歌族」へ[7]〉などとして週刊誌は何度も特集を組み、女子学生やBGを中心とした社会的流行をもたらした『挽歌』は、発売半年で約二十五万部を売った『太陽の季節』を追い抜く勢いで、発売後約三ヶ月で二十四万部を突破という売り上げを見せ、三十二年には七十万部を超える空前のベストセラーとなった[8]。この『挽歌』の場合、単行本発売翌年には早速ラジオドラマ化(NHK第二)され、続いて新派によって劇化、更に映画化(五所平之助監督)と、「金閣寺」と同様、放送、演劇、映画の三元メディア展開をなしている。[9]劇化が、新劇ではなく新派によってなされたというのも「金閣寺」と共通していよう。

ところで、一部ではあるが、単行本発売当時の書評で『金閣寺』を全面的に否定するようなものももちろん存在した。その書評、無署名「素人にかき回される文壇」では、〈(前略）一時代前ならば、それほど問題にもしなかったと思われるような、三島由紀夫の「金閣寺」(新潮社)を、これこそ文学作品だと、まるで文学の存在証明であるかのように、こぞってほめたたえているのはなぜか。これは、明らかに、石原や深沢のシロウトにかきまわされた文壇の、反動的な現象なのである。「金閣寺」の通俗的な面白さをのぞいて、どこにこの作品のよさがあるのか。三島の美的観念だとか、倫理的な計算を拒否した思想とかいっても、だれもそのカンジンカナメのところはほめないで、ただいい作品だ、注目すべき作品だと、合唱している〉だけではないかとして、批評家に対して〈批評の基準をしっかり立て直〉せとまとめている。[10]

ここで〈これこそ文学作品だ〉として揶揄されているのは、おそらく「群像」合評(平野謙、中島健蔵、安部公房)での、〈今は文学作品が非常に少なくなつているけれども、これは文学作品だ〉(平野)、〈これから小説を書こうという人のためにこれを教材にするといいな〉[11](中島)などと発言したことを指しているると思われる。数ある当時の「金閣寺」評のうちの一つ、しかも無署名のそれであり、今ここでこの評自体を吟味することはしない。ただ、文壇の崩壊と新人作家のベストセラーに打ち負かされる文壇作家といった問題を論じながら、純文側から話題作一つ出たことでただちに手放しで「金閣寺」を褒めるのは問題であり、改めて批評の基準を確立しなければならない、といった評からは、小説「金閣寺」を取り巻く当時の文壇が抱えていた問題が垣間見えてくるということは確かである。

昭和三十年代初頭、特に石原慎太郎の芥川受賞以来、「文壇の崩壊」はさかんに論じられていた問題であった。『金閣寺』が発売された三十一年の年末、十返肇は、〈文壇というものは無くなつた――それが今年の「文壇」回顧として私に最も痛切に感じられた印象である〉(「『文壇』の崩壊」)と書いている。[12]それまでの文壇の役割がある程度ジャーナリズムに取って代わられた結果、旧弊な文壇という文学システムの機能不全が改めて暴露され、その崩壊という問題が、純文学雑誌の低迷や、文壇が認めていない新人でもそのセンセーショナリズムやモデルなどの関係でマスコミが話題に取り上げ売り上げを伸ばし、さかんに映画化されその総収入は文壇作家を超えるといった当時の風潮からかまびすしく取り沙汰されていた。〈作家は「文壇」イデオロギーを意識する間もなく、きっかけさえつかめば多忙多収入な流行作家となることが可能になった〉のである。[13]昭和三十年代前半は、小説家というものが、旧態依然とした「文士」から「作家」へと変貌を遂げ、小説自体というよりも作家本人がグラビアやテレビ、映画で活躍する〈マス・コミュニケーションの王者〉となった、といわれた時代である。[14] この時代、続々と創刊された週刊誌こそ、こうした傾向を加速させた一要因でもあるのだが、石原の芥川受賞と時を接するように「週刊新潮」が創刊され、以後、翌年の「週刊女性」などの出版社系週刊誌の発刊は、それまで「週刊朝日」などの新聞社系が独占してきた週刊誌市場に火を付けることとなり、昭和三十三年時点で毎週の週刊誌総発行部数が七百万部超という、ある種の週刊誌ブームを到来させることになる。[15] 週ごとに求められるトピックとそれを提供する話題の作家……さきほど掲げた石原や原田の小説にしても、それぞれ週刊誌記事として取り上げられ、その話題性や単行本のヒットを受けたかのように、次々と映画化されている。[16]

ではそもそも単行本『金閣寺』は、どのくらいの部数を売り上げたのか。その売り上げ部数は、発売から約一年で十二万三千部である。[17] 版元である新潮社は、十万部突破の記念として、私家版の豪華本を作成して作者に贈ってすらいるが、[18] 当時小説で十万部を突破することは、版元が記念に私家版を作成するほどのベストセラーであったことを示していよう。とはいえその数字は、先に示したように、爆発的ヒットを飛ばした『挽歌』三ヶ月の売り上げの半分に満たない。また、当時の三島担当編集者であり「新潮」編集次長（当時）であった菅原国隆によれば、昭和三十二年四月時点で、〈三島さんの『金閣寺』は十万を突破していますが、『新潮』に載っている間はそれほど売れなかったんです。それが単行本になったらすごく売れるようになった〉という。[19] この証言からすれば、いわば読者の多くない純文雑誌と、高い世評をまとって現れた単行本というメディアの差は歴然としたものと見える。文壇とその周囲の純文学雑誌定期読者という範囲を突き抜け、話題の一本として世に問われたその結果が、こうした部数に反映しているだろう。ただし、当時のベストセラー小説と異なり、「金閣寺」は、映画会社各社からのオファーを受けながら、単行本の発売即映画化という流れにはならなかった。

3

本稿冒頭、小説「金閣寺」は発売当初から劇化、映画化され、ラジオドラマとなったということをおおざっぱに述べたが、もう少し仔細に見れば、それぞれそのジャンルへと翻訳された時期には微妙なタイムラグがある。ここで、「金閣寺」出版と他ジャンル翻訳の流れを確認しておきたい。

（モデルとなった金閣寺放火事件：昭和25年7月）
初出：昭和31年1〜10月（擱筆8月14日）
初刊：昭和31年10月30日

映画化決定報道：昭和32年2月（大映、市川崑監督）
単行本10万部突破：昭和32年4月
新派公演：昭和32年5月
ラジオドラマ：昭和33年7～8月
映画封切：昭和33年8月
ラジオドラマ：昭和34年6月
文庫化：昭和35年9月15日

ここでまず注目したいのは、他ジャンル翻訳では、映画ではなく、何よりも劇化が一番最初であったということである。確かに「金閣寺」は、市川崑が、〈あまりに観念的で、三島魔術にひっかかっては映画にならない〉と述べたように[20]、観念的な金閣の美を主題としているため、視覚的具象性が求められる映画というジャンルにおいては映像化にいろいろと困難を伴ったであろう。「炎上」ですら、撮影を始めるまでに一年間を要している[21]。

では、新派による上演は、具体的にはどのような舞台だったのか。「金閣寺」は、村山知義脚色・演出により、劇団新派による「新派五月公演」として約一ヶ月の間新橋演舞場にて上演された。昭和三十二年四月二日の明治座焼失を受け、翌月演舞場にて公演されることになった五月公演は、〈水谷八重子が東宝歌舞伎、喜多村緑郎が大阪歌舞伎座の吉右衛門劇団へそれぞれ他流試合に出たかわりに東宝から越路吹雪が加入、紅梅の三代目市川翠扇襲名披露もはさまるという〉舞台で、〈昼夜各三本立、小説からの脚色ものを含めてオール新作という豪華版〉であった[22]。鏡花を原作とした新派的古典作品などと、他ならぬ「金閣寺」や、越路出演の「曽根夫人の黒眼鏡」（飯沢匡作）や「午前二時の目撃者」（中野実作）といった現代のスリラーものなど、いわば新旧織り交ぜた新作公演だが、当時の新聞雑誌報道を見ていくと、新派初出演という越路の話題もさることながら、三島の「金閣寺」が上演されるということも上演前の一つのトピックであった[23]。

新派での三島原作舞台は「鹿鳴館」をはじめとして「灯台」や「綾の鼓」などがあるが、この「金閣寺」はその嚆矢である。当時、三島は既に越路や村山とは旧知であり、また新派に度々作品を提供している久保田万太郎は、当時三島が入座したばかりの文学座幹事でもあった。あるいはそうしたつながりから新派による「金閣寺」上演の実現を憶測する向きもあろうが[24]、しかし、当時新派は、先に掲げた「挽歌」の他、石川達三「四十八歳の抵抗」や幸田文「流れる」、また、林房雄原作「息子の青春」や獅子文六「青春怪談」など、映画化もされたベストセラー小説、ある種の流行小説をさかんに舞台化しており、その意味で、四月の時点で十万部を突破した『金閣寺』に劇化の矛先が向けられたとしても何ら不審ではない。そうであるならば、観念的でまず劇化には向いていないと思われる「金閣寺」を新派が取り上げることが、特に劇団としてある種の新機軸を打ち出そうとか、実験的な試みであったとかいうことではなく、ベストセラーという要因のみから企画され劇化されたと考えるのがまず妥当なところであろう。

それでは、新派では上演に際しどのような劇化を行ったのか。まずは村山による脚色であるが、当時の謄写版台本をひも解いてみると、全十章からなる小説を、要所要所の見せ場となるようなシーンを取り入れながらも三幕全九場にまとめている。

第一幕（金閣ほど美しいものは此世にはない）
第一場　成生岬の林徳寺の境内。昭和十九年の夏の夕方。
第二場　京都鹿苑寺の拱北楼。昭和二十年の五月の午前。
第二幕（金閣は人生に触れる邪魔をする）
第一場　鹿苑寺鏡湖池畔、昭和二十二年二月の雪晴れの朝。
第二場　板倉町にある柏木の下宿、同年五月の或る日曜の朝。
第三幕（金閣はほろぼされねばならぬ）
第一場　丹後、由良駅前の旅館の一室。昭和二十四年十一月の雨降りの午前。
第二場　鹿苑寺内、溝口の部屋。昭和二十五年七月一日の午後八時。
第三場　同、七月二日午前二時。
第四場　金閣寺第一階潮音堂内部。続く時刻。
第五場　左大文字山中腹翌朝。

これが筋書きや台本に記されている場割りである。[25]小説と当時の新派上演台本を読み比べていくと、第一幕は、小説の第三章の途中まで、第二幕は第三章途中から第六章まで、第三幕は、第七章から十章までの内容を再構成してまとめられている。母乳のお茶、娼婦の腹踏みといった当時としてはセンセーショナルで絵になるシーンは無論取り入れられているが、有為子の死は回想として語られるのみであり、終戦や「南泉斬猫」などのエピソードは省略、老師とのやり取りも少なくなり、柏木の下宿で鶴川と鉢合わせするなどといった脚色が施されている。時間的制約に加え、ある程度の分かりやすさをもたせながら立体化するために、村山は一種決め科白的な溝口の独白を原作そのままに台本のあちらこちらに取り入れつつ、幾つもの細かいエピソードなどを適宜省略しているのだが、逆に原作小説にはなかった設定をも取り入れている。溝口が鶴川の手紙をその死後に見せられ自殺と確信するところは、右に触れたように直接柏木の下宿で鶴川と溝口が鉢合わせすることとなり、小説の第九章で初めて五番町の楼閣に登楼する溝口が、脚色台本では、第二幕の活花の師匠との会話で既に五番町へ登楼したが不能であったと告白するなどというような設定である。これらは、一定の時間内に舞台上で実際に俳優が演じながらストーリーを展開していく演劇というジャンルであってみれば、本人が性的不能である、あるいは手紙を読み上げることによって判明することなどを、ひとつの立体的なシーンとして再構成したものであり、舞台化としてはなかなか効果的なまとめ方ともいえる。また、第三幕五場では、小説では描かれていない、溝口が逮捕されるシーンも加えられている。

　村山の手になるこの脚色について、三島は、〈小説「金閣寺」が果たして芝居になるものかどうか。私には疑問に思はれたが、村山知義氏の台本を読んで、なるほどと思ひ、感心した。原作をよく砕いて、エピソードも万遍なくとり入れ、主人公の放火にいたる心理が、可成納得のゆくやうに跡づけられてゐる〉（「長篇小説の劇化―『金閣寺』について」）と述べているが、公演当時の劇評でも、脚色の腕を評価するものは少なくない。〈三島由紀夫氏の大作を、三幕九場に圧縮して、ほぼ遺憾なきものに仕上げた村山知義氏の作劇術に感服する〉（多田鉄雄「演劇漫談[26]」）、〈あの原作をこれだけに劇化したのは敬服だ。後半はややものたりぬが、溝口が運命、周囲のためにニヒルになる書き方の積み重ねは手堅く〉（三宅周太郎「オール新作の努力[27]」）、〈構成がいい「金閣寺」〉、〈『金閣寺』（中略）の構成がやはり一等がっちりしている〉（萩舟「新作六本に体当り[28]」）などといった評が目に付く。村山本人も、この脚色には相当力を入れたようで、上演前の新聞記事には、〈これを脚色、演出する村山知義はいつもはサラリと片づけるのにこんどは真剣な表情で、原作者をかたわらに出演者の質問にはかんでふくめるように慎重に答える。『とにかく骨のおれる脚色だった。はじめは芝居になるだろうかと思ったほどだ。それはただ現実の人間が書かれているだけでなく、三島哲学が強く表に出ているからだ』と〝哲学的〟な新派の芝居をつくろうとケンメイ〉（無署名「『金閣寺』に取組む新派[29]」）といった村山のコメントが掲載されている。

　とはいえ、脚色の巧みさが評価される一方で、演出その他舞台全体の出来について評価するものは少ない。管見に入ったものでは、前出三宅の〈中田、伊吹、金田、中川安部のB級の役者だけで金閣寺を焼いてしまった野心的演出、構成、意欲は痛快だ〉といったものくらいで、〈この青年（溝口―引用者註）の気持をくどい位セリフでいわせているにもかかわらず、放火を決意するまでの心理過程がはっきり説明されていないので、一般の見物には難解な所が多い。だが武始がこの青年を熱演していて、ともかくも小説の人物を出そうと努力している〉（萩原「大正の情緒濃い『子を貸し屋[30]』」）という劇評をはじめとして、主人公溝口を演じた花柳武始の熱演をのみ記すといった評価が多い。〈主役の武始の健闘を買う〉（仁村「新作ぞろいの新派[31]」）、〈武始が体当りの演技をみせる「金閣寺」〉（安藤鶴夫「収穫『井筒屋のお柳[32]』」）、〈「金閣寺」は例の三島由紀夫作を村山知義が劇化したもの。放火犯人の脳裏のアヤを分解したものなので芝居は沈痛、骨を削る思いもあるが、この位のテーマを提出しないと大衆劇場も向上しまい。この犯人で少年僧正賢を武始が熱演する。百点に近い出来〉（安三郎「新作で押す新派[33]」といった具合で、結局、劇化「金閣寺」の評価された点としては、ほとんど脚色と花柳武始の熱演のみであった。花柳武始はこの「金閣寺」の演技をきっかけにその後新派の舞台で評価されていくが[34]、他方、この舞台を批判する劇評としては、そもそも劇化するには適当ではない小説を舞台化したことこそが誤りではあるが、かろうじて俳優殊に花柳武始の演技は買うといったものがある。〈心理小説の具象化は至難であるが、脚色者は巧くつかんでいるものの、つまるところはすべからざるモノに手をつけたというところ。ただし主役の花柳武始の努力は認められる〉（木村英一「得難い越路の存在[35]」）というのがその代表だが、特に福田恆存が「大衆演劇を斬る—私の演劇白書（1）」において痛烈な批判を展開しているので、少々長いが引用しておきたい。

> 「子を貸し屋」はとにかく、「金閣寺」など採りあげるべきではない。三島さんの小説家としての名誉のためにいふが、元来、この小説は芝居にならぬ。（中略）この七面倒くさい観念小説が、どうして新派を好む観客に受けると考えたのか。
>
> 芸術上の、あるひは演劇上の問題ではあるまい。ベスト・セラー「金閣寺」の看板を借りただけのことだ。それなら「大衆のための演劇」ではないばかりか、また「大衆を見くびつた演劇」でもなく、「大衆をだます演劇」である。それともあとに鏡花あり、中野実ありで、これは時間をかせぐための出し物だといふのか、それなら、ますますいけない。美がどうのかうの、金閣寺が邪魔して女と遊べないのと、そんなことを抽象的に並べて、観客に解ると思ふのか。（中略）
>
> それなら観客はこの芝居から何を受けとるのか。脚色者の村山さんは、その点、如才がない。ねらひはエロである。アメリカ兵の子を孕んだ女の腹を踏みつける「ふんづけの場」があり、「お茶と同情」よろしく「乳房むきだしの場」がありという具合である。お上品なる「大衆蔑視」もい丶かげんにしてくれといひたくなる。もつとも村山さんは中共に遊学中で、実際の演出はしてゐないはずだが、脚色すでに責任ありといへよう[36]。

福田は脚色をすら評価せず、如何にもセンセーショナルなシーンを抜き出し〈ねらひはエロ〉と皮肉っている。確かにこの劇化には、先程指摘したように、話題のベストセラー小説をそのまま新派の舞台に移し、その威を借りるといった側面は濃厚だ。「息子の青春」などは別としても、同じくベストセラー小説の劇化であった「挽歌」などもその評価は高くなかった。鏡花などのいわばお家芸の他に、いわゆる明朗小説の劇化作品や中野実「明日の幸福」などの現代劇でも一定の評価と人気を博していた新派だが、やはりただベストセラーであるということだけによる舞台用作品選択では、結果的にこうした批判が来るのも当然のことであったろう。

また一つには、例えば映画「炎上」が、留置場の場面から語り起こし、有為子をカットし、主人公溝口は、実際のモデルの母親がそうしたように汽車から投身自殺させるというストーリーに変えるといったように、小説を原作としながらも、脚色者、監督が、原作を咀嚼した上で新たな角度から原作に照明をあてて自らの作品としていったのに対し[37]、劇化「金閣寺」の場合、〈原作をよく砕いて、エピソードも万遍なくとり入れ、主人公の放火にいたる心理が、可成納得のゆくやうに跡づけられて〉はいるだろうが（この文章自体、当該公演の筋書きに掲載するために執筆されたものだ）、それは、敢えていうなら、ダイジェスト版としてはよくまとまっているが、それ以上ではなかった、といえる。つまりそれでは、新たなアングルやある種原作を相対化するような批評性といった、ただのダイジェスト版にとどまらぬところの、二次創作のオリジナリティを担保する要素の欠如をそこに指摘されてしまう。

こうして新派「金閣寺」は、越路吹雪新派初登場といった話題の影になりながらも、三幕九場にまとめた脚色と花柳武始という俳優の評価をのみ残し、その後再演されることもなかった。

しかしその約一年後、村山脚色は装いを新たにして再度世に問われることになる。それは、ラジオドラマの脚本としてであった。

4

既に見たように、当時の劇評において村山の脚色は一定の評価を得ており、その点がラジオドラマ化に際して村山が脚本担当となった可能性がある。ここでいうラジオドラマとは、二度ラジオドラマ化されたうちの一度目、ニッポン放送の「シネマ劇場」という番組にて昭和三十三年七月二十七日から連続四回にわたって「炎上」と題して放送されたもののことである。番組名は「シネマ劇場」であり、タイトルも映画と同じく「炎上」だが、初の映画化である大映「炎上」は、翌月の封切りを前に当時未だ製作中であり、あるいは公開を前にした映画とのタイアップ的な番組であったのかもしれない。タイトルも映画そのままではあるが、この放送では、映画の台本を流用するのではなく、村山の新派台本を元にしたオリジナル台本であったようだ。当時使用された放送台本を確認することが出来なかったので断言は出来ないのだが、新派で公演した際の台本をそのまま使ったわけでもないようで、例えば次のような新聞掲載のあらすじ紹介をみてもそれはうかがえる。

（あらすじ）京都市上京区驟閣寺町臨済宗双円寺徒弟、大谷大学三年生溝口吾市二十一歳――と検事の読み上げる調書に吾市はうなだれていた。少年のころの思い出がつらなっていた。

少年時代のある日、吾市は自分の父の持つ寺の境内で海軍士官から、軍人になれとからかわれた。ドモリの吾市にとってこれはショックだった。そしてひそかに慕う有為子が、海軍士官の一人と恋仲であることも知り、吾市は打ちのめされる。また母の不倫も知り、父をなじると、父は「人間はみんなきたない。美しいものは海や空だ。人間の作った美しいものは驟閣寺だ」と教えられる。

（後略、傍線引用者）[38]

これだけでも、新派公演の台本との相違点は明らかだ。まず、逮捕後に調書を読み上げている場面の溝口の回想からはじまっていること。金閣寺ではなく驟閣寺という名称を使用していることである。市川崑の映画および発表されたシナリオを確認すれば、検事ではないが逮捕後の刑事尋問のシーンがファーストシーンであること、そして何よりも驟閣という名称も映画と同じということがわかる。当時、市川崑による映画が、モデル問題から金閣寺という固有名を使用出来ず、タイトルは「炎上」、劇中での呼称は驟閣寺にしていたことは、既このに放送以前から新聞雑誌の報道で世に知られるところであったが[39]、放送台本はそれを踏襲しているようである。ただしその他の細部はわからないが、傍線部の箇所などは、映画というよりは新派での脚本そのままであるようだ。小説の第一章で、中学校の校庭で海軍機関学校の士官候補生とやり取りするシーンは、映画では小説と同じく中学校の校庭だが、右のあらすじを見ると、ラジオでは新派台本と同じく父親の寺の境内でのことになっている。また、小説では、有為子は海軍病院の脱走兵と駆け落ちをすることになるが、映画では有為子の存在自体がカットされ、新派台本では、境内で溝口の吃音をからかった士官候補生が有為子の相手となる。加えて、ラジオドラマのあらすじにある溝口の父の科白であるが、同じ科白は小説にも映画にもない。映画で、この科白に近いところをシナリオから抜き出すとすれば、次のような箇所であろう。

父「な、吾市、一度金閣を見に連れて行つてやろう、近いうちにな、きつとや。京都のなだらかな山の懐に建つている金閣ほど美しいものはこの世にはない。お父さんは金閣のことを考えただけで、この世の中の汚い事はみんな忘れてしまうんや[40]」

次に、新派の台本からラジオドラマのあらすじにあるような科白を抜き出してみる。

久源　人間はきたない。美しいのは、な、空じゃ、海じゃ。
溝口　に、に、人間は生まれなんだ方が、ええのんか？
久源　ええの悪いのいうても、生まれた上は仕様がない。人間はきたないもんやが、美しいものをつくることはでけるな。美しい画や、道具を作ることはでける。しゃあけど、その画や道具をほしいと思うと、もう、きたない慾にとらわれるんや。

溝口　ほ、ほ、ほしいと思たら、もうあかんのか？
久源　そうや。正賢、人間のつくったもので、一番美しいもんは、京都の金閣寺や。[41]（後略）

映画も新派台本も全く同一ではないが、確かに似たような意味の科白ではある。が、とりわけ〈人間はきたない〉、〈空〉、〈海〉といった新派台本の単語は特徴的である。この箇所から、ラジオドラマにも同様の科白があったであろうことはまず確かと見てよい。

してみると、村山はラジオドラマ台本を執筆するにあたって、映画「炎上」シナリオの構成を一部踏襲しつつも、脚色のベースとしては新派台本を使用していたと推測される。が、新派台本が逮捕後のシーンを追加していたのに対し、映画シナリオの設定をある程度使っていたと思われる放送台本では冒頭に刑事とのやり取りが置かれているがそれでは、ラストシーンは新派台本のように逮捕時のシーンで締めくくられるのか、映画と同じように溝口の自殺で終わるのか、あるいは小説のように放火後の煙草の一服で締めくくられるのか、ストーリーの構成上興味深いところではあるが、このあらすじだけからでは何とも判然としない。

これが二度目のラジオドラマとなると、様相はまた変わってくる。二度目は、一度目の翌年六月にＮＨＫラジオ第二にて放送されたものだが、これは「現代日本文学特集」という五日連続で放送された特集番組においてであり、「金閣寺」はその最終回、井上靖「満月」と共に放送され、番組内では三島と山本健吉との対談も放送された。これは小説の朗読ではなく〈ドラマ〉[42]を謳ってはいるが、二つのドラマとそれぞれの作者との対談および解説などを二時間という放送枠で済ませるということは、かなり簡略化された、あるいはクライマックスシーンのみといったような台本が用いられたのではないかとも推測され、「金閣寺」を「金閣寺」として放送している点なども含め興味深いのではあるが、今はこれ以上わからない。

5

ところで、先に新派上演における村山の脚色について見てきた。そこで原作にはない新たな設定を幾つか挙げた。再度繰り返すが、他ジャンルへの翻訳、特に一定の時間内に特定の俳優が舞台上で演じるという舞台化に際しては、様々な脚色が行われるのは当然である。ただし、村山の脚色の中で、エピソードや人物の省略、融合などは、原作の範囲内で行われているわけだが、原作の範囲外からの要素、全く新たなシーンとして描き加えられたものがあった。第三幕第五場の溝口逮捕のシーンである。ラジオドラマ化におけるラストシーンの処理について言及したのもこれが気になるがためであったのだが、ここで結論めいたことを先取りして述べてしまえば、この第五場こそ、おそらく、現代、「金閣寺」を脚色舞台化したとしても加えられることはないシーンであろう。即ち、この第五場は、当時、どのようにして『金閣寺』というベストセラー小説を、新派の舞台として、小説の読者ではない観客にわかりやすくイメージさせるために脚色するのかといった問題に関わってくる見逃すことの出来ない箇所なのである。

小説「金閣寺」は、発表前年から取材を重ねていたものであり、それは後に、三島にとって生涯の代表作となる仕事であった。小説の完成度の高さは無論だが、その売り上げは世評の高さや読者の三島人気によるものでもあろう。ただしそうした、小説としての完成度や質の高さとは別に、あるいは傑作、名作といった評価が文壇及び純文学雑誌以外の一般読者に固定するまでにはそれなりの時間がかかる。もちろん、世評が高いから、流行っているからという理由で購入する作者のことをまるで知らない読者も少なくなかっただろう。ただし発売後一年にして十二万部超を売り上げた要素の一つとして、モデルになった事件に対する興味というものも当然予測してよいと思われる。周知のように、三島が「金閣寺」を発表する六年前に起きた昭和二十五年七月の金閣寺放火事件である。もちろんそこには六年という時間が横たわっており、ニュースとしての衝撃も新鮮さも既に失われてはいよう。ただし、小説の発表される前年にちょうど金閣寺は再建され、金閣寺再建なるとして全国紙でも報道されていた(43)。

下山事件、朝鮮戦争勃発などが相次いだ占領下時代の、といっても小説発表当時からすれば数年前の誰もが知る大事件として、一般読者にはまだまだある種の記憶の生々しさは残っていた筈だ。敢えていってしまえば、当時の読者の中には、三島のこの小説によって、薄れてしまった当時の衝撃が改めて蘇らされたといったことすらあったのではないか。犯人の経歴、事件の経緯などは当時ことごとく連日の新聞報道（恐らくラジオでも）で詳細に報じられている。読者は、小説「金閣寺」を前にして、既にその結末やある程度の経緯を前提にしながら小説を読み進めることになる。

いうまでもなく、「金閣寺」は実際に起きた事件を素材として三島という作家が紙の上に創造した小説であって、小説の主人公である溝口は実際の犯人である林養賢ではなく、小説の金閣寺は実際の金閣寺ではない。いわば社会ダネ小説、〈ニュース・ストオリー〉(44)ではあるが、小説の本質は報道されたものの中にはない。三島没後の世代にとって、金閣寺焼失事件は既に遠い過去であり、その意味ではモデルという外的要素を抜きにして純粋に小説に対峙することが出来る。だが、モデルの事件をリアルタイムで経験してきた発表当時の多数の一般読者にとって、小説「金閣寺」は、その発表・発売の年即ち「もはや戦後ではない」といわれた時点から戦後占領下の時代を振り返り、その時代の意味を新たに問い直すといった契機をも孕んでいた小説なのではなかったか。つまり事件当時の報道のように犯人が「異常者」だから犯火した、

というのではなく、放火事件そのものが象徴する時代の意味が、そこに小説という形で開示されたのである

そして、三島が小説を発表し、それが人口に膾炙することで、リアルな記憶としての鹿苑寺金閣放火事件は、〝三島が「金閣寺」で描いた元の事件〟として、いわば現実としての事件よりもフィクションである小説「金閣寺」が先行して想起されてしまうような倒錯した受容状況がそこに生じていたのではあるまいか。

実は、先述した村山の新派台本第三幕第五場は、そうした倒錯状況を見る上で興味深いシーンなのである。第三幕第四場では、溝口は放火し、金閣の中で二階に上がろうとして果たせず、外に逃げ出すところで終わっている。続く第五場では、朝焼けの中で倒れている溝口を刑事達が発見し確保、一問一答を繰り広げるというもので、小説のように燃えさかる金閣を見ながら煙草を飲むという結末とは全く違っている。では、具体的にそのシーンを末尾の科白まで全編抜き出してみよう。

森　（しっかりと彼の両腕をうしろから扼して抱きながら）何のんだんや。
溝口　カ、カルモチン。
森　何ぼのんだ？
溝口　百錠――だが吐いてしもうた。
森　火は何でつけた？
溝口　マッチ――ろ、蠟燭――く、苦しい、何とかしてくれ。
森　よし、もっとよりかゝれ。火をつけた理由は？
溝口　わ、わからん。
森　あんな国宝を焼いて、悪いことをしたと思わんか？
溝口　わ、悪いこととは、何のことや。
森　何や、貴様、ええことも悪いこともわからんのか？
溝口　（次第に狂的となる）き、金閣を焼いたんで、俺は、俺は、生きられるんや！
森　何？
溝口　俺は、生きるんや！
森　ふん、刑務所の中でな。
溝口　（大声で笑い出す）
森　あかん、こいつ気違いやぞ。（手を放す）[45]

ここでは、確かに小説の〈生きようと私は思つた〉（十章）というラストの独白が活かされてはいるが、その一言のおもむきは大分変わってしまっている。実はこのシーン、この一言を抜かしてみるとほぼ当時の新聞報道を下敷きにしているのである。溝口が狂人として扱われ終わってしまう。この結末は、村山脚色が原作における溝口の犯罪を相対化したものというよりも、当時の大方の報道論調を繰り返しているに過ぎない。試みに、犯人逮捕当時の新聞に掲載された犯人と刑事との逮捕時の問答を一部引用するので比較してもらいたい。

△何のんだンヤ
○カルモチン
△なんぼのんだ？ けさか、一〇〇錠？ あとで吐いたンか
うなずくらしい気配につづいて
△火は何でつけた
○マッチで紙からカヤにつけた
△どうして入つたか、錠はあいたか
○後ろの戸があいた
△西か北か
○北の方
△北は壁だぞ、西の方か、よし
うめく声「あゝ何とかしてくれ」「よりかかれ」などという声がする
△火をつけた理由は？
○わからん（中略）
△一日深夜金閣へ「かや」「ふとん」を持つて入りマッチで放火板戸の燃え上るのを見て裏山へゆき、今朝カルモチンをのんだ、悪いことをしたがこれは私がしたことに相違ない、これでよいか
○その中で、わしの主観としては「わるいことをしたとは思わん」（後略）[46]

ここでいう「悪いことをしたとは思わん」という言葉は、「アプレ青年」「ニヒリスト」「変質者」といった言葉と共に、新聞各紙で犯人のふてぶてしさをあらわす言葉として犯人逮捕直後から広く使われていた。

事実ではないが事実に依拠している小説を、他ジャンルへの翻訳は、それが寸分違わぬものとして移植することが不可能である以上、その小説が持っているイメージを保たさせつつも再構築し、原作とのズレを意識しながら、小説読者以外の受容者へ向かって、小説、というよりは小説のイメージを、再生産し続けていく。小説というフィクションが、それら再生産の過程において、現実の事件と地続きにされる瞬間が、この第三幕第五場なのだ。それは即ち、小説というフィクションが現実の事件の実相であるかのごとく、小説の劇化の中に、小説では取り扱われていないモデル事件の事実が混入し、小説と現実が入り混じったものが小説の舞台化として上演され、観客に受容されてしまうという事態である。こうして、普段小説を読まない観客にとっては、未だ生々しい記憶として残っている事件の報道を三島の小説に重ね合わせイメージし、そのイメージを以て三島の小説であると受け取るということが出来する。

そうした観客も、この観劇によってあるいは原作小説に興味を持ち新たな読者となるかも知れない。その時、この新たな読者は、再生産されたイメージから改めて原作である小説を読むのである。三島の執筆した小説の外側では、しかし、小説が小説として発表され読者に読まれていく一見当たり前

の過程において、こうした事態は必然的に生じ、再生産されたイメージのみの読者というものも、その多数の読者に含まれてくる。発表当時の、劇化をはじめとする正に多種多様な受容を通して、いつしか小説「金閣寺」は、三島文学の〈金字塔〉たる小説へとなっていくのである。

註1 ベストセラーと他メディアへの翻訳については、真銅正宏『ベストセラーのゆくえ―明治大正の流行小説』（翰林書房、平12・2）参照。

2 映画化に際して、監督の市川崑および脚本の和田夏十は、撮影前に三島と数回面談し、映画についてディスカッションをしたというが、その時三島から脚本に対する具体的な指示などはなかったという（市川崑インタビュー「『炎上』と雷ちゃん」、DVD『炎上』解説書、角川映画、平16・10、12頁）。また後に市川は、脚本執筆のヒントにと三島から創作ノートを借り受けながら、〈何故焼いたか、と言うと、日本の貧しさではないか、と私は思う。これをテーマとして三島魔術とは違うフィクションをつくった〉（暫「げいのう舞台再訪―金閣寺」、「朝日新聞」昭57・1・9、7面）とインタビューで述べている。

3 高林陽一「『金閣寺』製作雑記帳より」（「シナリオ」昭51・6）、16頁。

4 無署名「三島の傑作大映で映画化」（「読売新聞」昭32・2・14夕）によれば、〈松竹、日活、東宝もそれぞれ第一級の監督による映画化を申込んだが、結局途中で辞退してしまった〉（4面）という。

5 「異常な太陽族景気―芸術性高い『金閣寺』」（「図書新聞」昭31・12・22）、4面。

6 真銅前掲、236頁。

7 「週刊朝日」（昭32・6・9）。

8 『新潮社一〇〇年』（新潮社、平17・11）、160頁。園「この一ヶ月の出版界」（「図書新聞」昭32・3・30）、3面。

9 「挽歌」はその後、フジテレビやTBSにてテレビドラマ化された。

10 「サンデー毎日」（昭31・12・16）、65〜65頁。

11 「群像」（昭31・11）、243、242頁。

12 『文壇の崩壊』（村山書店、昭32・3）、6頁。初出は「中央公論」（昭31・12）。

13 山岸郁子「『文壇』の喪失と再生―「週刊誌」がもたらしたもの」（「文学」平16・11）、64頁。

14 荒正人『小説家―現代の英雄』（光文社、昭32・6）、27頁。

15 週刊誌研究会編『週刊誌―その新しい知識形態』（三一新書、昭33・12）、7頁。

16 石原の週刊誌記事としては、無署名「若き『背徳者』の波紋―芥川賞『太陽の季節』が投じたもの」（「週刊新潮」昭31・3・25）、特集「『もういい、慎太郎』―〝太陽族映画〟をたたく」（「週刊朝日」昭31・7・15）などがある。映画化については、「太陽の季節」（日活、古川卓已監督）をはじめ「太陽族映画」として数種が製作、石原自身が出演、監督したものもあり当時話題をさらった。だが反面、「太陽族」は種々社会的問題をも惹起していた。太陽族映画とその問題点については、石原慎太郎「ぼくの足ながおじさん」（尾崎秀樹編『プロデューサー人生―藤本真澄映画に賭ける』東宝株式会社出版事業室、昭56・12）、斉藤綾子「五〇年代映画と石原慎太郎」（「文学」平16・11）などを参照。「挽歌」についてはそうした問題はなかったものの、その爆発的大ヒットにより前掲註7「週刊朝日」や、無署名「青春という名の加害者―兵藤怜子の秘密」（「週刊東京」昭32・6・1）などの特集が組まれ、第二の原田を目指せとばかりに急激に文学系出版社への持ち込み原稿が増化し、他者による『挽歌』続編も発売された。

17　前掲『新潮社一〇〇年』、506頁。ちなみに同書によれば、昭和四十九年年末までで十六万三千部を超えたという。

18　この『金閣寺』私家版がきっかけとなり、新潮社内では以後十万部を突破した単行本は全て私家版を四部作成し半分を作者に寄贈するという制度が出来た。三島の著作では他に「豊饒の海」四部作がある。この制度については拙稿「三島由紀夫の私家四部本」（「初版本」平19・7）を参照されたい。

19　座談会「『文芸』休刊残念会」（「図書新聞」昭32・4・20）、3面。

20　前掲「げいのう舞台再訪―金閣寺」。

21　座談会「映画『炎上』を語る」（「毎日新聞」昭33・8・18夕、2面）の説明記事に、〈この映画は市川崑監督が約一年間構想をねったすえ撮影にとりかかったもの〉とある。確かに、市川による大映映画化については、既に一年以上前に報道されており（註4参照）、長谷部慶治と和田夏十によるシナリオも発表（「シナリオ」昭32・8）されていた。

22　大木豊「新作劇化に優秀なる成果」（「週刊東京」昭32・6・1）、64頁。ちなみに、夜の部第一に上演された「金閣寺」ほかの演目は以下の通り。［昼の部］飯沢匡作「曽根夫人の黒眼鏡」、宇野浩二原作・水木洋子脚色「子を貸し屋」、織田作之助原作・長谷川幸延脚色「夫婦善哉」［夜の部］「金閣寺」、泉鏡花原作・久保田万太郎改編「井筒屋のお柳」、市川翠扇襲名披露口上、中野実作「午前二時の目撃者」。

23　無署名「『金閣寺』に取組む新派」（「報知新聞」昭32・4・20）など、上演前の記事にて「金閣寺」を大きく取り上げているものがある。

24　京都松竹歌劇団公演「ボン・ディア・セニョーラ」（昭29・9）は村山が演出を務めており、昭和二十年代後半に、後に「溶けた天女」となる台本を越路のために執筆していた（無署名「越路の音楽劇を―三島由紀夫の作で上演実現か」、「東京新聞」昭28・8・27）。また、久保田万太郎が幹事を務める文学座に、三島は昭和三十一年三月に入座している。

25　新派プログラム（松竹株式会社事業部、昭32・5）、16頁。

26　「映画と演劇」（昭32・7）、85頁。

27　「毎日新聞」（昭32・5・13夕）、2面。

28　「報知新聞」（昭32・5・19）、8面。

29　前掲「『金閣寺』に取組む新派」。同記事によると、明治座の火災によっていつもは殆ど稽古時間を取れない新派が、四月十七日より稽古を開始したとある。

30　「東京タイムス」（昭32・5・13）、6面。
31　「日本経済新聞」（昭32・5・15）、2面。
32　「読売新聞」（昭32・5・14）、4面。
33　「朝日新聞」（昭32・5・12夕）、2面。
34　大江良太郎「新派の人々」（劇団新派編『新派』大手町出版社、昭53・10）には、〈彼が未発掘の持ち味をほりだした役といえば、三十二年五月に新橋演舞場で上演の〝金閣寺〟をあげるべきであろう。あの境遇を呪う変質青年溝口正賢に取りくみ、彼は役の創造に大へんな熱意をしめした。聾唖学校へでかけてどもりの研究に没頭した。武始の舞台に身についた影を発見したのは、〝金閣寺〟からである〉（178頁）と紹介されている。
35　「スポーツニッポン」（昭32・5・14）、6面。
36　「芸術新潮」（昭32・7）、105〜106頁。
37　註2を参照。
38　無署名「『炎上』（金閣寺）を放送劇化」（「東京新聞」昭33・7・27）、10面。
39　例えば、無署名「三島の『金閣寺』映画化」（「朝日新聞」昭33・5・9夕）などは、京都寺社関係者を怒らせることが、以後の大映京都撮影所の時代劇撮影において支障を来すといった社内の反対意見などを掲載している。映画「炎上」における当時の事情については、前掲「『炎上』と雷ちゃん」が詳しいが、金閣寺の名称を使用しないという条件で映画化の説得に成功したという。戦後初めてモデル問題で刑事事件として告訴された宮本幹也の小説「幹事長と女秘書」（昭29・11）以来、殊に文学の世界ではモデル問題は大きく取り沙汰されており、三島の小説「金閣寺」も、「懇談会 どんな場合にモデル小説は名誉キ損となるか」（「図書新聞」昭32・3・2、1面）によれば、金閣寺側はその迷惑を訴えていたという。
40　長谷部慶治・和田夏十「金閣寺」（「シナリオ」昭32・8）、56頁。シナリオ発表時は「炎上」ではなく「金閣寺」であった。
41　新派台本『金閣寺』33頁。本稿では、松竹大谷図書館蔵の謄写版台本を参照した。
42　無署名「現代日本文学特集」（「NHK新聞」昭34・6・21）、13面。
43　無署名「金閣寺再建」（「朝日新聞」昭29・8・31、3面）、「再現された金閣寺」（「朝日新聞」昭30・9・13、9面）によれば、金閣寺は昭和二十九年九月十八日に再建棟上げ式を行い、翌年十月十日に落成法要が行われた。再建費は三千万円。
44　中村光夫「解説」（三島『金閣寺』新潮文庫、昭35・9）、271頁。
45　前掲新派台本「金閣寺」、135〜137頁。
46　無署名「林はなぜ金閣を焼いたか」（「夕刊京都」昭25・7・4付）、1面。

付言　三島の引用は『決定版三島由紀夫全集』を用いた。

（大学非常勤講師）

未発表

「豊饒の海」創作ノート③

翻刻・井上隆史
工藤正義
佐藤秀明

大長篇ノオト（尼寺）

〔三島由紀夫文学館所蔵「大長篇ノオト（尼寺）」の翻刻である。このノートは、表紙から途中のページまで『決定版三島由紀夫全集』第十四巻（新潮社、二〇〇二年一月）の六八一ページから六九〇ページに翻刻整理されている。ここでの翻刻は【翻刻A】【翻刻B】【翻刻C】とし、全集六八一ページのノート表紙の翻刻説明に続く未翻刻分（【翻刻A】）と、全集六八二ページ、一五行目「（第二巻の父親はこれを慨嘆）」に続く未翻刻分（【翻刻B】）と、六九〇ページ、十三行目「＊（外側の囲み罫、朱書）」に続く未翻刻分（【翻刻C】）である。これにより、「大長篇ノオト（尼寺）」はすべて翻刻されたことになる。〕

【翻刻A】

314、1.835、大野、熱海　博多紹介

【翻刻B】

△嵯峨清滝荘、
京都にゐた春月さんから、（銀座のお店、）
①光照院
香たき
風花、五葉の臥松にかゝる。
年七百円（直宮の尼僧）明治末年
四家門跡――内親王直接、｛④光照院　①大聖寺　②宝鏡寺　③曇けん院｝
昔、宮様入りし時、門跡からもらつた。
直宮お入用ないのがあると門院寺院。
△西陣の機屋の音――滝の音のやう、
二〔「二」抹消〕三年ほど前から
むかしは手バタ――雨の如し。
○六、七年前、黄バクの雲水、お供して行けり、
伏見で尼僧忘年会、〔「伏見で尼僧忘年会、」抹消〕奈良の光
妙院へ行けり
あの時の御住職生きてをられしまへんやろ。
奥へ行つたら、外へ出ない。（下のもの、言〔「、言」抹消〕
のみ接待）
○奈良でハ夕方は、客を通さざりき。夕方から閉めてしまふ。
五時から閉める。

○「尼僧の中の光りになるさかい」
○男のお客に会へるか?
△門跡
△お次の最長老　一臈《いちろう》、二臈、

△門跡さん——
御附弟さん——
(華族)
一臈、二臈、昔は十人、——
四、五人
他在家《ざいけ》の人
(御局に仕てゐた老女が退下すると　実家へ来ても邪魔にされ気の毒ゆゑ、引取る。結婚の経験なき老女ばかり)
むかしハ、お米《よね》でいたゞいた　お米倉《よねぐら》
応仁の乱、大正八年等四、五回焼けたり、
後伏見皇女ここで誕生かつ崩御。

△御附弟　御小僧さん、はじめハ普通の修行者と同じ行がすんだら一人前（十年の行）
御所の拝謁ができる、
△大正五年より　御加増を願ひ上げ　宮内省役人へお願ひ加増して七五〇円〔「七五〇円」抹消〕四ヶ寺は七五〇円、
——→年千二百円になる。
円照寺、等は一ヶ年に八百円。
……寺……寺は摂家門跡ゆゑ一ヶ年六百円。

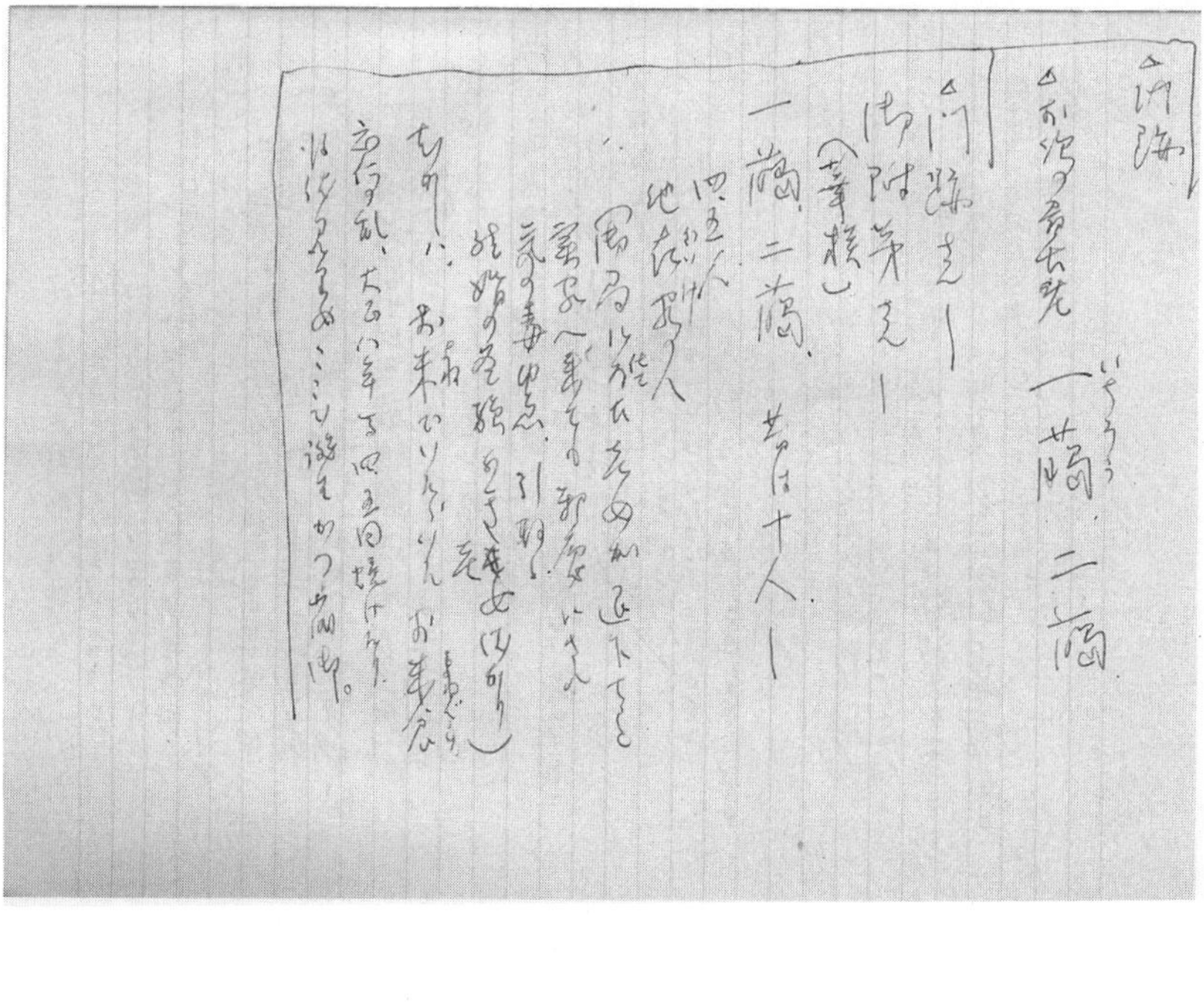
△門跡
△お次の最長老　一臈《いちろう》、二臈
△門跡さん—
御附弟さん—
(華族)
一臈、二臈、昔は十人—
四、五人
他在家《ざいけ》の人
御局に仕てゐた老女が退下すると実家へ来ても邪魔にされ気の毒ゆゑ、引取る。結婚の経験なき老女ばかり)
むかしハ、お米《よね》でいたゞいた　お米倉《よねぐら》
応仁の乱、大正八年等四、五回焼けたり、
後伏見皇女ここで誕生かつ崩御。

大正十一年より年においたゞきのことに決り候。
大正七年七月、神殿建立のため二千円。
内親王御四方より金五拾円いたゞき
梨本宮二十五円　女官方より御寄附２００円いたゞき候。
△大正七年に焼け
岡本正一氏の拝借した居間のこたつ　七〇余の老人、母立子ハ石山寺へ参り、正一は友人のところへ参り　両人不在の時午後十一時より焼けかけ　本尊様、……びしやもん堂三つは残り、善光寺の御附弟、都合三人がびしやもん堂に住んでゐてあとは門番小屋に住み、大正八年に、焼けのこつて建てた。桂離宮の二間いたゞけり。老人、井戸水で消す。
△明治42年12月22日
日野西光禅の御名をもらひ十一才の時小学校を出、尼僧をつけて尼僧学校に進学、廿才で卒業、それまで奈良。
△婦人会等この予算でまかなふ。
（お葉つ葉、御精進、
（野菜、干物、ひじき、お豆さん、おだい、
小食《しょうじき》（お粥）
半齋《はんさい》（おひる）
薬石《やくせき》（四時）、
二食、（朝十時、――晩）夕方四時夕食、夏でも冬でも。
△天台｛寂光
　　　　西方
○宮家「こゝは私の家や」とおいでになるが　皇女みな嫁入り、跡取りなし。道心あれば中途でもよし。

◬どんけん院
詰所――門にあり
　家来つめてゐた。出勤、夕方にかへる。

　尼さんもゐた。一臈、二臈、若い人、お小僧さん。

御師匠のお弟子が、急に三十八才で死に、誰かないかと求められ、学校へ行つてゐるのをみとめられ、お話が出て、父が戦争（日露戦争）からかへつてのちお目見得。

尼さんになる気もない。尋常四年生、（六年制引かれたるとき）六年まで行きたきを　前のお師匠さんに見込まれ、四年を出て、すぐ行け。四月一日、卒業式。四日にここへ来る。十二才。

親兄弟今は自由につきあひ、
親も兄弟も来られぬ。

詰所の人、次いで一臈会ふ。

めつたなお客でなければ会はぬ。

お経、――五年生から教はり、漢文など習ふ。

人も訪ねて来ぬ。昔は訪る人なし。用事なら一臈会ひ片附く。

講義をきく。

おつとめ、禅学、提唱きゝにゆく。

外出することなし。来てもらつて学ぶ。

十七で御師匠様、
あとはこわい〳〵一臈がゐて、とりしきる。父きびしき故、寺の経営で会をしろとすすめられても、35、40の声かゝる迄　御堂にゐて御堂守りをしてゐろ　それまでハ人にすすめられても何もすな。御師匠様死してのち父とゆききあり。
△きびしい師匠

座ぶとん、火鉢禁じらる。お経を教へてもらふにも、畳へじかに坐る。お次のお小僧と戸を閉めに行つて玄関のスミで小さく笑ふのみ。ほかに一日笑ひ声なし。

○草紙を書かされ、のち御所《ごしよ》の御文《ふみ》を書かさる。

○夜が明けたら起き、冬も暗いうちから、御堂のお掃除、（仏さんのところだけ） 御師匠のお経の前に掃除、女中、しもべ、若い人、年よりをり、お経ののち一時間後「××、お経に来やすや」御経を教はり、御経のおさらひ。姪御から本をそはる、手習、おひるごはん、お経が大分進んできたし、素録《そろく》（大学、中庸、論語、十八史略）おひるのおつとめ 夕方のおつとめ、しばらく解放 お次のお小僧と庭散歩、夕食（おばん）

病気になり、運動不足とて解放さる。

ランプを使つてゐた

寝るとき一繭行灯をもつてくる。修行中はもめんのふとん。

△保育舎はじめてから、宮〔一字不明〕考へる。

「気がづつなうて〱」

「昔のやうな時代はもう来やしまへんナ」

御茶台もつて、障子の外で、（そこまでお次がもつてくる）

◎「おゆるしあそばして」

「どうぞ」

作法で入つて置く。膝に手をつく。

○御所へ入つたときハ、奥はタタミ。その間はタタミ。何のおあしらひいたゞくもタタミ。すり足。膝行。してゆく。手をにぎつてついて膝行。茶台をむかうへ置いて膝行、又さしあげて膝行。あとずさりして帰る。

「お菓子たべませうか」

○宮中へ一年何度でも御機嫌伺ひ。明治天皇のお考へ。内親王と同じ取扱。のお内儀にお伝へあり。特別のおあしらへ。

◎明治37年東海道線開通。

○御所言葉 猪口氏しらべた。

○昔の細工物 宮のコマ、宮細工、お人形

○一寸の雛人形、

【翻刻C】

△六條取材。（当時の公家生活）

男の子あづかる。

△白須氏にたのむ。右翼家庭取材。（法華経いかにするか？）

◬二月二十六日

風花飛ぶ黄なる芒野、大和川沿岸の川草の黄、河原の冬菜畑、王寺のあたり、冬田、——沼、わづかな刈田の間の青草にじむ。

冬菜 芥子菜（？）

粉雪ちらつく。はら〱と、羽虫の飛ぶやうな雪。家々の冬構、きいろい苔のやうな盆栽。山々かすみて見えず、山ぞひの村のみ白々とおぼろに光る、冬田の刈田の〔この部分にハザの図〕わらのハザ 稲梁〔「稲架」の誤記〕粉雪ちら〱と桑の枯木にかゝる、刈芦、黄といふより赤ばんだ枯芦、焦茶いろのガマの穂、又日晴れたり。木塀の角に大黒天を飾る家。

21,22—23,24,25

△帯解の町

せまい辻。うどん屋。すすき、畑の間をゆく。向うのひくい山々。遠く、雪のこる山頂。山村。竹やぶの小丘。竹深みどり。松。来し方 生駒山系と田のみ。山村御殿の両側の松。並木。

両側の道の赤い草。ひばりの声。左に茶畑の、もく〳〵*した焦
緑見ゆ。枯木。青苔の生えた桜。左の丘上の竹やぶの前の白梅
一本。冬菜畑。池の傍にのみ紅葉。

　＊竹の色の濃淡。

観念　エロ　写実

(桃)

枯羊歯、ススキ、枯笹の末の黄、やがて右に、池見ゆ。茶垣。
松ぼつくり、枯松葉散り敷く。薄日さして来て人影前へ出づ。
(午後二時半)
やがて道のぼりて杉並木となる。熊笹に松。

〔この部分に門の図。「黒木の門」と注記〕

やぶの間に、赤屋根見ゆ　次第に密生する杉並木。曇りて風花。
やぶ柑子。門内石垣、

〔この部分に門と瓦の図。「二十の菊前瓦　菊瓦左右に　十六本
菊花の瓦」と注記〕

円照寺門跡
中央をよけ左側に◇◇◇◇と敷石。左側、瓦のある築地。玄関
前の船形松。
△入口の鐘楼《しょうろう》――かやぶきなりき。〔昨年赤がねにしたり、〕
△明治三十四年改増築〔「改増築」抹消〕
葉帰庵《ようきあん》を増築、

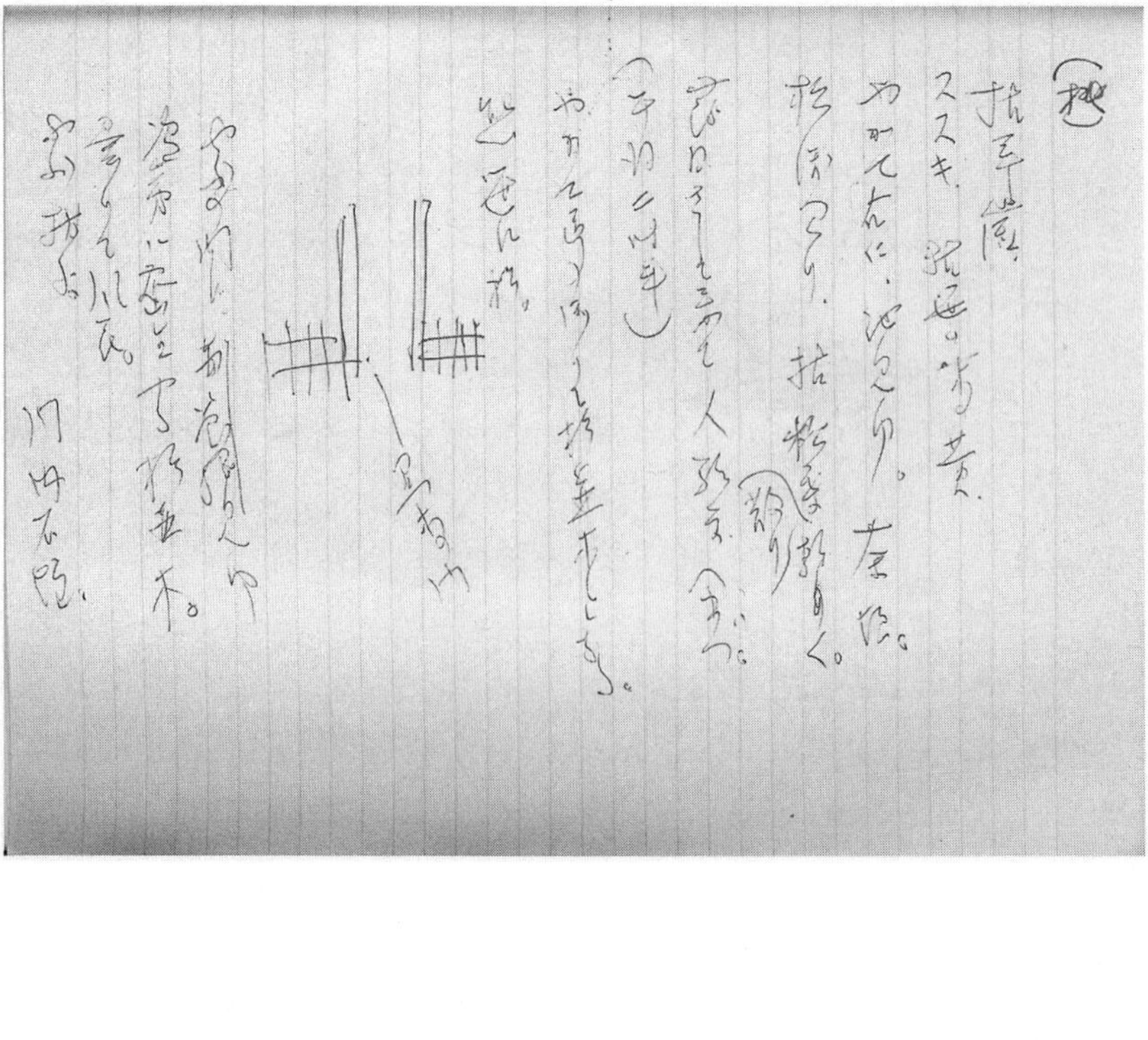

この前身は表門の外の山中にありしが安政大地震でこけたるを、
奥に〔「奥に」抹消〕奥へ新築したりき。あとハ
山本静山《じゃうざん》（門所《もんしょ》さん）
寛永十八年創設ののち
△満十五年修学院*にあり。宮がここに来られた明歴二年四月、大和の八島に移りたり、（ここの北の村）そこに十四年間ありたり、寛文九年十一月にいよ〳〵ここに移りたり。

＊

百八代後水尾帝皇女、梅宮文智女王　開山
そのずつとあと妹さんが二代目。百九、百十、百十一とんで百十二代霊元天皇の子が二人をり、
有栖川宮家より御二人　最後の七人は伏見宮より一人

＊　大和の八島に創設。

△七人の皇族宮中から見えた。伏見宮で皇族御住職最後、大正十五年二月十五日、八十三で薨去。（七才でここに来られしよりずつとここにをられた）伏見宮文秀女王。その前から近ヱ文磨の伯母近ヱ秀山をられしが。
△七人の皇族のうち住職につきしが六人、文智女王第一代。
その妹、御附弟の間に亡くなられた。二代目、霊元天皇皇女。
△明治維新の時衰微せり。そのため十年間、住職伏見宮家へかへり還俗。大正十五年におかくれになる迄　俗人のままでをられた。
尼さん沢山をり　一臈の尼二人、住職代理せり。そのうちに、
秀山が住職になり。伏見宮その上置なりき。
△今のハ十代目。公家華族。（住職の姉は室町伯爵夫人。平安神宮々司）

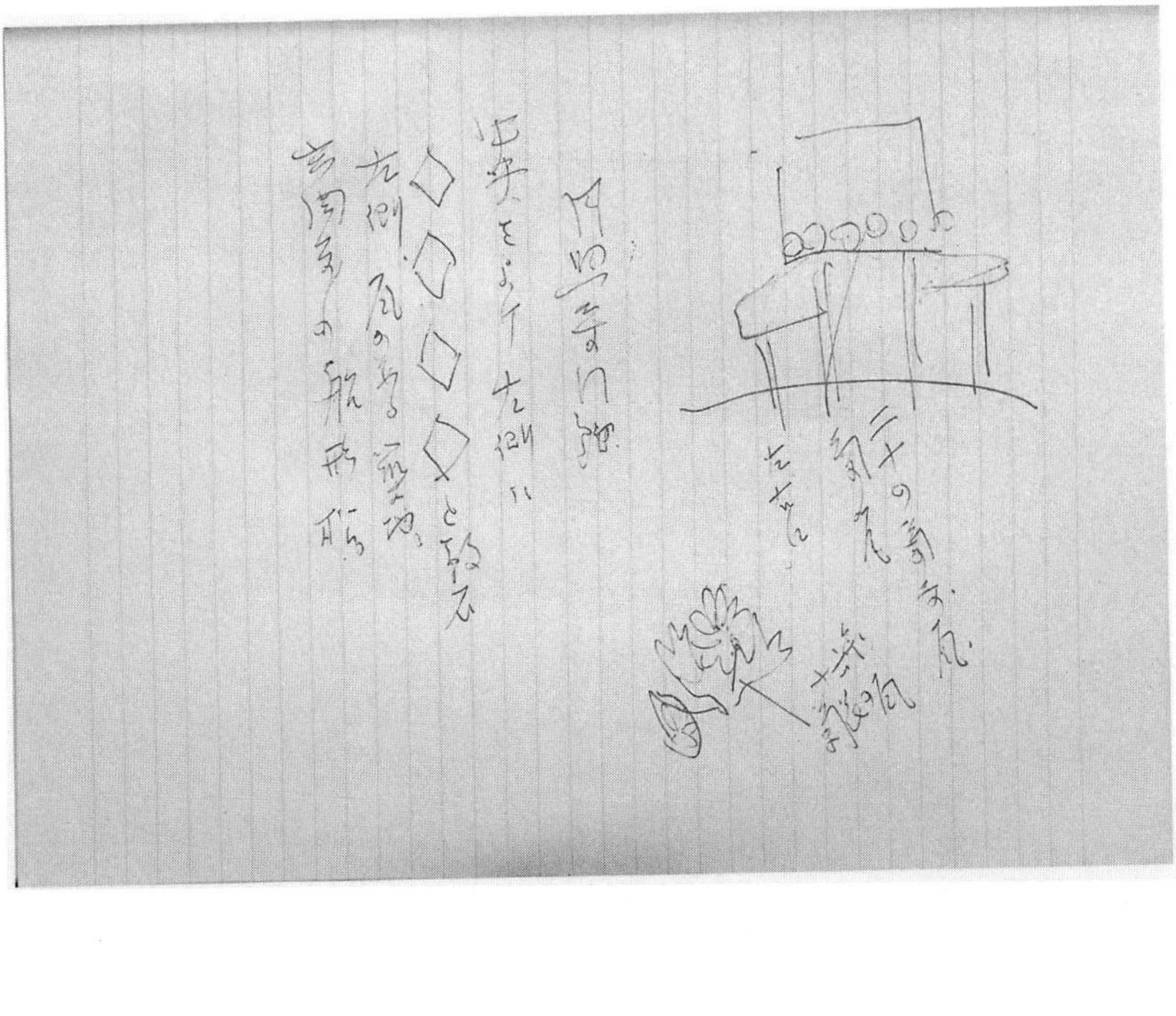

○御雛祭り
六、七年前まで祭りし　蔵より出し入りむづかし。四月にやつてゐた。
「あんまり直しとくと虫喰つてはならんから」

御扇飾り、人形多し。

甘酒。
○お花家元ゆゑ、日曜毎に習ひに来る。木曜は大阪高島屋迄。
◎明治―大正、
十二、三人。（明治三十九年）
住職　御附弟　一臈　二臈　あとは名づけ、宮附執事　門跡附執事。（維新前寺侍）
宮様のころ　警察電話　直通でつけてゐた。巡査はゐない。
△奈良聯隊通信隊より電話　さらに五線引き　七線で葬式をやる。大葬式。皇族集まる。
○ヒロイン春の風邪引き、鼻ぐしゆ〳〵云つてゐる。ヒーローにうつり、肺炎となる。尼寺の咳。廊下のあし音。

*

△蝴蝶と御所人形、獅子舞の押絵の小宮、内側千代紙を張る。金の蜻蛉と、これを追ふ白い裸の童子等の図柄。蝶は紫と赤の比よくの蝶。

＊　囲み罫朱書

○折敷に菓子と茶。

*

◬白のふろさき屏風に菜の花と桃の花活け、昼の闇に黄あざやかに、桃蕾ふくらみ、ほの暗き枝とほの青き葉ほのめく。福寿草の短冊の茶がけ

＊　囲み罫朱書

○障子の引手
菊と雲、切り抜きに又二重にあて、白く菊を透かす。
○襖は皆白無地。一切。
○葉帰庵のみ　裾のみ金の四季の花もやう。

△宮のをられた書院、
明治風時計、小さい人形を並べしガラス棚、書院戸の桜とすみれ、桜草の絵襖。

花鳥（雀と菊）の小つい立て（「小つい立て」の誤記）。ふすまをあけ謁見の間へ。みすを垂れたり。

謁見の間の台の上に菊のぬひとりの弘明天皇拝領物の御座の上に赤い座ぶとん。まはり金ぶすま。
○釘隠し、（中央桔梗、十六べんの菊）菊六つとりまく。
〔この部分に山茶花の図〕――山茶花
まはりの鬱蒼たる山々林。御殿山とここらで呼ぶ。庭は真南に向ふ。南は松の林。西にかやぶきの本堂。

〔余白〕
635
52
―
687
鶯の声

伊セ皇太神宮
八幡宮　｝三社の社
春日宮
　本堂前にあり。
本堂の庭に堀あり、鯉をり、金魚をり、これを渡りて裏山へ。
東西の右、*二十五菩薩の楽器に象れり。
本堂—円通殿。
　御位牌、皇族出は上に〔この部分に雲と菊の図〕雲と菊。
〔この部分に花車の絵ろうそく図〕——花車の絵ろうそく
　　＊堀の前の

見返るに
○車廻しの船形松と左に一本の松歩みの左にあり、冬の淡い雲と青空。
白痴の下男
「オッちやん一つのこつとつたけど」と用便中　菊花の菓子を渡す。

Sketch②

〔三島由紀夫文学館所蔵「Sketch②」と題されたノートの翻刻である。このノートは、表紙および途中から最後のページまでが『決定版三島由紀夫全集』第十四巻（新潮社、二〇〇二年一月）の七三九ページから七五二ページに翻刻整理されている。ここでの翻刻は全集七三九ページのノート表紙の翻刻説明に続く未翻刻分である。ただし、その一部は「新潮　一月臨時増刊号（三島由紀夫読本）」（昭和46・1）の七五ページから七六ページに翻刻されている。しかしこの部分は、『決定版三島由紀夫全集』には収録されなかったのでここに紹介する。内容は『豊饒の海』に直接関係するものではないが、「Sketch②」が『豊饒の海』創作ノートと思われるため翻刻することにした。これにより、「Sketch②」はすべて翻刻されたことになる。〕

◎一九六六、七、九日（土）一回、十日（日）二回、
丸山明宏リサイタルに於て
自作詩　丸山作曲「造花に殺された船乗りの歌」を歌ふ。

　ショウの世界は、三分、〔「三分、」抹消〕一分、三分、五分、今度の如く最長十分、その間にすべての勝負が決する緊迫し、凝縮した世界である。この世界ほど、現実と芸術が顔と顔を附合せて対決する世界はない。たとへバ、小説家は一字一行の改変に苦しみ、画家は一筆の改変に苦しむ。しかし、小説も、画も、映画も、仕上り迄に十分時間をかけた改変可能な世界である。従つて、

一字一句の重要性、ディテールの重要性が、一国の政治、日韓条約やその他をしのぐ重さを芸術家の心の中で持つことは持つが、相手が見えぬために、ともするとディテールの重要性は閑却され、現実との対決力が失はれ、却つて現実に阿諛して、ディテールを失つた現実主義への傾斜があらはになる。

芸術の本質がディテールだといふことを、ショウ・ビジネスの短かい時間の勝負ほど端的に示すものハない。すなはち、その時間は、音楽の小節で区切られてゐるが、更に細分してゆくのがプロの腕だ。アマとプロの区別は、短かい時間の分割能力の差異、アマが一分六十秒分割なら、プロは六百分割の能力だといつてい い。その分割が多ければ多いほど、そこへ盛り込める内容も感情も豊富になるのである。

かほど微妙なディテールの成否にすべてを負ふショウ・ビジネスは、一つのディテールの崩壊ですべてが床に落したガラス細工のやうに崩壊する。

舞台稽古までのそれは、マッチを盆の上へ微妙に組み立てたマッチの城にも喩へられよう。初日はそれをただそうつと持つて別のテーブルの上へ移せばいいのだ。しかし、一寸手がふるへればバ、マッチの一本が倒れ、城は悉く瓦解してしまふ。初日で私がやつたのハ、それだつた。二日目には、曲りなりにも、マッチの城を別のテーブルへ移したと思ふ。それがいかに本数の少ない単純な構造の城であらうとも。

舞台で出を待つ心持、あの幕のワリドンのうしろで出を待つとき、前の歌が長くて〳〵イラ〳〵する。やつとイントロがはじまる。ワリドンがあく。ゆつくり出てゆく。足をひらく。それから永い語りの間、足がふるへ出すのを制する気持。あれはたまらない。歌ひ出すときハ飛込台からとび込むやうだ。二番になるとややう馴れる。二日目の夜の部にハ、一番のをハりで拍手が来た。だん〳〵感情が入つてゆく。

しかし舞台稽古のときのリラックスした感情の恍惚感はつひに二度と再現されぬ。あのとき、「俺を見捨てたしるしだ」と前へ指さした手を握りしめたとき、腕の内側に寒気が走つた。あのやうなエクスタシーはもう来なかつた。

観客の反応――初日にハ、「都会で少しも汚れない男の姿をはじめて見た」と感激して絵をくれた画家あり。

二日目の夜のカーテン・コールには、女の子のキャーッといふ声一せいに起れり。万雷の拍手。カーテン・コールがたのしみで、ワリドンのうしろで、丸山の歌ふ愛の讃歌を口吟んでゐた。

暗闇を踏んで丸山君とすれちがふ心持。

出を待つ時の、スチールの椅子の坐り心地のわるさ。

闇の中から出て行つて自分にスポットが当る心持。

あの光りの世界、見られる世界へ歩み出すときの心持。戦慄の瞬間だ。

すべてハ冒険で、心理と精神の冒険だつた。

はじめ、初日二、三日前に、いきなり動きをつけられた時は、クリスマス・ツリーみたいになつて、身動きができなかつた。しかし、祭典の夜が近づくにつれ、その動きが一つ一つこちらに密着してきて、手をさしのべること一つにも、感情が浸潤し、その動作をたよりに、歌が出て来、感情が出てくるやうになつた。

しかし、初日の晩はTVのあるために、一字一句、一動作、一音程まちがへてはならぬといふ緊張から、感情の流露感は全く失はれた。私は、一句につまづいて、絶句したり、次の歌詞が全く出て来なくなるといふ非常事態を最もおそれた。私のうしろにはホリゾントの上に海がひろがり、雲が動き、嵐が来、最後には血の赤い光線がかぶさつたさうだが、そしてシルエットは美しく孤立し、血に濡れた白い船員帽ハ夕日に映えたやうに美しく映えたさうだが、何一つ私には見えず、私はただ見られてゐた。見る機能を悉く奪はれるのハ何といふたのしいことだらう。

二日目は一日咽喉の恐怖に悩まされ、（初日の直前はノドに球がつまつたやう）、ノドに魚の骨が刺つたやうだつたが、藤井氏の買つてれた〔「買つてくれた」の誤記〕卵と工藤氏のドロップでのどを潤ほした。素人ノド自慢大会では、皆この二つをのむさうだ。

二日目にハ「なか〱やるぢやないの」と観客の声多かりし由。

◇「豊饒の海」ノート翻刻に際しては、著作権継承者及び三島由紀夫文学館の協力を得た。記して謝意を表する。

◇今日の観点から見ると、差別的と受け取られかねない語句や表現があるが、著者の意図は差別を助長するものとは思えず、また著者が故人でもあることから、底本どおりとした。本誌掲載の創作ノートは、以後も同様の扱いとする。

資料

三島由紀夫の名刺

犬塚　潔

昭和36年（1961年）8月7日、三島由紀夫氏は馬込の自宅にて、現代の代表作家の心理診断特集の一環としてロールシャッハ・テストを受けている。このテストの結果を含めて、その時の様子を検者である片山安史氏は「新・心理診断法」という著書の中に「第V部　事例研究－K.H.の場合」として記載している。事例研究には「事例K.H.は、ノーベル文学賞の受賞候補者として噂にのぼったほど、高名でユニークな作家であった。しかし、1970年11月25日45歳の若さで劇的な自殺によって、その多彩な生涯を終えた。彼の小説には『仮面の告白』『禁色』『金閣寺』『宴のあと』『憂国』『午後の曳航』『絹と明察』『豊饒の海』など多数ある」と記されている。誰にでも「K.H.」は平岡公威であり、「Y.M.」は三島由紀夫であるとわかるように紹介しておきながら、事例をイニシャル表記した理由が述べられている。「（略）ここで彼の名前を、すべてイニシャルによって表現することにした理由は、あまりにも著名な彼の名前の表記が、本書の購買動機に影響を与えることを回避したかったからであり、これは一般の事例報告の場合とは全く異なり、被験者に対する配慮によるものではない」と記されている。

　ロールシャッハ・テストの結果は勿論興味深いものであったが、私にはそれよりももっと気になる記載があった。「約束の3時ちょうど、中央の階段から一目でそれとわかるK.H.がやや緊張の面持で降りてきた。しかし、われわれの傍らに来て、お互いに挨拶を交わす段になって、彼はきびきびと愛想よく自己紹介をし、大きな名刺を取り出した。筆者は当然、名刺を用意しておいたのであるが、作家というものは名刺をくれないものだという漠然とした先入観のためか、少し面くらいながら彼の挨拶にぎこちなく応じた」この文中の「大きな名刺」というのが気にかかった。この「大きな名刺」という表現は客観性にかける表現であり、実際の大きさは不明である。いったい三島氏はどんな名刺を使っていたのだろうか。

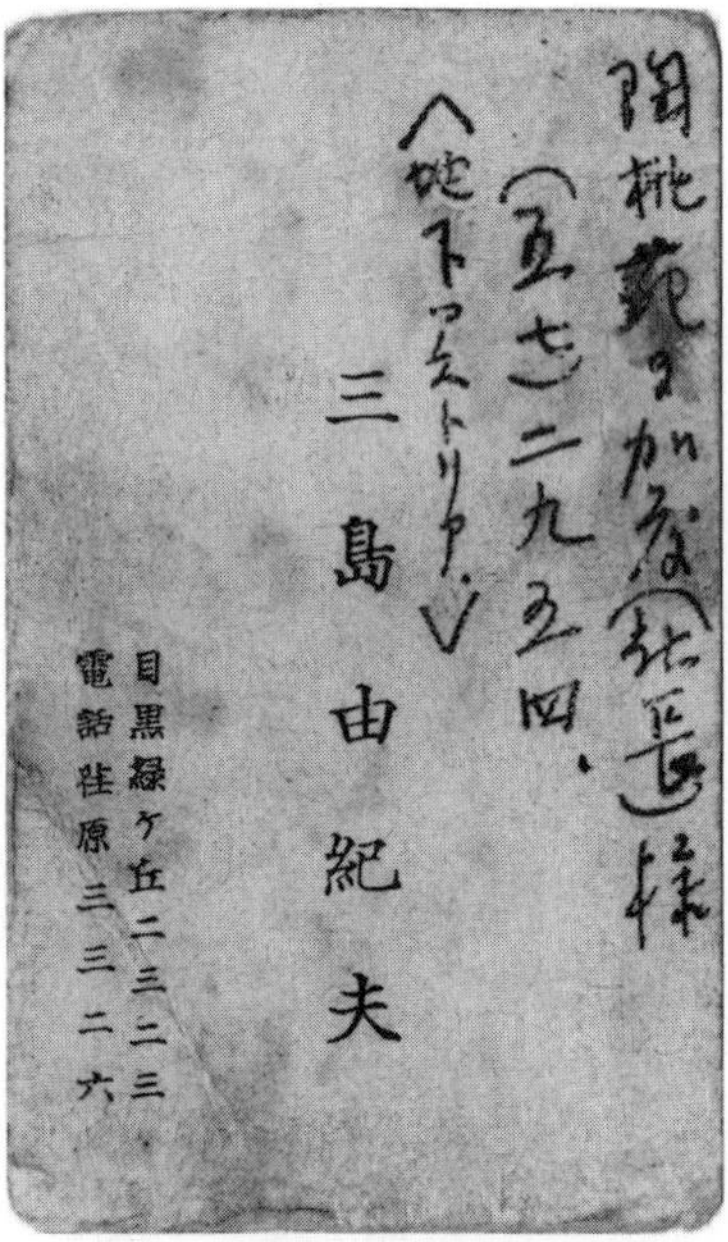

写真1　陶桃苑・加藤（社長）様

　私が入手した最も古い名刺は、目黒緑が丘時代の名刺である。（写真1）この名刺には三島氏の筆跡で、「陶桃苑・加藤（社長）様（五七）二九五四、〈地下アストリア〉」と書かれている。アス

写真2　昭和28年10月・アストリアにて

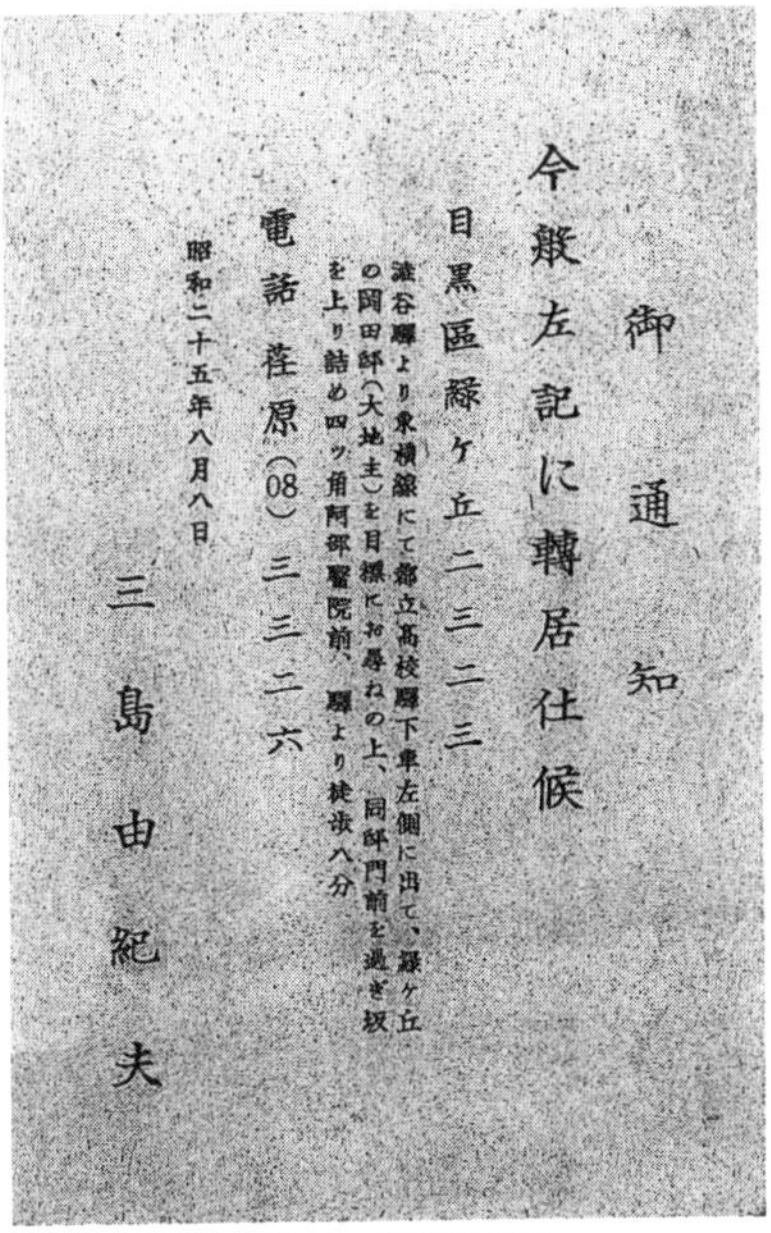

御通知

今般左記に轉居仕候

目黒區緑ケ丘二三二三

澁谷驛より東横線にて都立高校驛下車左側に出て、緑ケ丘の岡田邸（大地主）を目標にお尋ねの上、同邸門前を過ぎ坂を上り詰め四ツ角阿部醫院前、驛より徒歩八分

電話荏原（08）三三二六

昭和二十五年八月八日

三島由紀夫

写真3　転居通知

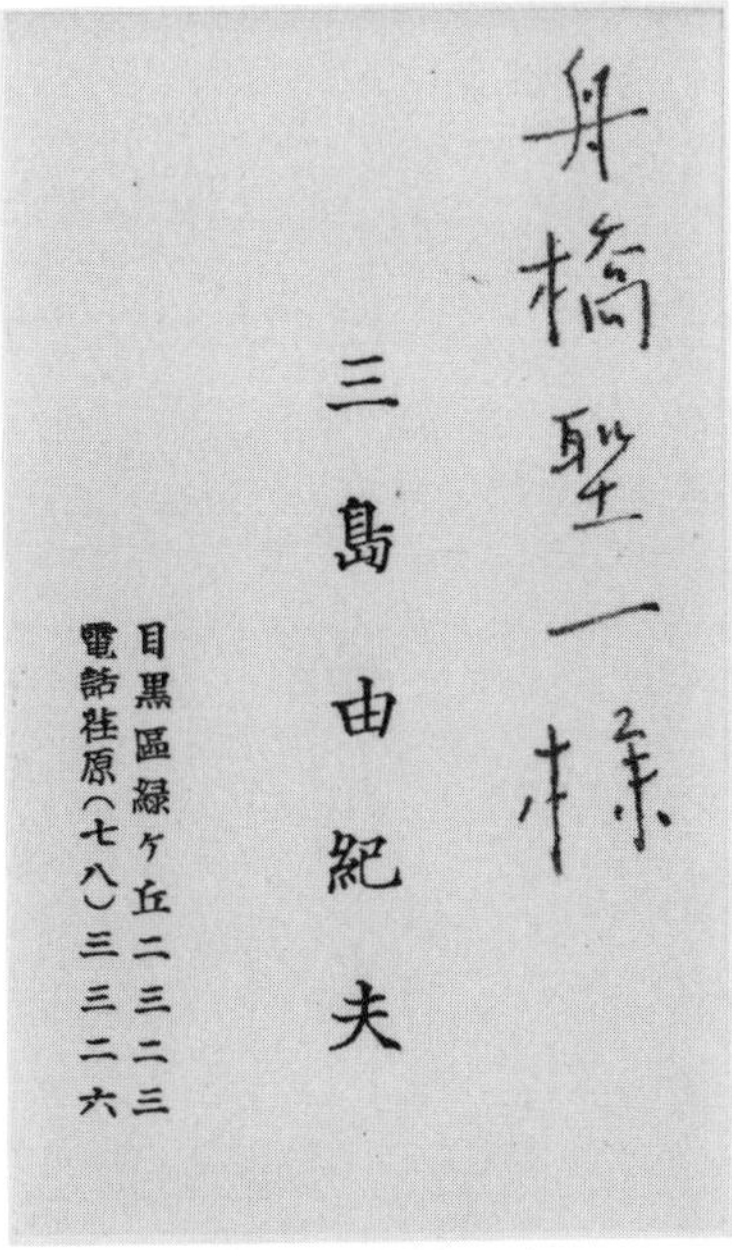

舟橋聖一様

三島由紀夫

目黒區緑ヶ丘二三二三
電話荏原（七八）三三二六

写真4　船橋聖一宛

トリアは陶桃苑の地下に位置していた。昭和28年10月、アストリアでの三島氏の写真が残されている。（写真2）三島氏が渋谷大山町から目黒緑ヶ丘に転居したのは、昭和25年8月である。転居通知が残されている。（写真3）さらに三島氏は昭和34年5月に馬込に転居したので、この名刺が使用されたのは、昭和25年8月から昭和34年5月の間であると推察される。

また、三島氏の献呈本には、献呈署名を入れるかわりに名刺に宛名を書いて本に挟み込んだものが何冊か認められる。比治山短期大学図書館発行の「清水文雄先生旧蔵　三島由紀夫文庫目録」（平成5年3月発行）でも、三島氏から清水氏宛の献呈本の中に、名刺を挟み込んだ献呈本が認められる。その著書は、「スタア」「美の襲撃」「癩王のテラス」「作家論」である。その他、これまでにこの形式で献呈されたことのある著書に、「ラディゲの死」「白蟻の巣」「鹿鳴館」「目」「三島VS東大全共闘」などがある。

これらの著書には転居と住所表示変更さらにもう一つの理由によって4種類の名刺が使用されている。

「ラディゲの死」（昭和30年7月発行）、「白蟻の巣」（昭和31年1月発行）、「鹿鳴館」（昭和32年3月発行）には「目黒區緑ケ丘二三二三二」の名刺（写真4）が添付された。

「スタア」（昭和36年3月発行）、「美の襲撃」（昭和36年11月発行）、

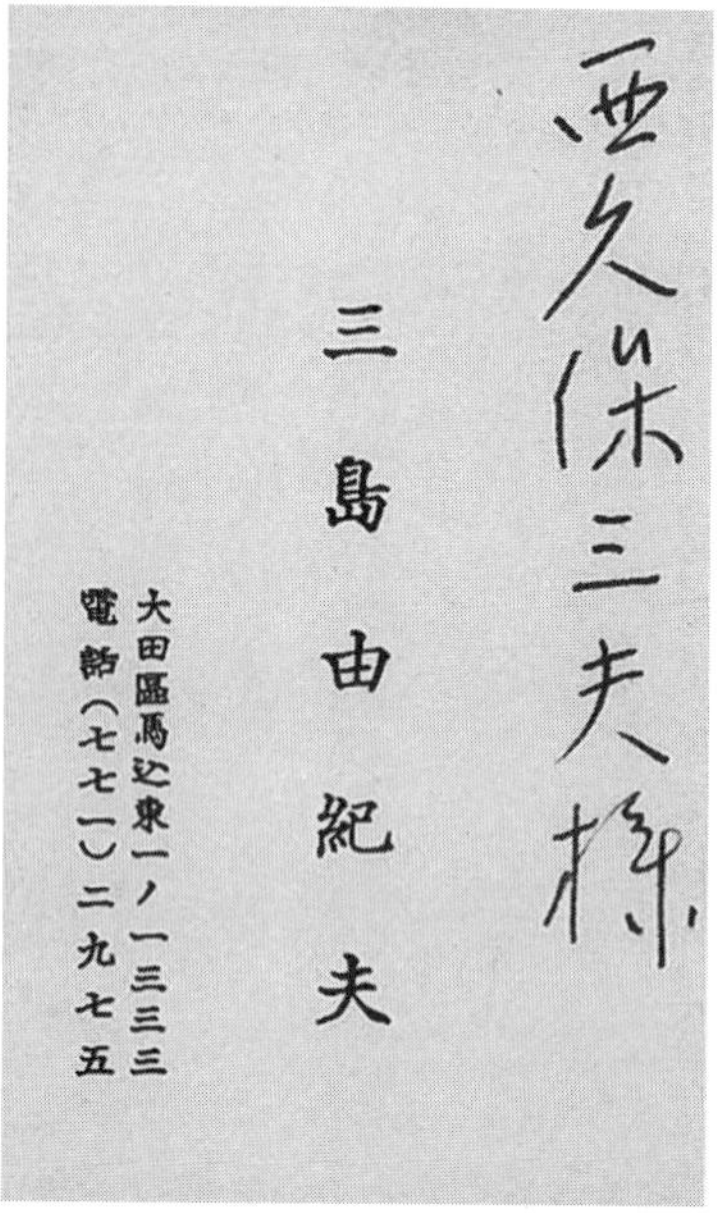

写真5　西久保三夫宛

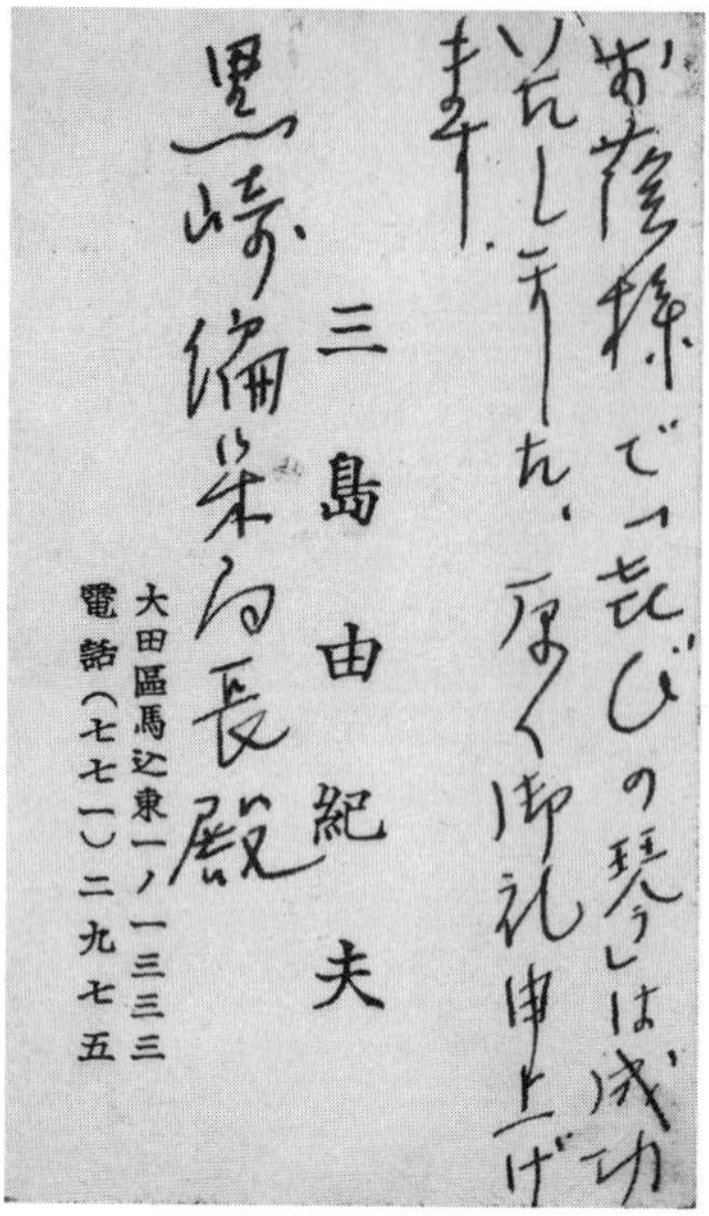

写真6　黒崎宛

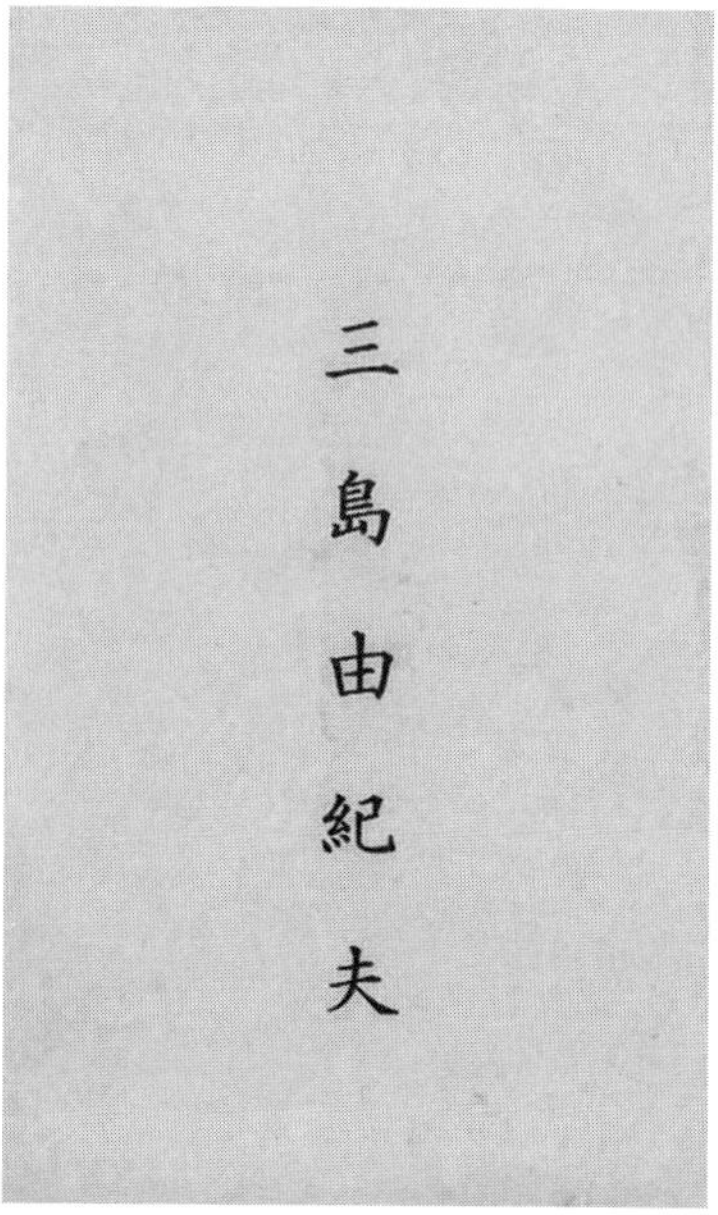

写真7a　表　面

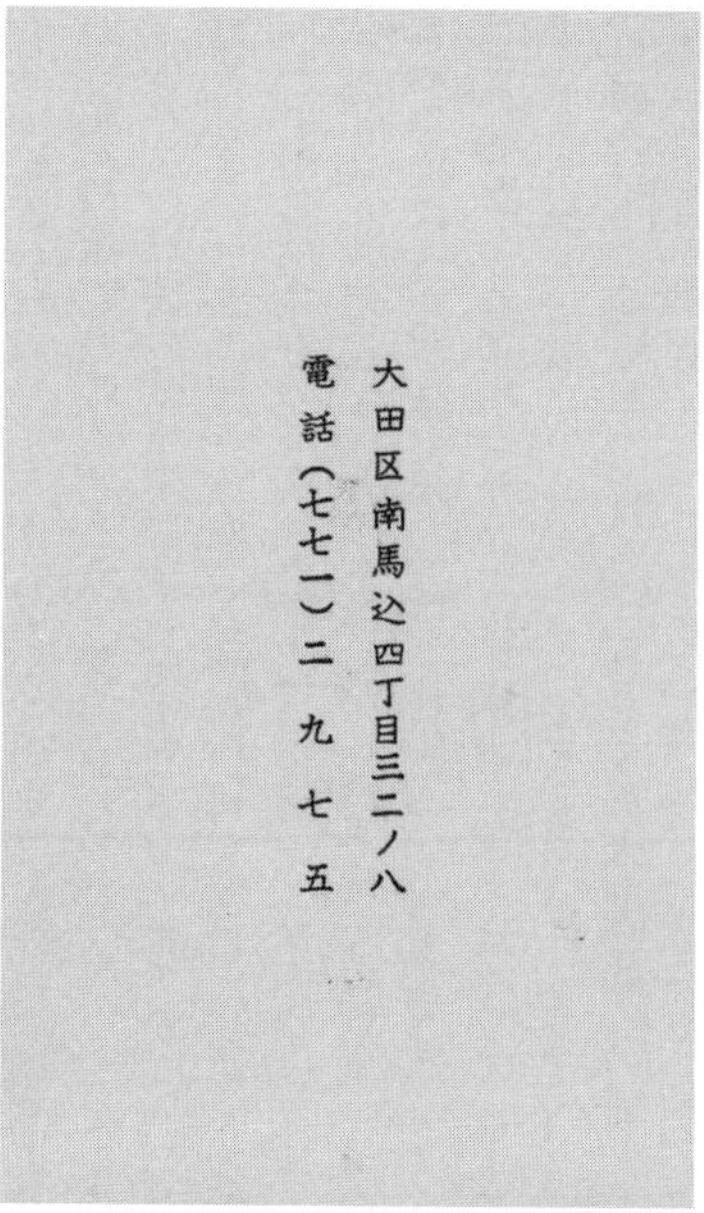

写真7b　裏　面

「目」(昭和40年8月発行)には「大田區馬込東一ノ一三三三」の名刺(写真5)が添付された。三島氏が「馬込東」の名刺を使用したのは、馬込に転居した昭和34年5月から、住居表示制度の実施により「馬込東」から「南馬込」に変更になった昭和40年11月までである。写真6は昭和39年5月に使用されたもので、光文社の黒崎勇氏宛の名刺である。

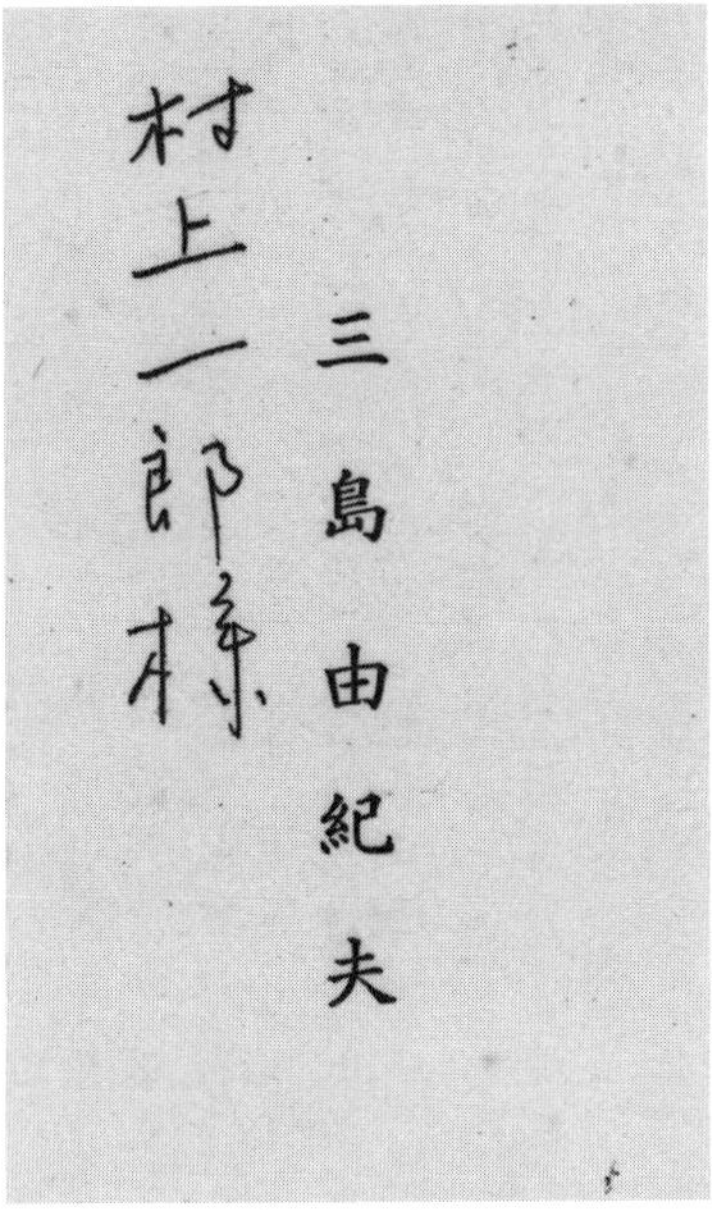

写真8a 表面

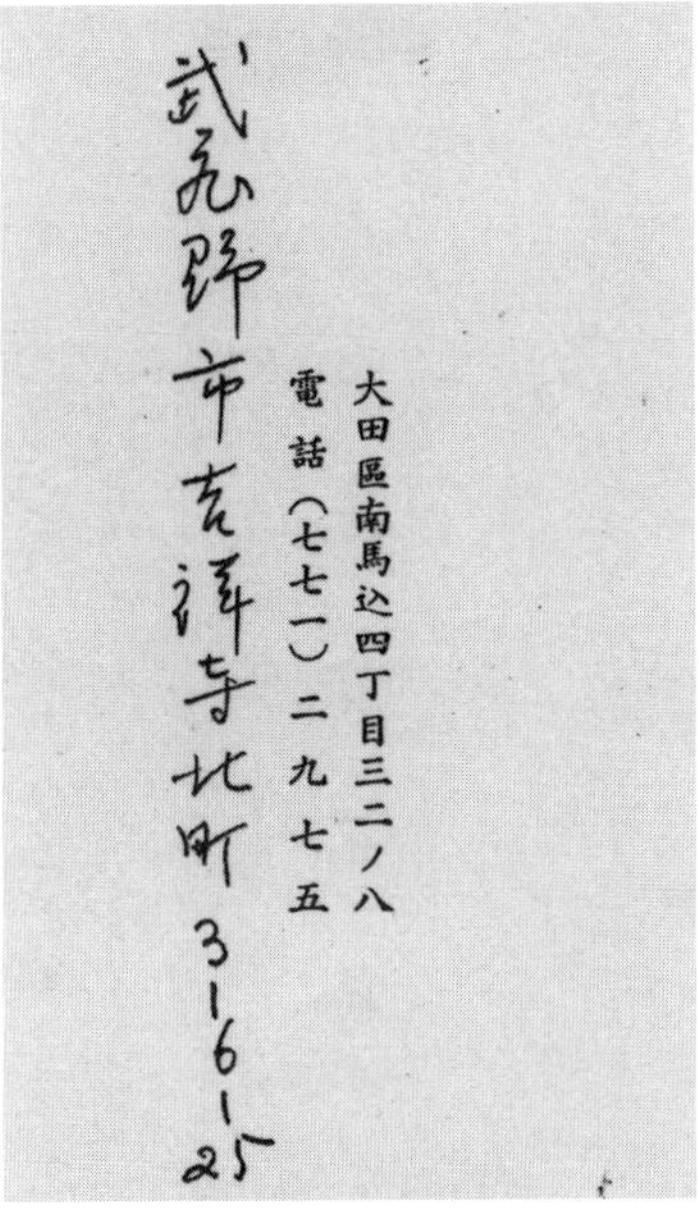

写真8b 裏面

「三島VS東大全共闘」(昭和44年6月発行)、「癩王のテラス」(昭和44年6月発行)には、表面に「三島由紀夫」だけが印刷され、裏面に住所「大田区南馬込四丁目三二ノ八」が印刷された名刺が添付された。(写真7a・b)

三島氏生前の最後の著書となった「作家論」(昭和45年10月発行)にも、表面に「三島由紀夫」だけが印刷され、裏面に住所「大田區南馬込四丁目三二ノ八」が印刷された名刺が添付された。裏面には献呈先の住所も書かれている。(写真8a・b)この名刺はセロテープで見返しに貼付された。セロテープの跡が認められる。写真7と写真8は同じ形式でありながら「大田区南馬込」の「区」が「區」に変えられている。「もう一つの理由」とは「歴史的かなづかい、旧字体」に対する三島氏のこだわりであった。

昭和46年～昭和49年に刊行された三島由紀夫全集の案内には「三島由紀夫全集の特色」の項に「本全集における表記は、生前の著者自身の主張にしたがい、歴史的かなづかい、旧字体の方針を採用した」と記されている。この「著者自身の主張」は、「区」を「區」に変えることで名刺においてさえ実践されていた。

それでは、三島氏が「区」を「區」に変えて名刺を作成したのはいつ頃だったのであろうか。ここにもう一枚名刺(写真9)がある。昭和44年4月23日、楯の会の面会日にサロン・ド・クレールにて、三期生の川戸志津夫氏が三島氏にもらった名刺であり、清水文雄氏宛の紹介状である。

「小生のやっている『楯の会』に今春入会した川戸志津夫君を

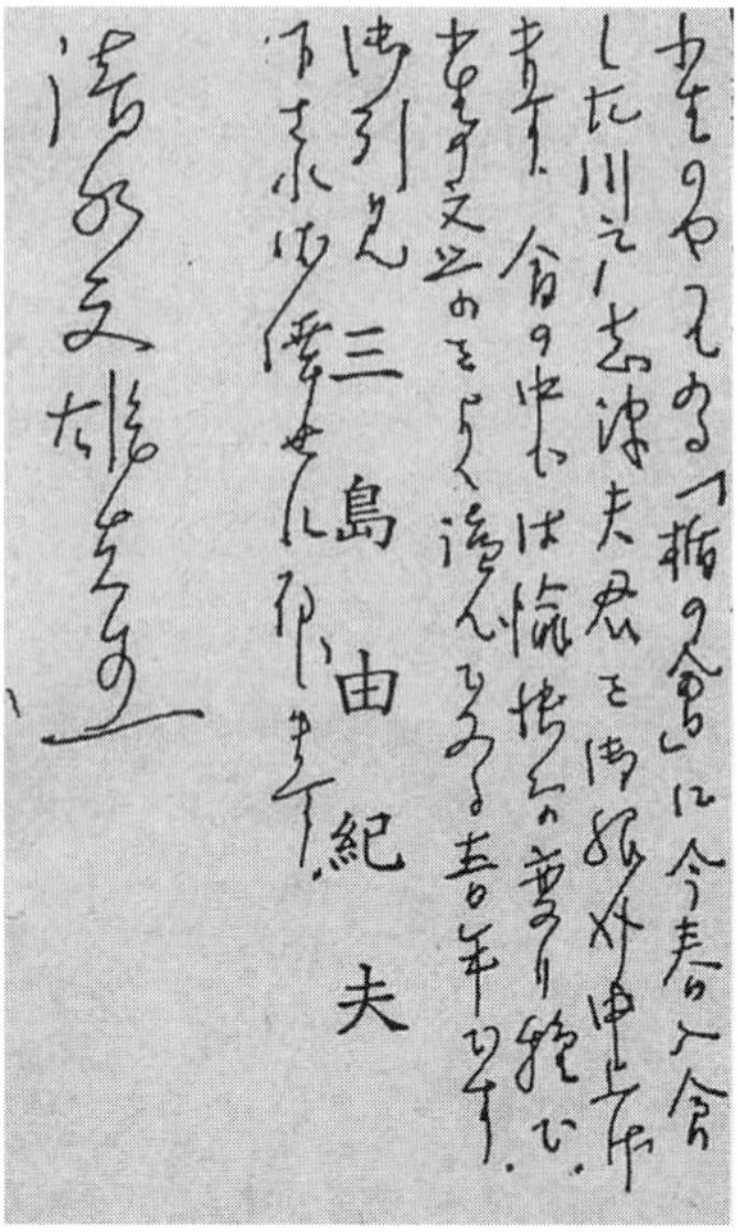

写真9　川戸志津夫宛

御紹介申上げます。会の中では愉快な変り種で、小生の文学をよく読んでいる青年です。御引見下されば倖せに存じます。清水文雄先生」と書かれている。この名刺は翌日、広島の清水氏へ川戸氏により届けられた。広島経由で沖縄に旅した川戸氏は、旅先から清水文雄氏に書簡を送った。昭和44年5月13日の川戸氏宛の清水氏のハガキが残されている。（写真10ａ・ｂ）「過日はわざわざお立寄り下さったのに、おかまひもせず、失礼しました。三島君の御縁といふので、うれしく思ひました。沖縄からのおたよりもたしかに拝受しました。（略）三島君へも先日連絡しておきましたが、返事がまだ来ないので旅行中かも知れないと思ひます。（略）十八日午後の楯の会に出たいものと思ひます」一方、三島氏も5月13日付けで、清水氏に速達のハガキを書き送っている。「（略）川戸がお世話になった由、本人は大喜びいたしてをりました。御礼申上げます。――なほ五月十八日の『楯の会』は御

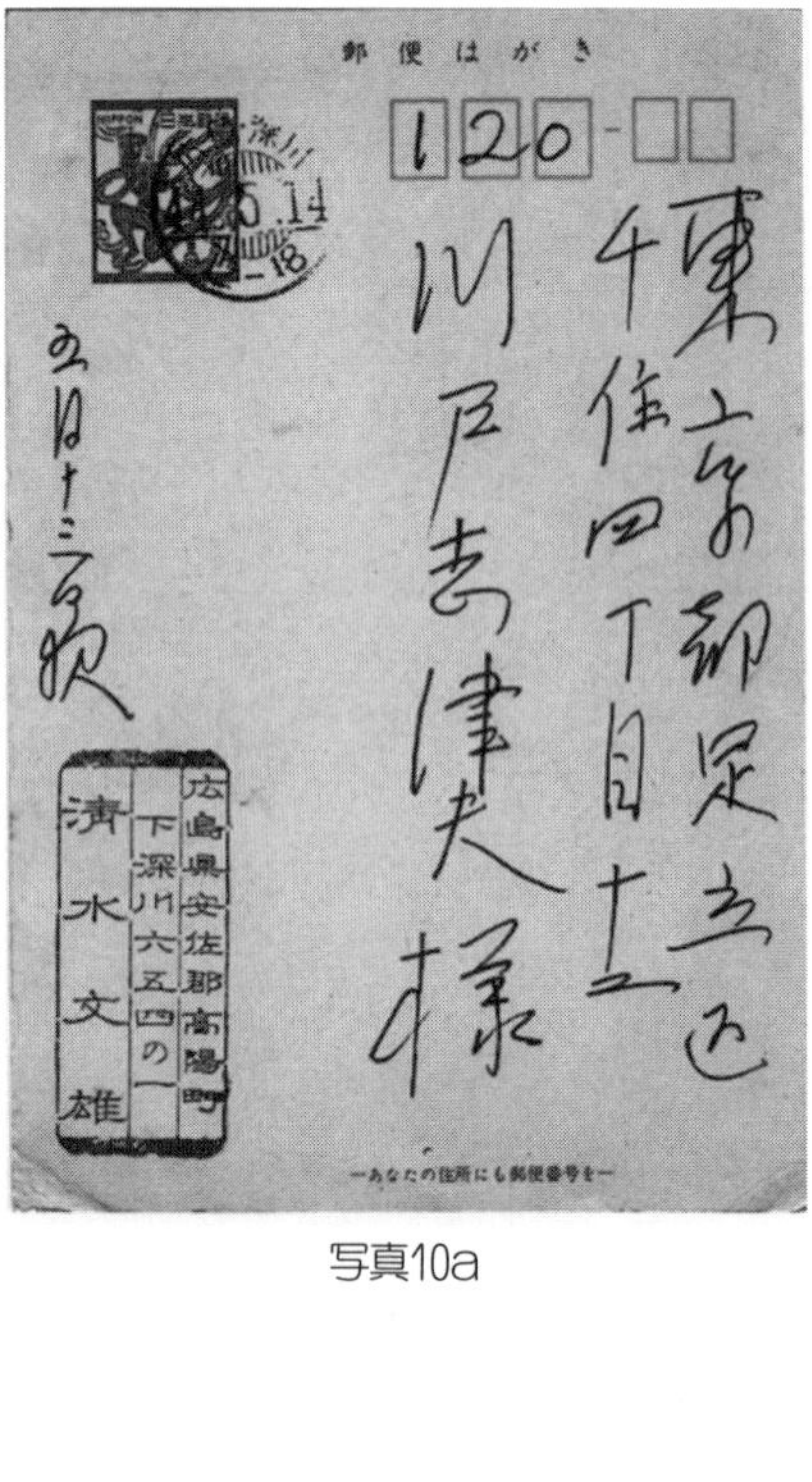

写真10a

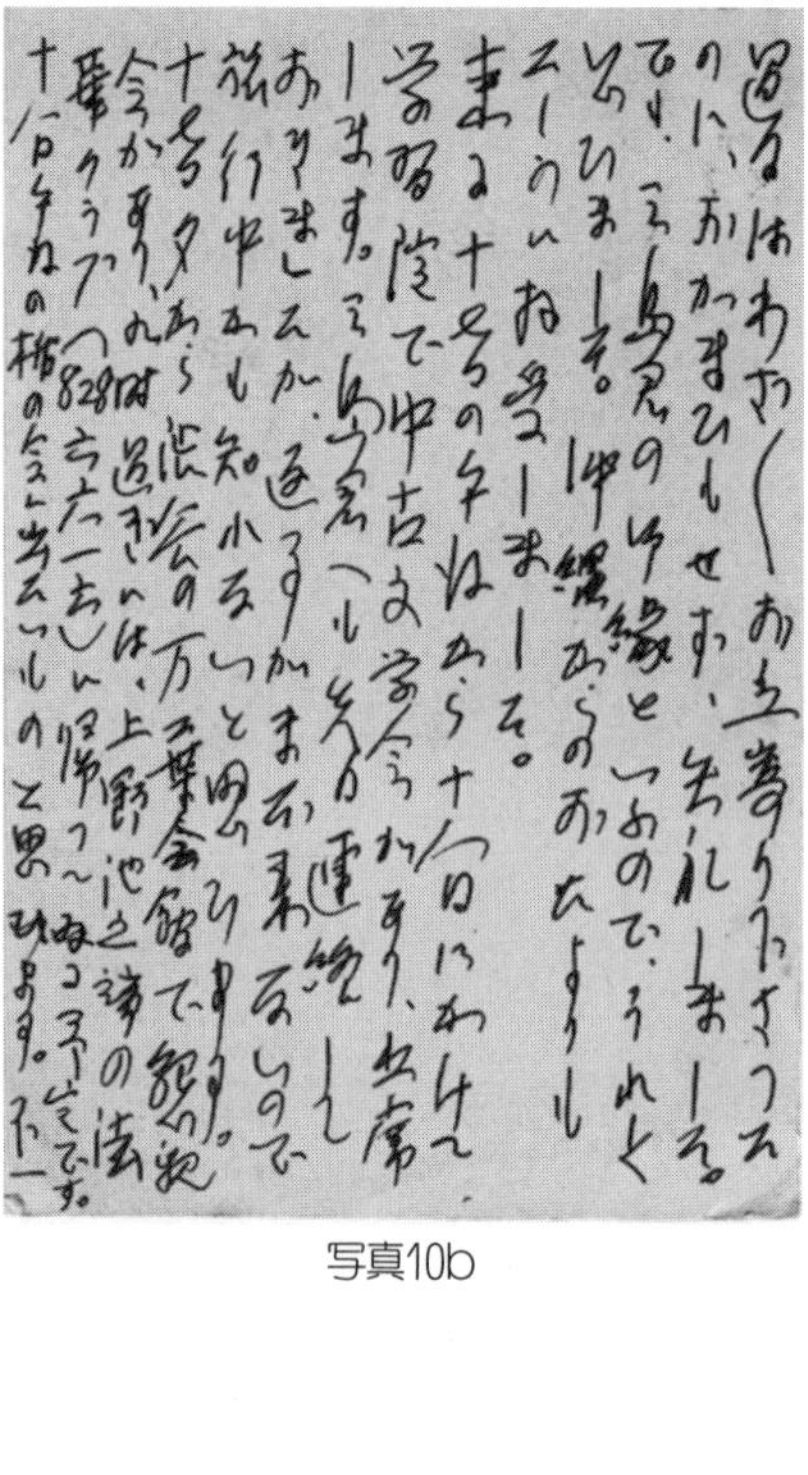

写真10b

光来下されば洵に倖せに存じます。晴天なら、午後三時半集合で、屋上で基本教練、雨天なら午後四時半集合でただちに屋内で集会、夕食後、戦術講義があります。市ヶ谷の自衛隊の右隣の『市ヶ谷会館』で行ひます。（略）」この時の「楯の会」例会案内のハガキが残されている。（写真11）紹介状として使用された名刺の住所表記は「大田區南馬込」である。昭和44年6月発行の「癩王のテラス」に「大田区南馬込」の名刺を使用しているにもかかわらず、すでに昭和44年4月23日には「大田區南馬込」の名刺が作られていたことが確認された。昭和40年11月住居表示制度の実施により「南馬込」に変更になった以後、三島氏は2種類の名刺を使用していた。昭和44年4月23日と昭和45年10月に「大田區南馬込」の名刺が使用され、その間の昭和44年6月に「大田区南馬込」の名刺が使用されている。三島氏は「大田區南馬込」の名刺を作成後、「大田区南馬込」の名刺を作成し、その後再び「区」を「區」に変更して「大田區南馬込」の名刺を作成したことが示唆される。

　さて、三島氏の「大きな名刺」であるが、私が入手し得た名刺は全て名刺の基本とされる9号サイズで、大きさは91㎜×55㎜であった。ロールシャッハ・テストが行われた昭和36年8月7日の三島氏の住所は、「大田區馬込東一ノ一三三三」である。その日に片山安史氏がもらった三島氏の名刺は、写真5に示した名刺と同じものと思われる。肩書きのない三島氏の名刺を大きく感じた、というのが本当のところであると推察される。

　本稿は、「MM日乗　近況報告№82・三島森田事務所・平成15年4月発行」に掲載されたものに加筆訂正したものである。

（三島由紀夫研究家）

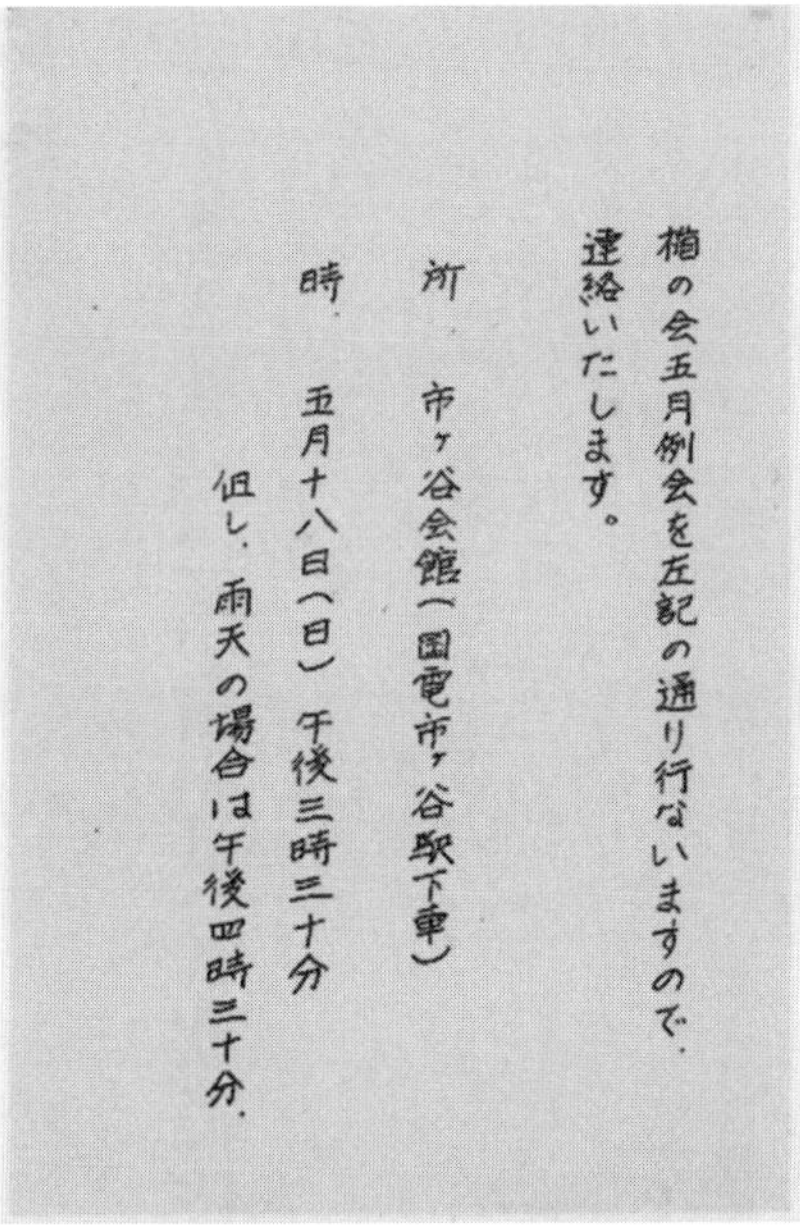
楯の会五月例会を左記の通り行ないますので
連絡いたします。
所　市ヶ谷会館（国電市ヶ谷駅下車）
時　五月十八日（日）午後三時三十分
但し、雨天の場合は午後四時三十分。

写真11　昭和44年5月18日・楯の会例会案内状

書評

木谷真紀子著『三島由紀夫と歌舞伎』

近藤端男

三島由紀夫は「地獄変」(昭和28年)から、「椿説弓張月」(昭和44年)まで、6作品の歌舞伎作品を執筆している。筆者が初演を観劇することのできたのは、「椿説弓張月」のみであるが、「鰯売恋曳網」、「熊野」、「むすめごのみ帯取池」は再演を観劇しており、歌舞伎の様式を生かしながら近代的な思想を盛り込んだ作品は、大変興味深いものであった。

今回、木谷真紀子氏が「三島由紀夫と歌舞伎」を上梓され、三島と歌舞伎との深い関りを明らかにされたことによって、かつての観劇体験を思い出しながら、多くの学恩を得る喜びを味わうことができた。

なお、国立劇場において昭和46年6月、三島作の「室町反魂香」が、尾上梅幸主演で上演されているが、三島歌舞伎にカウントされることのないのは、舞踊会でまず初演されたからであろうか。

本書は、木谷氏の三島歌舞伎6編の研究とともに、故永山武臣前松竹株式会社会長、大道具の長谷川勘兵衛氏へのインタビューによって構成された、筆者の三島に対する敬愛と歌舞伎に対する情熱が伝わる、300頁を越す大著である。

序章は、「戦中戦後の歌舞伎」と題され、少年時代の「大人の象徴」としての歌舞伎にたいする憧れ、戦中・戦後の歌舞伎体験が、三島の他の文学活動とともに述べられる。祖母や母の語る歌舞伎の話を聞き、筋書きを見ては歌舞伎に対する憧れを募らせてゆく姿は、三島自身さまざまに語っているところであるが、三島の歌舞伎体験の原点となるところである。中学生になって初めて見た歌舞伎の「くさやの干物」のような臭いを発する舞台の魅力、弁当に象徴される観劇の喜びが、彼をとりこにする。浄瑠璃には構成力があるが、歌舞伎は一瞬の美しさ、動きこそ大切だという、三島の歌舞伎と浄瑠璃の比較論も示されている。

尾上菊五郎劇団と中村吉右衛門劇団が並び立つ戦後の歌舞伎界で、数多くの新作が上演される中、三島は古典歌舞伎の味わいの濃厚な吉右衛門劇団に「地獄変」を書き下ろす。とくに三島は、昭和26年に襲名披露をした中村歌右衛門を贔屓にし、執筆依頼を受けた三島は、歌右衛門を中心に、松本幸四郎、中村勘三郎三人に当てて創作している。なお本書には触れられていないが、中村吉右衛門劇団に対して三島が新作を書き下ろし、尾上菊五郎劇団には大仏次郎が新作を書き下ろしていたことは、両劇団の性格の相違を明らかにしており、私には大変興味深く思われる。

第一章からが、歌舞伎六作品の考察である。そこでは作品発表当時の社会情勢や歌舞伎界の状況も検討されており、作品研究に深まりと広がりを与えている。結論的にいえば、作品、分析の巧緻さとともに、社会状況や演劇界の背景に踏み込みながらの解釈が、本書の優れた特色となっているといってよいであろう。

三島に歌舞伎作品執筆を依頼したのは、学習院時代からの友人で当時歌舞伎座の監事室にいた故永山武臣前松竹株式会社会長であった。依頼の際、松竹側から芥川龍之介の「地獄変」を脚色するという案が提出されている。

当時、芥川原作で、黒澤明監督の映画「羅生門」が話題になっており、歌舞伎座でも上演されていた。歌舞伎界では「源氏物語」が初演されて平安時代を扱った作品が増加し、「獄門帳」上演時の火事場の成功といった、「地獄変」選択の要因がまず考察されている。そして本作品最大の特色、義太夫節を取り入れた擬古典主義という大胆な作劇法、歌舞伎の表現様式の使用が述べられ、芥川の原作との比較が行われる。「三一致の法則」にのっとって一日の出来事とし、堀川大臣に青隈を取らせ、娘の乗った御所車炎上の場をクライマックスにするという、三島ならではの脚色である。

二章は現在も上演される「鰯売恋曳網」の考察である。この作品は、御伽草子の「猿源氏草子」によっているが、本作が執筆されるまでに刊行された翻刻本を比較しながら、三島の参考本を明確にしてゆくのは、古典文学研究の方法を近代文学の研究に取り入れたもので、筆者の研究者としての力のうかがえる箇所であろう。本作は歌右衛門の蛍火という最高適役を得て好評を博し、その後も再演が繰り返されている。形式的には元禄時代にさかのぼれる傾城買い狂言で、それを現代にせりふ劇としてよみがえらせるのが、三島の狙いであった。ただし、三島は先代中村勘三郎の猿源氏に対して不満を抱いていたとわれ、筆者は現勘三郎がすっきりとした二枚目として演じた好評を得たことを指摘し、三島の不満の在り処を示しているのも興味深い。

第三章は舞踊の「熊野」で、三島作品中もっとも上演回数が多く、好評を得ている作品である。謡曲、「近代能楽集」との比較を通し、宗盛、熊野の人物像の特色が明確にされるが、私見ながら本作の成功に関しては、三島の詞章とともに、歌右衛門の巧緻を極めた舞踊技術と、藤間勘十郎の振付によるところが多いのではないかと考えている。

第四章は、ラシーヌの「フェードル」を原作にした大作「芙蓉露大内実記」である。フェードル役にあたる芙蓉前は歌右衛門にあてはめて作られ、三島自身も力をこめた作品ながら好評は受けず、再演されることはなかった。後妻と先妻の息子との恋を描く「灯台」との比較、執筆時に座右の書とした訳書の確定なども手堅い成果といってよい。

第五章は「むすめごのみ帯取池」、この作も歌右衛門にあてて執筆されたものである。原作の読本「曙草紙」との克明な比較、菊姫と母おわきの個性的な設定、ガンドウ返し実現の背景などがあきらかにされる。ガンドウ返しについては、大道具の長谷川勘兵衛氏とのインタビューの結果で、臨場感にあふれた面白さである。

第六章は、三島最後の歌舞伎であり、国立劇場において一本立てで上演された「椿説弓張月」が考察される。大胆な横尾忠則のポスター、抜擢された美少年坂東玉三郎の赤姫振りなど大きな話題になった作品である。行動の機会を与えられず挫折する人物たちの悲劇としてとらえ、琉球をあえて後半に設定した意味を探ってゆく。三島は血糊を多用した演出が自分の意図とは異なると語りながら、映画「人斬り」や「憂国」で血糊を多用しており、三島の好みであることを筆者は暗示する。

終章は、「椿説弓張月」以降、歌舞伎に対する絶望を口にし、歌舞伎から遠ざかる三島を描き、市川猿之助や蜷川幸雄のスペクタクルな演出の中に、三島の試みの名残りを見出して終える。

以上のべたように、三島歌舞伎に対し、真摯な姿勢で取り組んだ力作として評価したい。

（平成十九年十二月、翰林書房、三一〇頁　本体二八〇〇円＋税）

高橋和幸著『三島由紀夫の詩と劇』

梶尾文武

三島由紀夫は、みずからが「かつて詩人であつたことがなかつた」「詩人として贋物である」と繰り返し語った小説家である。だが三島にとって「詩」とは、あるいは「詩人」とは何であったのか。三島は「戯曲のみが fausse poésie を許容する」とも述べていた。『三島由紀夫の詩と劇』と題された本書は、『近代能楽集』を主な対象として、三島という作家の要衝ともいうべき「詩」と「劇」をめぐる問題系への接近を試みている。

二部構成からなる本書は、前半I部に初期三島における「詩」の問題についての考察を、後半II部に新潮文庫版『近代能楽集』（68・3）に収録された八作の戯曲全てについての考察を配する。ここでは、8章からなる後半部について検討しよう。

まず1は、第一作『邯鄲』を原曲と比較しつつ、「三島の古典主義時代の哲学的基底を形成した作品」として位置づける。すなわち、主人公次郎の言う「もう終つちやつた」人生を、いかに内実あるものとして生きていくかという「逆説的な生」の方向付けと検討が、この作品の主題として剔出される。著者によれば、この主題は『仮面の告白』とも深く結びついている。さらに著者は、青年の悟達を主題とする原曲に対し、三島の『邯鄲』がその幕切れにおいて「生への再出発」を暗示していることを指摘し、このような主題の転回に、仏教的悟達や無常観のような「超越的なもの、絶対的なもの」を排除する「戦後民主主義」への「呪詛」を透かし見る。

さらに2では、『綾の鼓』について、美女と亡霊との間に愛が成就しないところに近代的な意味での劇《ドラマ》の不在と「形而上学的主題」を読み取り、それを「内面の劇」すなわち「詩」として解釈する。続く3は、『卒塔婆小町』を小説『詩を書く少年』と比較しつつ、詩人と小町（老婆）との対話の分析を通じて三島における「詩人」なるものの解明を試みる。そこで著者は、老婆を「美しい」と語る詩人の姿に、外面的な事実に内面的な真実を見る「芸術家のありよう」という近代的なテーマを見出す。

4は、『近代能楽集』のもう一つの代表作『葵上』を検討している。この作品の場合、光と康子の幸福な過去を回想する場面が原曲にはない。著者によれば、この回想場面は「己れの破滅をものともせずにただ愛の力に促されて勝算もないまま突き進むしかない心理的スペクタクル」を表現しており、愛に内在するこうした「憎悪や暗い力」を取り戻すところに、近代における「能の再生」が賭けられていたことが指摘されている。続く5は、『班女』に関する考察である。恋人を待ち続け、実際に現われた彼を恋人とは認めないヒロインの花子について、従来の研究がたんに「狂気」として位置づけてきたのに対し、著者は「その始まりに於ては平凡でひたむきな素朴な愛の感情が再会の瞬間に極点に到達した、正気の果ての愛」と解釈する。

6、7は、従来言及されることの少なかった『道成寺』『熊野』を論じた作品論として貴重である。8で考察される『弱法師』と併せて、最初の単行本『近代能楽集』（新潮社、56・4）の刊行以後に書き継がれたこの三作と、それ以前の五作とを比較して、著者は次のように述べている。

《『邯鄲』『綾の鼓』『卒塔婆小町』『葵上』『班女』の五作は、いずれも主人公（及び相手役）たちは皆、彼らの情念や思想や行動を極限までつきつめ、最後には人間的限界を超えた「何者か」になり、その時点で彼らの「世界」は、いわば「閉じられ」、日常的現実世界に非日常的世界が屹立するようになったり、あるいはそれまでの日常的現実世界が非日常的世界に転位してしまうような作品構造を備えていて、日常的世界と非日常世界が融和することはなかった。しかし、『道成寺』『熊野』『弱法師』の三作は、作品の終局に於て、主人公たちの情念や行動や思想は、極北に達して「閉じられ」るのではなく、現実的日常世界の前に「開かれ」て、解消され、あるいはそこに吸収されてしまう。》（216頁）

この記述は『近代能楽集』の変容を辿ったものとして興味深い。またこれは、私の考えでは、三島の小説家としての変容を考える上でも示唆的である。三島は前半五作を収める単行本『近代能楽集』の刊行時、小説では『金閣寺』に着手していた。その後に書かれた『道成寺』以下の三作がそうであるように、『金閣寺』に続く『美徳のよろめき』『鏡子の家』等の小説の諸作は、主人公たちの情念や行動や思想が「現実的日常」の前に「解消」され、「吸収」されるという主題を蔵している。とすれば、著者が『近代能楽集』に見出した主題の変容は、『金閣寺』に前後する三島の小説家としての変容をも照射するのではないだろうか。本書が呈示する『近代能楽集』の主題論的考察はこのように、三島における小説制作の時代的変容にも光を当ててくれるような射程の拡がりを有している。

（平成十九年三月、和泉書院、二八三頁　本体三八〇〇円＋税）

杉山欣也著『「三島由紀夫」の誕生』

池野美穂

三島由紀夫が、初等科、中等科、高等科というもっとも多感な時期を、学習院に在籍して過ごしたことは周知の事実だが、学習院時代の三島由紀夫について著されたものは多くない。またそれらのほとんどは、三島に関わった人物によって書かれたものである。たとえばその妹・邦子との恋愛と破局を経験することになる三谷信の『級友三島由紀夫』（笠間書院、昭60・7→中公文庫）や、先輩・坊城俊民の『焰の幻影―回想三島由紀夫』（角川書店、昭46・11）、また、父親・平岡梓による『倅・三島由紀夫』（文藝春秋、昭47・5→文春文庫）などがそれであるが、こういった三島関係者による、三島事件後の回顧録的なものではなく、三島由紀夫没後に生まれた研究者という立場から、学習院時代の平岡公威が三島由紀夫となった背景を浮かびあがらせようとしたのが本書である。

杉山氏は〈晩年から死の直後における「三島由紀夫」イメージは、三島自身の望む形へと変形がなされたもの〉であり、その後追いが、三島の自己言及を再生産、増幅したのだとする。そして〈三島について語ることは三島事件について語ることであり、三島の作品や評論を読むことは三島の死の意味を探ることと同義であるような期待〉があり、〈この期待にそって三島の伝記的事実や作品は取捨選択され、新しい批評が生産されてゆく〉ことで〈三島事件をしらない新しい読者の読みを否応なく収束していく〉ことを批判し、〈似たり寄ったりで退屈な代物ばかり〉である従来の三島論をも批判している。こうした現状を打破し、読みの場を相対化する方法として、氏は三島があまり語らなかった学習院時代の文筆活動について焦点を当てたわけである。学習院時代の三島といえば、自らが「私の遍歴時代」で触れているように、〈日本浪曼派とのつながり〉や、清水文雄、林富士馬とのかかわりなどがすぐに思い浮かぶ。古典の素養を身につけたのも、清水に薦められて保田与重郎を読んだのも学習院時代であり、この時期の様々な体験が、後の作家・三島由紀夫の一側面を形成したのは確かだろう。しかし本書において杉山氏は、学習院をあくまでも、そこで書かれた三島作品を読む場として定義し、そこから議論を展開する立場をとっている。確かに、その作品が実際に読まれた状況を正確に定めて論じることは重要である。だが、それが結果的に、学習院という枠にとらわれ、氏の自由な発想を妨げていることにはなっていまいか。それはあたかも、三島事件後に作り上げられた三島像のようだ。また、三島の自己言及に頼る危うさを指摘しながらも、「私の遍歴時代」において書かれた〈学校内の文学活動はしばらくおく〉という三島の言葉を受け入れてしまうのはなぜだろうか。この言葉が氏のいうところの〈見せ消ち〉だとするならば、〈隠そうとして隠し切れなかった〉のではなく、初めから隠していないということにはならないか。だとすれば、この言葉もまた三島の自己言及であるといえるだろう。そしてそこにこそ、三島由紀夫を論じる難しさがあるように思われる。

杉山氏が述べるように、三島のイメージを作り上げ、〈三島事件をしらない新しい読者の読みを否応なく収束してい〉くのは、論じる側のエゴである。だが、現代の若い読者には、三島事件はおろか、三島由紀夫と森鷗外の区別すらつかずに、教科書ではじめて作品を読むものもいるだろう。では、新しい読者のために研究者はいかにして三島由紀夫を論じるべきなのか。小説、学習院、演劇、古典といった三島の持つ様々な側面を切り取るのではなく、各々を検証した上で相対化する必要があるのではないか。勿論それは気が遠くなるような作業なのだが、そのためにも、三島の自己言及をたどっていく作業は重要であり、同時代の人物の言説も捨てきれないのではないか。

坊城俊民の目録を初めとする諸々の資料は、杉山氏の今までのひたむきな努力の結実だといえよう。学習院から誕生した「三島由紀夫」の、中、後期の作品に学習院体験がどのように関わってくるのか、氏に改めて論じてもらいたい。

（平成二十年二月、翰林書房、三七四頁　本体四五〇〇円＋税）

岩下尚史著『見出された恋──「金閣寺」への船出』

松本 徹

三島由紀夫の同性愛関係を中心にしたモデル小説に、福島次郎『剣と寒紅』があるが、それに対して本書は、異性愛を扱ったモデル小説である。

三島由紀夫の年譜（決定版『三島由紀夫全集』四十二巻）を繰ると、「昭和二十九年八月下旬　中村歌右衛門の楽屋で、19歳になる赤坂の有名料亭の娘・後藤貞子を知る」とある。そして、「昭和三十二年五月十五日　新派公演『金閣寺』に後藤貞子を招く。この日が別離の日となる」の記述がある。

この赤坂の有名料亭の娘が、モデルである。彼女については猪瀬直樹が『ペルソナ──三島由紀夫伝』で「マダムX」として扱っており、おおよそのことはすでに知られている。ただし、その係りの実際となると、その輪郭に留まると言わなくてはなるまい。なにしろ男女関係の実際となると、第三者には容易に窺ひ知ることができない。

それに加えて、中村歌右衛門の楽屋に親しく出入りする、赤坂の高級料亭の、恐ろしく気ままに振る舞うのが許された、花柳界にあって最も贅沢な日々を過ごす娘である。歌舞伎といい、花柳界といい、その世界は、普通の暮らしをしている者には、想像も及ばぬところがある。

ところがこの小説の作者は、まだ四十歳代であるにもかかわらず、歌舞伎役者の楽屋にも高級料亭や芸者の内実にも詳しい。劇場に長らく勤務、そのあたりの消息に自ずから通ずるようになり、『芸者論』を書いて和辻哲郎賞を受け、ひきつづき『名妓の資格』を刊行しているのである。こういう人でなくては書けない領域である。

それも、楽屋で生じたと思われる付き合いから、ふんだんに聞かされた恋の回顧談に、この作品は基づいているらしいのだ。後書きに、戯作者張りの調子でこう断っている、「昭和一代の文人に恋を仕掛けられし某夫人の回顧談を小説に仕組み、人事に実名を当振《あてぶり》の虚言《そらごと》乍《ながら》、或は綺語の……」と。

その小説の書きざまだが、こうである。

「端然《きちん》とした居座《いずまい》ながら、衣文は和《やわ》らぎ褄も深く、奈良の京に吹き渡る春風を紡いで織り上げたような若草色のきものに、正倉院模様を箔に置いた帯が映る。白々と磨き込まれた領脚《えりあし》から、つんと鼻筋の通った中高《なかだか》の、頬はふっくらと品の好い、膚理《きめ》の細かい、白磁の如き艶《つや》を湛えたところがマイセン焼きの支那趣味《シノワズリイ》の貴婦人を聯想させるような面差は、何とはなしに素人離れの気味ながら、すらりと華奢な姿も粋に走らず高等で留めた雲上加減、何《いず》れは何処やらの立派な奥様に違いない」

冒頭の章、女主人公の現在の姿である。場所は国立劇場のロビー、見ようとしているのは昭和三十三年初演の柳橋みどり会のために書かれた舞踊とあるから、「橋づくし」である。周囲には「古裂《こぎれ》で表装した掛物のような新橋の老きゝもの妓が鷹揚に」座っている。

今日ではお目にかかることができない、鏡花そこのけの、きらびやかな修飾語の多い、ルビにも工夫が凝らされた、現代仮名遣いであるのが不思議にも思われる、文章である。正直なところ、初めはそのところが煩く、気になったが、読み進めて行くに従い、毎日、贅を凝らした着物をさりげなく着こなし、一流の歌舞伎役者の楽屋に気軽に出入りする若い美貌の女を描くのには、まことに相応しいことが分かって来る。

満佐子と名付けられた彼女は、慶応義塾の女子高校を卒業したばかりの十九歳である。日頃から出入りする女形が「生写朝顔日記」の深雪として出ると分かって呉服屋に下絵から描かせて誂えた夏衣装を身につけ、開演の日に楽屋へ行く。開幕三十分前であったが、女形はすっかり支度を整え、客の来訪を待っていた。「素顔のあたしには会いたくないって言うものだから」と説明してくれているところへ、当の男の客が訪れ、入れ違いに楽屋を辞する。それから一週間後、歌舞伎座の近くでその男に声を掛けられるのだ。

ここでは小説家の青年とか男とあるばかりで、三島由紀夫とは出てこない。しかし、巻末、三島由紀夫と署名した封筒の写真版が掲載されていて、それと分かる仕掛けになっている。それとともに、作中、題こそ記されないが、三島作の歌舞伎脚本や長短篇小説に言及される。歌舞伎脚本では『地獄変』『鰯売恋曳網』『芙蓉露大内実記』など、長篇なら『沈める滝』と『金閣寺』、短篇では『橋づくし』『女方』などである。

上に記した期間に書かれた作品で、傑作ぞろいと言ってよく、芸術家として最も充実していた。その三島の傍らに、彼女がいたのである。

中でも歌舞伎脚本や『橋づくし』『女方』となると、官僚の家に育った者が歌右衛門に気に入られ、親しくなっただけで、書けるわけのものではない。やはりこのような女がいてこそ、可能だったのであろう。

実際に『橋づくし』は、大阪・宗右衛門町の風習として彼女が聞いたところを「男」に話すと、新橋界隈に移して作ったことが明かされる。

また、『沈める瀧』だが、評者は、拙著『三島由紀夫エロスの劇』第九章「同性愛から異性愛へ」で、女主人公顕子のモデルを福島次郎とし、「マダムX」とする猪瀬説を退けたが、根幹は福島であることに変わりないものの、彼女もモデルであったと認めるべきだと考えなおした。福島に彼女を重ねて、造形しているのだ。

猪瀬説を退けたのは、歌右衛門の楽屋で知った後、『沈める滝』の執筆にかかるまでの構想を立てる時間を考えたからだが、花柳界に育った娘であれば、思いのほか早く関係は進んだのであろう。それに彼女はまだ十九歳であり、着物に贅を尽くしながら、性に対しては恐ろしく恬淡としていて、「薄情」に終始しながら、「男」の要求には柔順に応えたようである。

作者は、こういう娘と出会ったのは「僥倖」と言ってよいと指摘、「女体に初心な男」が時間を掛けて関心を深めていくのを可能にした、と言う。なるほど、「同性愛から異性愛へ」の道筋をたどるのには、こういう娘の存在があって、可能だったのかと納得させられた。

あくまで小説であって事実そのままではないだろうが、独特な性の在り方を課せられた男の、窺い難い微妙な足取りが、艶冶な色合いとともに浮かび上がって来る。三島由紀夫の秘密に光を投げかける、はなはだ刺激的な、奇書の趣もないではない、一書と認めてよかろうと思う。

（平成二十年四月、雄山閣刊、一九八頁　本体一六〇〇円＋税）

ミシマ万華鏡

松本　徹

このところ、昭和天皇に関する著作が目立つが、そこには三島由紀夫についての言及がしばしば認められる。

松本健一『畏るべき昭和天皇』（毎日新聞社、平成18年12月刊）は、天皇が『英霊の声』自体を読んでいたかどうか不明だが、「などてすめろぎは人間となりたまひし」の一行は承知しておられたし、市ケ谷の事件直後に、事件について入江侍従と話されたのは間違いない、とするところから書き出されている。

そして、昭和二十一年元旦のいわゆる「人間宣言」は、神格否定よりも五箇条の誓文を押し出そうとしたもので、明治以来、すでに民主政治の理念を保持しており、その実現を訴えたもので、三島没後七年、那須での記者会見で天皇がこのことに言及したのは、三島の「呪詛」に対する断固たる「拒絶」の意志表明だったと論じる。

「立憲君主」として理性的な政治の論理を貫こうとしたのに対し、三島は「美学」を持ち込もうとしたと、著者は言い、そのような態度こそ、天皇が嫌ったとする。

昭和天皇が「畏るべき王」たり得たのは、このように「天皇制近代化」の路線を推進したところによるとするが、天皇で在る限り、「近代」の枠組みに収まらないところが核心部にあり、その最たるものが宮中祭祀であろう。昭和天皇は、晩年において殊に熱心であった。もしかしたら、これこそが三島への答であったのではないか。

三島は、福田恆存との対談「文武両道と死の哲学」において、「天皇がなすべきことは、お祭、お祭、お祭、お祭、――それだけだ」と言い、昭和四十一年一月八日には宮中三殿を親しく見、石原慎太郎に対して「守るべきもの」は「三種の神器」だと言っているのだ。天皇を問題にする以上は、祭祀こそ最も肝要としているのである。ところがこれまで松本氏の著書にも見られるように、ほとんど問題にされて来なかった。

ところがその宮中祭祀に焦点を絞ったのが、**原武史『昭和天皇』**（岩波新書、平成20年1月刊）である。多分、今谷明『室町の王権』に始まる一連の仕事の影響と、『占部亮吾侍従日記』の刊行によって可能になったのであろう。そして、三島の天皇観についても、ひどく慎重ながら、触れている。

ただし、この著者は、天皇に対してとにかく批判的姿勢を打ち出そうと努めている気配である。その姿勢がよく現われているのが、明治以降の宮中祭祀について、繰返し「創られた伝統」だと言っているところで、三島の天皇観についても「祭祀を『創られた伝統』と見なす視点はない」と批判的に書く。

この「創られた」の語でもって、著者は、天皇の権威づけのため、たいした根拠もなしに創作された、と言いたいようである。確かに明治になって、宮中祭祀が大幅に改訂され、一部、創設されたのは確かだが、基本的な精神なり姿勢が一貫しているなら、「伝統を新たに生かし」たのであって、恣意的に「創られた」わけではない。

また、著者は「信仰」なる概念を持ち出すが、欧米の概念に大幅に依拠しているようであり、これでは理解は覚束無い。

いずれにしろこの著者の拠って立つところと、宮中祭祀の間には根本的な齟齬が横たわっており、それはそのまま三島との間にあると見てよかろう。今日にあって、宮中祭祀は最大のアポリアであるらしい。

編集後記

『金閣寺』が完結、単行本として刊行されてから、すでに半世紀を過ぎた。その間、三島由紀夫の代表作として、評価も定まり、映画化、舞台化、オペラ化も行われる一方、国内外でさまざまに論じられて来た。今回、改めて幅広く呼びかけ、論じてもらった。論者の年齢幅も半世紀に近いし、これまで取り上げられなかった論点も見られる。ここからさらに大きく広がって来るところがあると思うので、そこも含めて見ていただければと思う。

座談会は、『喜びの琴』で文学座を代表し、三島と対決するかたちになった演出家・戌井市郎さんにお願いした。小雨の降る中、信濃町の文学座へわれわれ三人がお邪魔したが、拘りがあって然るべきであるにもかかわらず、気持よく迎えてくださり、長時間にわたって腹蔵なくお話し頂けたのはうれしかった。じつは事件直後に、三島自身が拘りを払拭すべく努めていたことを知ったが、これも収穫のひとつであった。文学座の古い建物には、演劇人三島由紀夫の呼吸した空気がいまなお残っているように思った。近年は、戯曲家としての仕事に光が当ることが多く、戌井さん自身、新派の六月公演の稽古中であり、以後のプランも多くお持ちであった。長年、演出家として接して来られた方ならではの、突っ込んだお話しを聞かせていただいたと思う。

ところでこの四月、山中湖村の三島由紀夫文学館の館長職を、開館以来勤めて来られた佐伯彰一氏から、松本徹が引き継いだ。『決定版 三島由紀夫全集』の完結など、果たすべき仕事に一段落をつけた、とのお考えからであろう。ただし、遺稿の整理はまだ終わっていないし、その他なすべきことが多く、お引き受けしたものの、職責を果たし得るかどうか。この「三島由紀夫研究」では、すでに同館所蔵の創作ノートの翻刻を掲載するなど、深い関係を持っているが、今後は、この関係をより緊密化したいと思っている。本号掲載分の創作ノートには、丸山明宏（現三輪明宏）リサイタル出演の感想が生々しくメモされていて、誰が読んでも面白いのではなかろうか。

次号は『近代能楽集』を扱う予定にしている。

（松本　徹）

三島由紀夫研究⑥

三島由紀夫・金閣寺

発　行——平成二〇年（二〇〇八）七月一〇日

編　者——松本　徹・佐藤秀明・井上隆史

発行者——加曽利達孝

発行所——鼎　書　房　http://www.kanae-shobo.com

〒132-0031　東京都江戸川区松島二-一七-二

TEL・FAX　〇三-三六五四-一〇六四

印刷所——太平印刷社

製本所——エイワ

表紙装幀——小林桂子

ISBN978-4-907846-58-9　C0095